国家社科基金项目"清末民初女作家社会文化身份建构研究"（16CZW038）；

吉林省教育厅科研项目"性别文学与 20 世纪 30 年代女性期刊话语呈现研究"（JJKH20200848SK）

清末民初女作家社会文化身份构建研究

杜若松 著

中国社会科学出版社

图书在版编目（CIP）数据

清末民初女作家社会文化身份构建研究／杜若松著. —北京：中国社会科学
出版社，2023.6
ISBN 978 - 7 - 5227 - 1942 - 9

Ⅰ.①清…　Ⅱ.①杜…　Ⅲ.①女作家—文学研究—中国—近代　Ⅳ.①I206.5

中国国家版本馆 CIP 数据核字(2023)第 096001 号

出 版 人　赵剑英
责任编辑　王　琪
责任校对　杜若普
责任印制　王　超

出　　　版　中国社会科学出版社
社　　　址　北京鼓楼西大街甲 158 号
邮　　　编　100720
网　　　址　http://www.csspw.cn
发 行 部　010 - 84083685
门 市 部　010 - 84029450
经　　　销　新华书店及其他书店

印　　　刷　北京君升印刷有限公司
装　　　订　廊坊市广阳区广增装订厂
版　　　次　2023 年 6 月第 1 版
印　　　次　2023 年 6 月第 1 次印刷

开　　　本　710 × 1000　1/16
印　　　张　15.5
插　　　页　2
字　　　数　238 千字
定　　　价　85.00 元

自　序

当我们探讨当下女性的众多问题时，面临的境遇不比一百多年前更少。毫无疑问的是，女性问题在成为"问题"的时候，女性终于进入了历史视域。

清末民初中国社会处于转型期的重要指征之一就是中国知识分子的现代转型，而中国女性由于在历史所处位置的特殊性，在现代化进程中势必经历更复杂与激烈的变动。

伴随着近代中国社会风起云涌的革命浪潮产生的女性文学热潮，以其强健的生命力和蓬勃的话语争鸣态势走进了历史的中心。身处巨大时代话语旋涡中的女性问题，不论是女权运动、女学运动，抑或是后来的女性全面解放问题，都是融合了性别与社会、权力与阶层、革命与民族、媒介与话语的多元文化话题。本书因此确立了性别政治、性别媒介、女性留学、文本表征四条线索，把文学问题与社会政治思潮、媒介传播、历史文化多维度互接，把女作家的社会文化身份建构问题放在清末民初时段知识与社会互动的更加广阔的视野中去考察。

本书将"清末民初"的时间限定为"1898—1919年"，有下面的考虑。第一，本书关注点在女作家社会文化身份的转型，因此以第一个女学创办为标识物，以女高师学生创作出现前为收束，承接"五四"女作家群的崛起，具有历史典型价值。第二，符合女性解放运动中女作家登上历史舞台的集中考察需要。虽然明清之际，女性创作就已经形成了一定量的规模，但从其文学创作形态、传播模式、话语风格、艺术创造、读者群接受等方面考察，只有在1898年之后，众多女作家的文学创作才真正形成了社会力量，并塑造了女性的社会文化认知。清末民初女作家的社会文化身份由于其"思想启蒙"与"民族救亡"的时代背景，具有传统精神和民族精神双重认同属性，具有文化分析典型意义。透过文本话语探析文学深层次结构的变化和格局的更迭，以文学上的表现为症候探寻女性在近现代时期的思想变革，这无疑提供了一个观察社会变迁的绝好视角，也把文学研究纳入了一个更广阔的文化研究视域。

20 世纪中国革命深刻改变了中国人民和中华民族的前途与命运，这场革命也深刻地改变了中国妇女生存与发展的方式与前景。但是妇女绝非仅仅被改变的客体，中国妇女运动与中国革命同步进行发展，嵌入民族解放和阶级解放之中。如果没有反帝反殖民的革命，也就没有革命先驱对男女平等的倡导，"女权"不会被发现，妇女不可能被组织起来，妇女的主体性与集体认同是在革命过程中被锻造出来的。妇女解放、男女平等，既是推动这场革命的动因与号角，也是这场革命追求的目标。从此角度出发，中国革命与中国妇女的关系问题，就是研究中国革命在重构中国社会过程中，女性的性别秩序与社会性别身份如何在传统与延续、裂变与革新、主体能动与制度构建的中国现代化过程中发展的。本书从女作家身份最重要的社会革命话语开始进行社会启蒙话语的梳理，认为近代女性运动和革命的关联大致经过了从国族主义革命向社会制度革命的转化，所谓"女国民""女杰""女学生""女革命军""第四阶级"的系列女性符号的社会编码过程，这反映了中国知识分子因为投注于对国族命运的摸索，而试图寻找国族的永恒不变本质和道德纯正性的落脚处时，在女作家的精神及身体上形成一系列文学象征。

在近代女性写作群体中，除社会声誉极高的时代勇士之外，还存在着不在少数的"闺秀"群体，这一群体肇始于清朝以来的"才女"褒扬文化传统，江南士大夫阶层对女性文学才能的重视与传播构成了这一群体在当时文化阶层扬名的契机，现代报刊的传播更为她们提供了能"传世留名"的平台。由家、兄、父构成的家学传统与域外文化经历在这一群体中得到了较好的结合。在成长道路上，她们在时代风潮中开始思考自身的价值定位，或著书立说，或倡办女学，她们的文章也频频见诸报端，她们的身影出现在社会文化空间的各个角落，由此进入了近代社会变革的时代画卷。本书挖掘并整理了一批闺秀女学的代表人物——易瑜、姚倚云、吕惠如，考察了从"才女"到"女学人"的艰难转轨，使后人亦可从中瞥见时代变换之下，清末民初女性对于当时社会理想、教育状况、父母言行、家庭经历、历史政治、修身之道等方面的独到见解。这也在一定程度上弥合了传统女性文学研究中古典女性文学和现代女性作家（包含女性浮出历史地表之前的女学生创作）的裂缝。

性别是各种社会关系交汇时权力展现的场域，与女性文学息息相关的就是女性与社会性别制度、作家的性别在社会中的地位、性别因素在决定作品成功方面的影响、文学形象的社会性别价值、读者的性别社会规定性及区位选择的性别倾向等问题。王妙如的小说将性别问题和性别差异作为小说的核心话题。虽然种族认同根植于她的女性主义议论中，但她并没有将性别差异仅仅看成是种族差异或阶级差异的象征性隐喻。对王妙如这样的女作家来说，女性问题远远胜过象征的结构，它代表着现实中真实的女人，而不只是借用女性身体（国母的概念）来传达更大的国家—民族话语。同样的性别写作立场在邵振华的《侠义佳人》中也可以找到，她在作品中以现实主义的笔法，挖掘了大量的女权斗争中的女性群体谱系，通过真实问题和女性悲剧的叙述一定程度上打破了男性建立的近代文学"乌托邦"叙事。

近代留日女性知识分子群体在男性启蒙者倡导下，通过"兴女学""倡母教""废缠足"来确认自身的处境，逐渐对先进的生产力和相对健全的女权思想产生向往之情，对西方文明社会进行乌托邦的想象，在努力重新塑造和定位"自我"的过程中，西方社会和西方女界就成了她们作为参照并为之奋斗的预设目标。当一部分女性有机会留学海外沐染文明，她们自身的思想状态、现实选择和文化身份将发生剧烈变动，这种预设值与现实的差异、日本镜像与欧美镜像的差异，又会促使她们进一步地观察、反思和言说，从这个角度上说，她们又一次变成了"异者"，她们自身成为"镜像"，进而启蒙和鼓舞了国内妇女解放运动的发展。

自女性文学性别批评兴起以来，女性文学的很多问题都用性别的视角重新加以阐发。我们需要认识到，性别不是文学创作的结构要素，是由于作家的"性别"媒介身份而发生了作用，尽管性别是女性文学研究一个合理有效的分析范畴，但是，这也仅仅是打开女性文学的一个扇面，我们以性别为切入点，综合分析相关的民族、阶级内涵，使史料再一次焕发活力。因为，历史不是自然延续而是历代积累起来的。过去的记录保存了下来，供后续的世世代代去研读或不研读、焚烧或抹杀、无视其存在或对其细细梳理，以便认真地从中寻找走向未来的迹象。

杜若松

2023 年 4 月

目　录

第 一 章

发声：时代裂缝中的女性

> 为什么有本质缺陷的妇女主体会被反复地重新发现？它与这一
> 事实有着极大的关系，即它是一个不可替代的平台。
>
> ——［美］汤尼·白露

19 世纪末 20 世纪初，随着中国近代化进程加剧，西学东渐与革新图强成为中国社会奋力追赶世界发展的重要途径，而中国社会的每次重大变革、社会文化思想的每一种急剧变迁，往往都以女性问题为突破口。女子教育快速发展，女权运动迅猛崛起，女性文学也开始了从古典向现代的转型。近年来，学界深刻认识到女性问题研究具有重要的历史、社会、文化价值，"女性和性别维度所展现的中国社会文化现代变迁的历史图景与现实现象，具有不可替代的重要性与代表性"[①]。尽管据胡文楷《历代妇女著作考》著录，清代女性作家约 3600 位，作品集约 4000 部，但清末民初以来，由于女性文学文本"长期被尘封在近百年发黄变脆的报刊中"，因此资料匮乏，少有人问津。近代女性文学研究"则显得很不充分，起步晚、范围窄、深度不够，是近代女性文学研究的总体特征"[②]。本书试图探求、还原在清末民初的社会背景下，女性如何由闺阁走向公共空间，用报刊媒介为平台，用文字表达为方式，在女性文学活动与社会公共文化生活之间互动往来，实现了中国女性知识群体自我主体成长

[①] 杨联芬主编：《性别与中国文化现代转型》，东方出版社 2017 年版，第 1 页。

[②] 郭浩帆：《中国近代女性文学大系·史料索引卷》，齐鲁书社 2021 年版，第 7533 页。

和女性积极参与公共领域知识文化生产传播的历史图景；同时，也积极探讨清末民初之际的女作家作为历史实践和创作主体，是如何"浮出地表"并且逐渐成长成熟，进而承担历史责任的过程。

第一节　清末民初女作家的历史出场

时间的概念绝不仅仅是自然时间如此简单，内在稳定的政治法律制度与"自我中心错觉"的联系，[①] 向我们昭示了文化心理对于历史时间的影响作用。我们聚焦清末民初女性知识群体在社会文化生活中的身份确认和性别构建问题，话题中的女性文学、女性解放运动就是在这样一个时间段展开的。让我们回溯一下中国整体女性解放的历史，在时间的历程中确立研究的起点。

学界一般将女权运动划分为三次浪潮：以选举权为目标的第一次浪潮、以平等权为主旨的第二次浪潮、以全球范围内的社会性别平等权为焦点的第三次浪潮。中国的女性解放思想，早在明清后期就开始出现松动和萌芽，这不仅表现为一些男性思想家如李贽、张履祥、钱大昕、臧庸等人对历史上女性历来陈词戒律的批驳和讽刺，更体现在当时妇女文化开始有了自己独特的运作形式，并突破着既定的社会性别体系。[②] 同时，中国女性运动不可不提西方传教士的影响，这时期的社会上出现了海外传教士影响下的女性留学，比如从 1881 年到 1892 年有 4 个平民女性[③]出国学习，这些都与教会有关；传教士在中国开办女子学校，培养了

---

① ［英］汤因比：《历史研究》（上册），曹未风译，上海人民出版社 1966 年版，第 47 页。

② 相关研究见［美］高彦颐的《闺塾师——明末清初江南的才女文化》，李志生译，江苏人民出版社 2005 年版。在这部著作中，高彦颐详细分析了明末清初出现的才女文化是一种在儒家社会文化大文化中的独特的女性文化。这种文化有自己的社团组织。传统的儒家意识形态和文化对于她们而言既是一种压制也是一种机会。她们在这种体制中，灵活利用资源，成为既得利益者。并且在社会巨变的情况下，进行了社会性别体系的重新整合和延续。

③ 1881 年，宁波金雅妹由美国传教士带到纽约医院学习医学；1884 年，福州柯金英由福州教会医院资助到美国费城学医；1892 年，江西康爱德和湖北石美玉被传教士带到美国学医。相关内容参见李喜所《近代中国的留学生》，人民出版社 1987 年版。

早期真正意义上的女学生；① 这一时段还有一些幸运的闺秀得到跟随丈夫出使他国的经历，如 1899 年单士厘遗芳后世的《癸卯游记》《归潜记》，梁启超在上海《时务报》上发表的《记江西康女士》中的康爱德也是中国最早留学西洋的典范，这些女性的海外游历和求学经历②是女性睁眼看世界的重要内容。

当历史的车轮进入近代，越来越多的有识之士开始在国家命运的思索中将女性问题一并加以考虑和分析。在真正意义上触动女性社会秩序根基并将女性解放提到议事日程上的，要首推维新变法。维新变法运动中的康有为、梁启超等人从切实的废缠足、兴女学社会运动角度，开展了一场爱国图强的女性解放运动。代表人物梁启超更是在多篇著作中激扬文字，从几个方面论述了改良中国女性的方式，为女权运动指明方向。王林在《西学与变法——〈万国公报〉研究》一书中指出，仅 1907 年一年有关"不缠足""兴女学""革陋习""介绍国外妇女"等方面的文章就有百篇之多。③ 尽管言辞多样，但究其理论导向，大都不约而同地模仿或者同声传译了梁启超的观点。另外在这一时期，大量西方女权主义思想和动态文章被广泛译介、传播至国内，1902—1903 年，马君武翻译了英国社会学家斯宾塞的《女权篇》，译述了英国哲学家穆勒的《女人压制论》，以及西欧社会民主党《女权宣言》中男女平权的思想，在国内广为传播，把"天赋人权"中的"男女平权"与政治文明相连接。1903 年，上海大同书局出版的金天翮的《女界钟》更在当时引起巨大震动。一时

---

① "教会兴办女学在 20 世纪初年已经取得很大的成绩，根据美国人林乐知（Young J. Allen）所著的《五大洲女俗通考》（一）中，记载了光绪二十八年也就是 1902 年教会学校女生的数量。从书院、天道院、高中等学堂、工艺学堂、医学堂及服事病院、小孩察物学堂等统计的大小学堂 291 间，共招收学生 10158 人，其中女学生 4373 人，占比达到了 43% 以上，这充分说明了教会女学对于中国女学兴起的重要开端作用。"转引自陈东原《中国妇女生活史》，商务印书馆 1937 年版，第 349 页。

② 据孙石月《中国近代女子留学史》记载，当时以眷属身份出国游历的有赵彩云（洪钧的妾室，洪钧在 1887 年到 1889 年作为清政府派驻俄、德、奥、荷的四国钦差大臣，赵彩云陪同出使）、单士厘（钱恂之妻，钱恂 1898 年到日本任湖北留日学生监督，1904 年到俄国任职。单士厘 1899 年、1904 年曾出国随行，并写下《癸卯游记》《归潜记》等游记作品）、裕容龄、裕德龄等女性。

③ 王林：《西学与变法——〈万国公报〉研究》，齐鲁书社 2004 年版，第 329—341 页。

间，"国民之母""女学""女权"成为热点词语，从而与社会改革步伐紧密结合在一起。

兴女学，因在社会上成为有识之士的共同行动而迅速发展起来，1898 年 5 月 31 日经元善开办了经正学堂（又名中国女学堂）。1901 年，由蔡元培任会长的中国教育会开办了爱国女学。1902 年，吴怀久创办了务本女塾。1904 年，张之洞在湖北省成立敬节学堂，挑选粗通文理的节妇 100 名入学，同年，江苏史家修创设中国第一所女子职业学校——私立上海女子蚕业学堂。其中，教会女学是重要力量，1898 年上海就已经发展出了 15 所女子学堂，招生人数也从 1869 年的 576 人增加到了 1877 年的 2064 人，到 1902 年达到了 4373 人。[1] 到了 1906 年，在社会女学呼声日强的情况下，慈禧太后面谕学部兴办女学。[2] 1907 年 3 月，清政府颁布了中国第一个女学堂的章程：《学部奏定女子小学堂章程》26 条和《学部奏定女子师范学堂章程》39 条，正式承认了女学的合法性。虽然这时期主张的女子教育的目的是培养"知守礼法"的贤妻良母，并存在着明显的性别差异，比如说女子教育的最高机构是女子师范学堂而非大学，女子教育也没有中学和实业学堂，女子小学堂与师范学堂的修业年限也比男校各少一年，而且实行了男女完全分校的、两性双轨制教育体制，但在女性教育史上仍然迈出了一大步。据统计，至 1909 年，全国已有女子小学堂 308 所，占小学堂总数的 0.6%；共有女学生 14054 人，占小学生总人数的 0.9%。[3] 1908 年 10 月 10 日的《大公报》这样描述当时北京女子师范学堂借苏州大同女学招考的盛况："是日考者有二百多人，江督端方帅特派专员护送江宁各女学六十人赴苏考试。是日商埠旅馆，几至住无隙地。"[4] 1909 年 10 月 12 日（原文为宣统元年九月初二日），《盛京日报》在东三省新闻栏目刊发《女学报名踊跃》的文章，并认为"足见

---

① 熊贤君：《中国女子教育史》，山西教育出版社 2006 年版，第 178—179 页。
② 陈学恂主编：《中国近代教育大事记》，上海教育出版社 1981 年版，第 156 页。
③ 程谪凡：《中国现代女子教育史》，中华书局 1936 年版，第 79 页。
④ 《大同女学考试》，《大公报》1908 年 10 月 10 日第 2 版。

近今风气之不闭塞矣"①。可见当时女学兴起遍布全国之势。②

女性不仅在国内就学，海外留学也开始逐渐发展起来。"二十世纪初年，女留学生逐步增多，除了赴美留学外，还有不少女子到日本、英国、法国等地留学。留美幼童中有不少人也将自己的子女送往美国深造，那些开明的官僚、有钱的商人、著名的学者、富有神通的买办也通过各种门路将女孩子送往国外留学。"③ 特别是1905年以后女性留学日本成为热潮。"19世纪末20世纪初，沿海江浙闽粤诸省，伴读女子出国者时而有之。也许是因为沿海诸省交通方便，经济发达，女子教育比中国绝大部分地区要好，风气也不太保守的缘故吧，伴读女子留学也较多出现在沿海诸省。也许是浙江省这一特点更为突出，加之与日本的地理位置最近，中日贸易往来较多，所以伴读女子留学最早出现在浙江省，而且是前往日本留学。"④ 这与当时的留日热不无关系，据《日本留学中国学生题名录》统计，从1898年开始，留日学生数量直线上升，从143人到1905年的8000余人。⑤ 1905年后，清政府开始正式派遣官费女留学生。1905年7月，湖南派遣了20名女学生赴日，辽宁省派15名女学生到日本学习师范教育。1907年在东京的中国女留学生约有100名。⑥ 秋瑾、燕斌、何香凝、何震、陈撷芬、唐群英、林宗素、张汉英等人就是这一留学群体的典型代表。

辛亥革命之后，女性留学欧美日渐繁盛，除前文所述的钦差眷属在早年出洋（单士厘、赵彩云、裕氏姐妹）外，在1912年以后很多女学生留学欧美。1914年夏，留美中国学生会会员就达到1300名。清华庚款留美女学生最早在1914年出现，包括陈衡哲在内的10名女学生到达美国后

---

① 《女学报名踊跃》，《盛京日报》1909年10月12日第3版。
② 根据《中国女性文学研究（1900—1919）》附录四《辛亥革命前全国女学一览表》的统计，截至1912年全国共兴办各类女塾、女学校、女学堂130家。参见郭延礼、郭蓁《中国女性文学研究（1900—1919）》，山东教育出版社2016年版，第377—383页。
③ 李喜所：《近代中国的留学生》，人民出版社1987年版，第75页。
④ 孙石月：《中国近代女子留学史》，中国和平出版社1995年版，第62页。
⑤ 董守义：《清代留学运动史》，辽宁人民出版社1985年版，第196页。
⑥ 李喜所：《近代中国的留学生》，人民出版社1987年版，第136页。

升入了大学，到 1917 年，留美女生增加到 200 人。① 陈衡哲、谢冰莹、胡彬夏、吴贻芳、林巧稚、冰心等人是其中的佼佼者。

辛亥革命的发生给争取女性的政治权利运动创造了全面发展的契机，女子北伐队解散后，女性参政运动在社会层面风起云涌地发展起来，沈佩贞等人在南京组织"男女平权维持会"，女子北伐队在上海组织"中华女子竞进会"，徐清等在南京组织"女界参政同盟会"，林宗素在上海组织"女子参政同志会"，唐群英在南京组织"女子参政同盟会"。② 北京、上海、武昌、长沙、杭州、广州等地也展开了相关活动。陆国香、吴淑卿等人在武昌还组织了女子参政同盟会，推举黎元洪的妻子黎本危为会长，成立法政学堂，为参政女子做准备。③ 1912 年 9 月 20 日，在中国女子参政同盟会集会上，唐群英、沈佩贞、王昌国、傅文郁等人积极参与，她们提出"我等今日如不能达参政之目的，急宜有一种手段，以对待男子。手段为何？即未结婚者停止十年不与男子结婚，已结婚者亦十年不与男子交言"④，其观点虽然带有盲目激进色彩，却也体现了当时女性争取参政权的迫切愿望和强烈行动力。

女性不仅仅争取以参政权为代表的社会权利，还认识到女性生活能力丧失、经济独立匮乏是女性受压迫的根源，所以"欲挽回妇女之权，非振兴实业不可"⑤。上海昆山张凤如女士倡议成立女子国民银行来赞助民国，⑥ 妇女们成立了女子兴业公司、中华女子实业进行会、女子振兴国货公司、植权女子物产公司等。另外，还有很多女子工厂开办起来，如中央女子工艺厂、爱华公司等。爱华公司生产的"爱国女帽"大受欢迎。再者，利用女性缝纫专长，当时还开设有中华女子缝纫社、天津手工竞

---

① 《留美中国学生会小史》，《东方杂志》1917 年第 14 卷第 12 期。

② 张玉法：《二十世纪前半期中国妇女参政权的演变》，参见吕芳上主编《无声之声（Ⅰ）：近代中国的妇女与国家（1600—1950）》，台湾"中央研究院"近代史研究所 2003 年版，第 49 页。

③ 《女子参政同盟会志盛》，《新闻报》1912 年 4 月 11 日。

④ 《女界欢迎万国女子参政同盟会代表记事》，《申报》1912 年 9 月 25 日第 3 版。

⑤ 傅梦兰：《妇女实业宜速筹改良之方法论》，《妇女时报》1910 年 5 月第 10 期。

⑥ 《女国民之自觉》，《民立报》1921 年 5 月 27 日。

进会①、华新女工社等。

随着袁世凯复辟，女性争取参政权活动开始回落。1914 年 3 月，袁世凯政府公布了《治安警察条例》，其中"不能参加政治团体""不能参加政谈集会"，也包括了女子。② 同月，又出台《褒扬条例》大力鼓吹妇女节烈贞操，表彰了节妇 503 人、烈女 57 人。③ 女性解放运动进入了低潮期。以 1911 年到 1917 年出版的《妇女时报》为例。1912 年辛亥革命后，该杂志中女性参与革命的话题很多，特别是关于参政权的论述，但是到 1913 年关于家务以及卫生的新闻突然开始引人注目，与之对应的是"贤妻良母""家庭教育"相关话题的盛行，关于革命的文章锐减。相同的趋势在 1915 年前后创刊的好几种女性杂志如《妇女杂志》《中华妇女界》中也呈现出来。

五四运动无疑是近代女性解放的最强音，而女学对受教育程度的提升、女子义务教育的推行为女性解放运动提供了保障。1918 年 8 月 12 日，教育部颁布了《女子高等师范规程令》，女子开始享有接受高等师范教育的权利。女子中等教育（主要包括女子中学教育与女子师范教育）发展水平较高的仍在江浙、京津地区，其中女子中学江苏有 36 所，京兆有 20 所，直隶、山东、浙江、福建、广东各 20 所，其他地区有 24 所。④根据《中国近代教育史资料汇编·普通教育》的统计，1919 年全国初等小学教育普及程度最高的为山东，达到 57.37%；其次是广西，达到28.09%；浙江为 24.39%；京兆及直隶为 23.38%。到了 1922—1923 年，以县为单位，全国拥有女子初等小学的县占 76.6%，有高等小学的县占35.9%，其中女子初等小学普及率在 95% 以上的省有 6 个，分别是：四川、直隶、山东、山西、江苏、浙江。"将女子中学教育纳入学制，这不仅是简单的量的增加，更重要的是质的飞越，这意味着政府承认女性享

---

① 《拟创设手工竞进会公启并附简章》，《大公报》1912 年 5 月 17 日。

② 《治安警察条例》，《政府公报》1914 年 3 月 12 日第 662 号。

③ 转引自［日］须藤瑞代《中国"女权"概念的变迁——清末民初的人权和社会性别》，姚毅译，社会科学文献出版社 2010 年版，第 130 页。

④ 转引自俞庆棠《三十五年来中国之女子教育》，参见李又宁等主编《中国妇女史论文集》，台北：台湾商务印书馆 1981 年版，第 353 页。

有同男性同样的中学教育权利，并将为此而做出努力，也意味着女性的
职业领域将会得到进一步拓展，女性'社会性人'的身份将进一步得到
肯定。"①

　　陈东原先生的《中国妇女生活史》详细记录了女性进入高等学校的
过程：

　　　　"五四"以前，中国并没有自己办的女子高等学校。教会办的，
　　北京有个协和女大，南京有个金陵女大，福州有华南学校，专是
　　中国女子受高等教育的地方。民国六年，北京女子师范开办国文教
　　育专修科一班，次年又办手工图画专修科一班，虽然有了改建高等
　　师范的准备，究竟还没有完全成立。"五四"是民国八年上学期的
　　事，那年秋天，有女生王兰、奚贞、邓春兰三人，要求北京大学开
　　放女禁，那时考期已过，只能准许旁听，审查合格允许旁听的，便
　　一共有了九位女生。蔡孑民在燕京大学男女两校联欢会上演说，说
　　到北京大学开女禁的情形，最滑稽了，他说："从前常常有人来问：
　　'大学几时开女禁？'"我就说："大学本来没有女禁。欧美各国大学
　　没有不收女生的。我国教育部所定的大学规程，并没有专收男生的
　　规定。不过以前中学毕业的女生，并不来要求，我们自然没有去招
　　寻女生的理；要是招考期间，有女生来考，我们当然准考。考了程
　　度适合，我们当然准入预科。从前没有禁，现在也没有开禁的事。"
　　（《言行录》四四五，六）他这话看来滑稽，实则可以箝教育部之口，
　　拒反对者之标的的。不久南京高等师范也就招收女生了，北京女子
　　高等师范，次年也完全成立。到现在，除属专门的技能职业，如交
　　通税务之类外，全国的大学算都是男女同学了；不过还有两个专门
　　教女子的大学。②

　　女学生就这样开始进入中国最早的女子高等学府学习，在 1920 年，

---

① 杨剑利：《女性与近代中国社会》，中国社会出版社 2007 年版，第 78 页。
② 陈东原：《中国妇女生活史》，商务印书馆 2015 年版，第 294—295 页。

北京高等女子师范学校共有学生 236 人，这个统计数字就包括黄庐隐、冯沅君、苏雪林、石评梅等在校生。① 到了"民国十一年度全国受高等教育的女子，除教会学校的不计外，已有六百六十五人！这就是'五四'解放的成绩"②。

正如夏晓虹在《晚清女性与近代中国》导言中所言："在晚清的社会震荡中，女性的生存状态发生了更为显著的变化。从基本人权的严重缺失，到争取男女同权，更进而与男子一道，为现代国家的国民所应具备的各项权利努力奋斗，这一女性逐步独立自主的历程，也成为晚清社会基础变革最有利的印证。"③ 政治、经济、文化、教育，女性解放运动在各个方面齐头并进，与中国争取民族独立、国家富强的时代大潮一起，并融入高歌猛进、狂飙突起的中国现代化进程中，我们的研究也正是在当时的历史社会背景中展开的。

第二节　清末民初之际的女性报刊

王本朝在谈及中国文学转型时指出："在中国文学由传统向现代转化的过程中，隐含在背后的文学制度因素也是不容忽视的力量，包括科举的废除与新式教育的建立，大众媒介的兴起与传播方式的改变，从作家、作品到读者的存在方式都发生了大变动，一套新型的文学体制被建立起来，才得以使中国发生现代性的转变。"④ 女性报刊作为清末民初之际女性写作的试笔台、爱国救亡的传声筒、女性解放浪潮的代言人、社会性别价值形态的反光镜，具有重要的价值，也有其清晰的时间发展脉络，经历了与女性解放运动同向同行的发展之路。以下对清末民初之际女性报刊的发展线索进行梳理，特别对本书的重要史料来源报刊进行介绍。

---

① 张莉：《中国现代女性写作的发生（1898—1925）》，北京十月文艺出版社 2020 年版，第 38—39 页。

② 陈东原：《中国妇女生活史》，商务印书馆 2015 年版，第 295 页。

③ 夏晓虹：《晚清女性与近代中国》，北京大学出版社 2014 年版，第 4—5 页。

④ 王本朝：《从晚清到五四：中国文学转型的制度阐释》，《福建论坛》2006 年第 6 期。

一 从维新到辛亥：高歌猛进

伴随着近代报刊业的蓬勃发展和中国女性开眼看世界，在中国境内女性从事新闻业已经开始出现。当时一批外籍女新闻工作者的活动，如1874年外籍妇女普洛姆夫人和胡巴尔夫人创办的《小孩月报》、1876年外籍妇女培荪主编的《福音新报》都引起了一定反响。① 维新派的活动给女性从事新闻工作奠定了基础。1897年维新派在澳门创办《知新报》，康有为的长女康同薇担任编辑，翻译日文作品。1898年裘毓芳协助其叔父裘廷梁编辑《无锡白话报》，以梅侣女史为笔名发表文章，这些都是中国女报人初登历史舞台的开端。

女性报刊的历史最早可以追溯至1898年梁启超的夫人李蕙仙、康有为的女儿康同薇、中国最早的女报人裘毓芳②等人编撰的《女学报》（这是中国历史上第一份女性报纸），作为中国女学堂的主办刊物，其实酝酿已久，在1898年5月下旬，中国女学会在《知新报》上刊登《中国女学拟增设报馆告白》，宣布拟在上海出版《官话女子白话报》及其办报宗旨："中国女学不讲已二千余年矣。同人以生才之本在斯，于是倡立女学堂……欲再振兴女学会，更拟开设官话女学报，以通坤道消息，以广博爱之心。"③

《女学报》1898年7月24日创刊，旬刊，停刊时间不详。《女学报》第一期为红印，随后的数期均为黑白印。报长63.5厘米，高55.1厘米，每期1单张4版，现见到1—7期，每期第一页上方印有"CHINESE GIRL'S PROGRESS"，上海商务印书馆承印，有四个代售处。从第10期开始由旬刊改为5日刊，续出至1898年10月29日第12期。1898年7月末至8月初，《申报》连续刊出启事公告《上海女学报已出》，称："本报为提倡女学，并不牟利。今已开办，姑先月出三期，敬送一月。第一年内，每张只取纸料大钱三文，以慰诸闺秀先睹为快之心。祈中外贤士淑

---

① 参见宋素红《女性媒介：历史与传统》，中国传媒大学出版社2006年版，第37页。
② 裘毓芳在1898年4月协助创办过《无锡白话报》。
③ 《知新报》第55册，光绪二十四年（1898）四月二十一日。

媛，惠赐佳文，函寄上海西门外文元坊女学报馆。凡征录者，每篇酬洋一元，聊以致敬，非敢云润也，特此谨白。"① 在第一期上，《女学报》这样介绍刊物情况："本馆设在高昌乡，经家路桂墅里女公学书塾内……本报由塾中华洋教习主持笔政，文总教习美国林梅蕊小姐主译报事。"② 据《女学报》第2期自述，该报的主笔有以下女性：晋安薛绍徽女史、金匮裘梅侣女史、番禺蒋畹芳女史、武进刘可青女史、诸暨丁素清女史、皖江章畹香女史、京兆龚慧苹女史、江右文静芳女史、南海康文僴女史、贵筑李端惠女史、临桂廖元华女史、邗江睢念劬女史、梁溪沈静英女史、梁溪沈翠英女史、古吴朱蒔兰女史、上海潘仰兰女史。《女学报》栏目设置主要包括：论说、新闻、征文、告白等，并附女学会所办女学堂事数例，其内容包括女学、修身、教育、家事、体操、官话、汉文、洋文、史学、地理、算学、格致、习字、绘画、裁缝、音乐等。

由于《女学报》是中国女学会的机关刊物，又肩负经正女学（中国女学堂）的校刊之责，因此它的首要任务就是及时传递与女学堂有关的消息："那女学会内的消息，女学堂内的章程，与关系女学会、女学堂的一切情形，有了《女学报》，可以淋淋漓漓地写在那里，像绿的叶，红的花，人见了不悦目，不爽心的吗？""有了这报，知道会中一切情事，省了会内司笔许多信札笔墨。"通晓明白、简易启蒙的办刊立场是《女学报》的重要宗旨，"我们这报，不致文义太深，看了不懂。字句皆雅俗共赏，所论多女子实学……本报无论哪一条，随时随地都可以看得"③。另外，该刊物立足女学界教育问题、女性权利问题，提倡女学，争取女性权利。例如，《论女学堂当与男学堂并重》认为教育上男女平等，《论中国创兴女学实有裨于大局》提倡女子入学资格不应该分贵贱，应一视同仁，还有《劝兴女学启》认为兴女学于国于家均有利。虽然《女学报》

① 《上海女学报已出》，《申报》1898年7月28日至8月3日，第7版、8版、11版、13版。
② 《上海女学报缘起》，《女学报》1898年7月第1期。
③ 上海女史潘璇：《上海〈女学报〉缘起》，《女学报》1898年8月第2期。

仍然以御定《内则衍义》①为依照，带有鲜明的封建伦理纲常色彩，同时，后期的《女学报》由于怕受政变波及，发表了《修婚礼以端正风华说》《四德颂》等倒退式歌颂类文章，但是其开启女学传播之功具有奠基之用，特别是它奠定了女性报刊明白晓畅、考虑女性受众的办刊立场（后来被很多女学刊物延续），成为女性刊物的开山媒介。《女学报》在维新时期颇有影响，据该报第 8 期《本报告白》说："本报价廉物美，每期一出海内称赏，远近来购者云集。每印数千，一瞬而完。"它的读者主要是上层妇女，"本报现今销路，以宦绅公馆居多。致市商零卖，除上海外，外岸尚无定处"。本来该刊决议重印数千张在外埠设立寄售处，以便扩大发行。但随着戊戌维新运动的失败，《女学报》被迫停刊。②

《女学报》之后，1899 年冬，陈撷芬在上海新马路华安里创刊主编了《女报》，这份刊物本来是随着《苏报》附送的，仅送六期就停刊。1902 年 5 月 8 日《女报》续出，月刊，期数重起，由苏报馆代为发行。1903 年 2 月 27 日改名为《女学报》，编号为第二年第一期，定价每册大洋一角五分，全年十一册全订者一元五角，邮税照加。编辑地址为上海新马路华安里女学报馆。发行所为上海二马路的苏报馆。印刷地址是上海四马路胡家宅的文明书局。虽然编辑者初意是"全年十一册"的月刊，但是实际上却经常拖刊，1903 年一共出版了 4 期。由于"苏报案"③发，陈撷芬 1903 年逃亡日本，在东京出版了第 4 期，④ 第 4 期的发行所改为

---

① 内则指《礼记·内则》，"记男女居室事父母舅姑之法"（郑玄注），《内则衍义》共十六卷，是顺治十三年（1656）世祖章皇帝福临承孝庄皇太后之训，命大学士傅以渐编撰。以《礼记·内则》为蓝本，分八纲、三十二目，规定女性尊亲、守节、慈幼、勤俭等行为规范的女教书籍。经元善对此高度评价："圣谟洋洋，典垂万世，实为塾中必不可少之书，俾天下亿兆妇女，有所遵守，则感发性情，渐摩礼仪，所以阐扬圣教，仰体圣天子法祖牖民之义，正非浅鲜。"参见《女学堂禀南洋大臣刘稿》，《女学报》1898 年 8 月第 4 期。

② 刘巨才：《中国近代妇女报刊小史（1898—1918）》，《新闻研究资料》总第 35 辑，中国社会科学院新闻与传播研究所编辑，1986 年 9 月。

③ 苏报案，1903 年 6 月，清政府勾结帝国主义在华势力逮捕革命派章炳麟，并且查封了《苏报》，案发的 6 月 30 日，陈范之子陈仲彝与办事员钱宝仁在新马路女学报报馆被捕。陈撷芬与父亲陈范逃亡日本。

④ 参见《女学报》1903 年第 2 卷第 4 期卷首。

上海国民日报馆，印刷人为野口安治，印刷地（原文为印刷所）为日本东京市牛込区，内地代派所有 11 处，主要有上海文明书局、广智书庄，杭州白话报馆，南京明达书庄等。该刊物由陈撷芬担任主笔，撰稿最多，其他撰稿人还有：湘言、陈嘉秀、陈超等。刊物主要分为论说、演说、尺素、新闻、女界近史、同声集、谐译、杂姐、词翰、译件、专件、最新眉语等栏目。其中演说栏目最具特色，废缠足、提倡女学、婚姻自由、女子团结这些主题，都成为一篇篇生动直白的"演说文"，以直抒胸臆、痛陈弊端的形式表现出来。特别是陈撷芬高呼婚姻自由，喊出了近代女性呼吁婚姻权利的"第一声"，"妹以为自由婚姻之风不倡，则女学永无兴盛之日，虽多设女学，仅能栽培稍识字、稍明理之女子耳，欲使其有独立之资格，则非此区区三五年所能成就也"，"按婚姻自由为女学进步之初基，诚如吾蕴华言，此风不倡，则女学永无兴盛之日也"。① 在新闻栏目里，《女学报》十分重视鼓吹女权、广开眼界，如新闻《平等阁笔记》《俄妇革命》《女权日盛》《女工独盛》等；报道女子教育的新闻有《女学生赴日本》《爱国女学校》等。在翻译和文艺方面，《女学报》也很有特色。它主要介绍西方的妇女教育理论与实践，如《女子教育论》《泰西妇女近世史》，以及外国女名人传记例如《俾士麦克夫人传》《西方美人》等。词翰栏目则政治色彩浓厚，大胆刊登了如《沈荩死》《章邹囚》这些具有鲜明反清革命色彩的诗词。② 该报还在谐译栏目发表义和团红灯照的故事讽刺、谐谑中国清政府惧怕外国人的荒谬现实。刊物整体可读性极强，绝大部分文章是白话文，这也正是秋瑾在《敬告姊妹们》中对女性报刊的期许，"就是有个《女学报》，只出了三四期，就因故停止了。如今虽然有个《女子世界》，然而文法又太深了，我姊妹不懂文字又十居八九，若是粗浅的尚可同白话的念念，若太深了简直不能明白呢"③。虽然秋瑾感慨《女学报》较早停刊，但她对其传播新知，特别是考虑女性受众群体的办刊定位高度认可。

---

① 陈撷芬：《鲍蕴华女士由神户来函》，《女学报》1903 年第 2 卷第 2 期。
② 《沈荩死》歌颂中国第一个为新闻自由献身，被慈禧太后下令杖死的记者沈荩。章邹指的是反清革命志士章太炎、邹容。
③ 秋瑾：《敬告姊妹们》，《中国女报》1907 年第 1 卷第 1 期。

随着《女学报》和《女报》(《女学报》) 的创办, 不断有女性报刊问世, 较有代表性的如 1903 年冯活泉在广州创办的《岭南女学新报》, 1904 年丁初我、曾孟朴在上海创办的《女子世界》, 1905 年张筠卿、张展云在北京创办的《北京女报》, 1905 年袁书鼎在江苏阜宁创办的《妇孺易知白话报》, 1906 年陈以益在上海创办的《新女子世界》, 1907 年秋瑾在上海创办的《中国女报》等。① 其中, 出版时间最长、影响最大的是《女子世界》。② 该刊 1904 年 1 月创办于上海, 1906 年停刊, 共出版 18 期, 刊物内容分为: 社说、演坛、科学、实业、教育、史传、译林、专件、记事、文艺等栏目。该刊创办初期由丁初我、曾孟朴任主编, 第一年第 6 期起, 由陈以益 (志群) 主编。他们都是当时的政治活跃分子, 丁初我是中国教育会会员, 和当时在上海的同盟会会员有密切来往, 并引秋瑾为 "同志", 与她保持密切联系。在他们的主持下, 《女子世界》成为女性报刊 "宣传最持久, 言论最勇猛, 最强烈的一家革命妇女报纸"③。《女子世界》主要撰稿人有金松岑、柳亚子、徐觉我、沈同午、蒋维乔、丁慕卢、周作人等, 这些当时知名的文化人士都是男士, 其刊物主要栏目如社说、演坛、教育、科学、卫生等基本撰稿权也操持在男性编辑者手中。当然, 《女子世界》中不乏女性的声音, 如秋瑾、杜清持、胡彬夏、张竹君、汪毓真, 还有女校一些杰出学生, 如务本女塾学生张昭汉、明华女学校学生张驾美、嘉定普通女学校学生廖斌权、广东女学堂学生张肩任等, 她们在女学论丛、社说、演坛、文苑等栏目也有若干作品发表。《女子世界》的办刊宗旨是 "改铸女魂", 特别是秉持维新派女性学说, 认为 "女子者, 国民之公母也", "然则欲再造吾中国, 必自改造新世界始; 改造新世界, 必自改造女子新世界始"④, "预造国, 先造家; 欲生国民, 先生女子"⑤。刊物内容定位于爱国、革命, 通过政

---

① 参见宋素红《女性媒介: 历史与传统》, 中国传媒大学出版社 2006 年版, 第 37 页。

② 辛亥革命前出现过两份《女子世界》, 另一份为陈蝶仙主编, 1914 年创办于上海, 月刊, 鸳鸯蝴蝶派女性期刊。

③ 方汉奇:《中国近代报刊史》, 山西人民出版社 1981 年版, 第 562 页。

④ 初我:《女子世界颂词》, 《女子世界》1904 年第 1 卷第 1 期。

⑤ 初我:《女子家庭革命说》, 《女子世界》1904 年第 1 卷第 4 期。

治革命实现妇女解放，呼吁女性担负起国民责任。对于当时进行的反美拒约爱国运动，《女子世界》大力报道妇女拒约活动情况，号召妇女抵制美货。它还提出了"女子家庭革命"的口号，主张把政治革命与女子家庭革命结合起来进行，并认为"论男女革命之轻重，则女实急于男子万倍！"①。《女子世界》还提倡女子教育，反对妇女缠足，提倡女权，养成女国民资格等，并且把这一切都与爱国救亡运动和民主革命结合起来。

海外留学女性报刊也出现了前所未有的繁荣局面。1904 年，潘朴在东京创办《女子魂》，秋瑾在东京参与创办《白话》月刊；1906 年，燕斌在东京创办《中国新女界杂志》；1907 年，何震在东京创办《天义报》，秋瑾在上海创办《中国女报》（仅出版 2 期）；1911 年，唐群英在东京创办《留日女学会杂志》，由胡彬夏任总编辑的《留美学生年报》在上海创刊。女留学生创办的女性报刊也成为本书的重要史料来源（后文有专节论述，此处不赘）。

女性报刊第一次"浮出历史地表"，具有极其重大的历史意义和价值，由晚清发端的妇女解放思潮至今亦未过时，彼时先进之士竞相宣说的"女权"，百年之后仍然响彻 20 世纪的天壤。而这些珍贵的女性声音，基本来源于女性报刊的第一个发轫期。女性在教育、社交、就业、财产、参政以及人身自由与婚姻自由等诸多话题在这些史料钩沉中清晰起来，关键议题的"真知灼见"或是"妄议"都具有历史原场的真实之感。从文学角度而言，这一时期也是最为原初的女作家出场时期。她们在报刊媒介的办报、发言，孕育了最初的"女性政论文学家群体"。有研究者指出，"20 世纪第一个二十年，中国女性文坛又出现了一道靓丽的风景线。其时，中国女权运动正在蓬勃发展，女性报刊也如雨后春笋般的应运而生。弘扬女权，批判男尊女卑等封建传统观念，反对缠足、倡导女学、宣传女性独立、争当女国民成为当时女权运动和女性报刊最紧迫、最重要的任务。面此现实，作为宣传女权的主要媒体，年青的女性报刊自然责无旁贷，而首先要解决的就是稿源问题。以宣传效应而论，在各种文体中，政论文无疑是最佳选择。也正是在媒体与

---

① 初我：《女子家庭革命说》，《女子世界》1904 年第 1 卷第 4 期。

传播互动下，20 世纪初女性文坛上诞生了一个女性政论作家群体"①。

二　北洋政府初期女性报刊：复古与商业化追求

1914 年袁世凯在思想领域开始尊孔读经复古，表彰贞妇、节妇，宣扬封建礼教。妇女运动也遭到极力压制，从 1914 年到 1917 年，仅有 14 种女性报刊创刊。它们是：《女子世界》（1914）、《妇女鉴》（1914）、《香艳杂志》（1914）、《眉语》（1914）、《妇女杂志》（1915）、《家庭》（1915）、《女子杂志》（1915）、《中华妇女界》（1915）、《江苏省立第二女子师范学校校友会会刊》（1915）、《家庭杂志》（1915）、《直隶第一女师范校友会杂志》（1916）、《青年女报》（1916）、《江苏省立第一女子师范学校校友会杂志》（1917）、《妇女旬刊》（1917）。②

主张"消闲"的女性报刊应运而生。1914 年由佘余焘发起了《妇女鉴》，该报因反对妇女争取自由平等的权利而受到封建官僚和卫道士的欢迎。1914 年 12 月，天虚我生（陈蝶仙）主编的《女子世界》创办，刊物设有图画、文选、译著、谈丛、笔记、诗话、说部、家庭、美术等栏目。该杂志标榜以"为阴教发凡"为宗旨，几乎全部用文言表达，复古色彩浓厚，极力与妇女运动唱反调，主张妇女要为男子守贞、守节，甚至极力鼓吹夫死妻殉，未婚夫死，未婚妻守贞至老甚至从死地下。1915 年 1 月，上海中华书局出版的《中华妇女界》，标榜"贤母良妻淑女之主义"③，"仿东西洋家庭杂志、妇女杂志办法，为女学生徒，家庭妇女增加知识，培养灵性。凡昔贤学说，女界美德，无不殚述而表彰之。而立身处事之道，裁缝烹饪之法，教养儿童之方，以中外妇女之技术，职业情形，悉为搜集，以资模范，而供研究"④。1911 年 6 月 11 日上海时报馆增办《妇女时报》，开创了商办妇女刊物的先河。该报的发刊辞称："蕲以唤醒同胞之迷梦，同人等于是谋为月刊，不敢谓吾于女界中发其光芒，

---

① 郭延礼、郭蓁：《中国女性文学研究（1900—1919）》，山东教育出版社 2016 年版，第 165—166 页。

② 刘巨才主编：《中国近代妇女运动史》，中国妇女出版社 1989 年版，第 388 页。

③ 《中华妇女界祝辞》，《中华妇女界》1915 年第 1 卷第 1 期。

④ 《中华妇女界》，1915 年第 1 卷第 1 期。

亦绍介所得以贡献于国民，则本志尽之职务也。"该刊以灌输新知识、改良恶风俗、发扬旧道德为宗旨，内容有论说、游记、文艺、医学知识、家庭游戏、各国妇女生活、小说、短评、读者俱乐部、妇女谈话会、各地风俗调查等，以指导家庭生活为主。该报印刷精美，文字以白话和浅显的文言文为主，文苑栏刊登旧体诗词。《妇女时报》的内容表现了商办妇女报刊的特点。由于不涉及时政，该刊的寿命延续了七八年，而且引出了一大批竞争者。如中华图书馆的《香艳杂志》（1914）、《女子世界》（1914），广益书局的《女子杂志》（1915），中华书局的《中华妇女界》（1915），商务印书馆的《妇女杂志》（1915）等。① 这些期刊刊登了多种女作家小说和翻译作品、诗词、散文，对于剖析这一时段女作家文学创作有着重要作用。

三　"五四"初期女性报刊：空前活跃

伴随着新文化运动的推进和马克思主义的传播，妇女解放思潮空前繁荣，妇女解放的各种问题也受到社会的重视。女性解放已经成为反抗封建旧礼教、旧道德的重要方向而汇入中国反封建、反压迫、反奴役的时代浪潮中。另外，就社会层面来说，妇女问题经过前十几年的积淀已经如星星之火开始燎原，而女子教育的累累硕果在这一阶段开始显现：女学生群体的出现标志着中国第一批接受学校教育的女性知识者的群体登场，从而为女性报刊的发展提供了作者群也提供了受众群。因此在这一阶段，女性期刊的蓬勃发展如滔滔江水不可阻挡，妇女问题的关注与持续讨论也成为社会文化生活的热点。据不完全统计，仅1919年女性刊物就增加了10种。这种热点甚至在非女性刊物上也持续出现，如《晨报》《益世报（北京版）》《京报》《世界日报》等北京最具影响力的几家报纸的主办者以其卓绝的胆识，敏锐地捕捉到了这个最新崛起的女性群体所特有的舆论号召力，继而通过为其创设专门副刊、提供发表阵地等形式，适时地将她们推上了话语主体的历史位置。上海的《民国日报》副刊《觉悟》通讯栏目几乎全成了女性问题的讨论园地。其他如《妇女

① 宋素红：《女性媒介：历史与传统》，中国传媒大学出版社2006年版，第48—49页。

杂志》自章锡琛担任主编后，一跃成为当时女性刊物的思想引领和争论阵地。而新文化运动机关刊物《新青年》对于妇女运动的重视和讨论则起到了引领社会文化风向的重要作用。《新青年》杂志的创刊不仅仅标志着新文化运动的开启，也标志着女性解放问题旗帜鲜明地又一次占据了社会文化生活的主要议题，引起了全社会的广泛关注和深度参与。

　　《新青年》自创刊起就比较关注女性问题，1915 年还主要集中在外国女性新闻、文艺作品、传记的翻译、引进上，如陈独秀的《欧洲七女杰》，到 1916 年，《新青年》开始希望女性发出自己的声音，并四次刊登《启事·女子问题》，号召女性读者、女知识分子针对教育、职业、结婚等各类主题发表自己的意见，尽管初期回应寥寥，直到第 6 号才刊登了 2 篇，但是妇女问题却迅速引起了当时新文化阵营的集体关注。陈东原先生的《中国妇女生活史》中记录："《青年杂志》前四号，对于妇女生活，没有什么新贡献，一卷五号第一篇论文为《一九一六年》，陈独秀才正式主张女子勿自居于被征服地位，勿为他人附属身份。这篇论文发表在五年一月，作此文时，正是袁世凯将要做皇帝的时候（袁以四年十二月十二日下令承认为帝），陈独秀恨极了当时的状况，所以希望民国五年时中国有一个巨大的变化。"① "你看他在《一九一六年》中沉痛的喊道'自居征服地位，勿居被征服地位……尊重个人独立自主之人格，勿为他人之附属品'，才对于三纲五常的旧说，开始炸毁。在那篇文章以后，《新青年》陆续发表了许多为女子鸣不平的呼声，也有些建议的议论。等到'五四'一起，这些理论被青年所尝试，妇女的生活才真正改了个局面。"② 从二卷六号起，《新青年》专辟"女子问题"专栏，这是"五四"时期最早设立妇女专栏的期刊之一，栏目虽小，却标志着《新青年》对妇女问题的高度重视，这无疑为同时期的报刊讨论妇女问题提供了可资借鉴的形式。如 1919 年到 1925 年《妇女杂志》的内容转向追求女子根本解放，出现了专号的特别形式。在这些专号中，离婚、废娼、妇女运动、妇女职业、家事研究、妇女生活、妇女与政治、妇女与文学等问题都有所讨论。此外，还有一

---

① 陈东原：《中国妇女生活史》，商务印书馆 2015 年版，第 278 页。
② 陈东原：《中国妇女生活史》，商务印书馆 2015 年版，"自序"第 2 页。

些专题讨论，如产儿限制、男女理解、婚姻问题等。① 甚至有研究者认为对于妇女问题的探讨，《妇女杂志》的地位不亚于或者高于《新青年》。②

正是由于《妇女杂志》在近代研究中的重要地位，因此在这里重点介绍如下。《妇女杂志》1915 创刊，1932 年初毁于战火，出版时间最长，共 17 卷 204 期，而有确切记载的文章数为 4865 篇（不包括图画 1200 幅），③ 在全国 28 个城市设有分售处，主编虽随着世事变幻而有所变化，但在其高峰时期，一些现代著名人物如鲁迅、周作人、周建人、叶圣陶、沈雁冰、胡愈之等均有若干作品，更由于在章锡琛担任主编阶段成为现代妇女解放问题讨论的主阵地而引人注目。

《妇女杂志》从第一卷到第六卷，主编是王蕴章，他还曾主编《小说月报》，后任《新闻报》秘书，是鸳鸯蝴蝶派的重要小说家。在他任《小说月报》主编时，已用"蓴农""西神"的名字多次在《妇女杂志》上

---

① 宋素红：《女性媒介：历史与传统》，中国传媒大学出版社 2006 年版，第 111 页。

② 据须藤瑞代统计，20 世纪 20 年代梅生编辑的《妇女问题讨论集》收录的 148 篇有关女性的论文中，有 59 篇转录自《妇女杂志》，占总数的 40%，由此可见，在 20 世纪 20 年代，《妇女杂志》引领了当时的女性言论，在引介外国女性主义潮流方面也起着核心作用（参见［日］须藤瑞代《中国"女权"概念的变迁》，姚毅译，社会科学文献出版社 2010 年版，第 147 页）。另有研究者刘慧英认为："1915—1917 年间，作为主流性话语阵地的《新青年》在关于妇女问题方面并不走在《妇女杂志》的前面，甚至也没有走在时代的前列，由于历史条件的不成熟——包括男女青年的思想意识都未能进入一个相对成熟的阶段，对妇女问题的思考也未能有所突破，不论是在大框架的构想方面，还是对细节的考虑和安排上都缺乏一种创新，他们向往和崇拜的是西方的'先进'——实际上更多的是别人描述的西方的'先进'，他们甚至缺乏 20 世纪初的人们对一切都质疑的精神。从《新青年》和《妇女杂志》所论述的一些倾向性较为一致的问题来看，例如关于贤妻良母的论述，无论是《新青年》还是《妇女杂志》或是当时其他刊物上发表的相关文章，都大致不离动员妇女为民族国家做奉献而尽母亲和妻子之天职这样一种'套路'。"（参见刘慧英《女权、启蒙与民族国家话语》，人民文学出版社 2013 年版，第 170 页）

③ 此数字为明确标示某某女士所著的作品数量，但这当中，仍不能排除有男作家化名的情况。例如薛海燕在《近代女性文学研究》中所指出的《女英雄独立传》（1907 年 1 月 4 日—3 月 4 日刊于《中国女报》1 期和 2 年 1 号），署名"挽澜女士"，实际为男作家陈渊的化名。各类征文 1247 篇；家政 352 篇；家政门 44 篇；小说 321 篇；名著 31 篇；杂俎 122 篇；自由论坛 87 篇；读者俱乐部 32 篇；家事研究 32 篇；家庭俱乐部 108 篇；科学谈屑 34 篇；讨论会 62 篇；通论 20 篇；通信 21 篇；通讯 130 篇；童话 27 篇；文苑 232 篇；新游艺 24 篇；学术 18 篇；学艺 380 篇；学艺门 46 篇；译海 40 篇；余兴 250 篇；杂载 16 篇；补白 666 篇；常识 83 篇；常识谈话 44 篇；传记 22 篇；调查 12 篇；附录 33 篇；附载 25 篇；记述门 46 篇；记述 4 篇；纪述 104 篇；纪载 11 篇；读者文艺 63 篇；妇女谈薮 76 篇；另刊载各类图像 1200 幅。

发表言论、小说及翻译著作。而且他本人工书法、通诗词，擅长写小说，正是这样的知识结构与倾向，使初期的《妇女杂志》有诸多的书法、诗词作品刊登，《妇女杂志》也成为当时鸳鸯蝴蝶派小说家集中发表作品的阵地。如胡寄尘在二卷二号至十二号连载《慕凡儿女传》，程瞻庐在四卷一号到六号连载《同心栀子弹词》，李涵秋的《雪莲日记》也刊载于《妇女杂志》的第一卷第七号到十二号，第二卷第六号、第七号。在新文化运动轰轰烈烈开展时，王蕴章主编的《妇女杂志》则成为一些青年学生抨击的重点，① 从而大势所趋地进行了改革，启用了胡彬夏担当主编，虽然对于胡彬夏的主编身份学界还有颇多争论，② 但其温和改良的办刊观念确实影响了《妇女杂志》的发展。③

---

① 1919 年五四运动前夕北大学生领袖罗家伦在《新潮》杂志上发表《今日中国之杂志界》（第 1 卷第 4 期），批评商务印书馆的《学生杂志》是"极不堪的课艺"；《妇女杂志》则"专说叫女人当男人奴隶的话"；《东方杂志》更是"毫无主张，毫无特色"，"对于社会不发一点影响，也不能尽到一点灌输新智识的责任"。时任《东方杂志》编辑的章锡琛说，当时高举新文化运动旗帜的刊物，首先向商务（印书馆）出版的杂志进攻。它们的批评，使得商务"在文化教育界的声誉顿时一落千丈"。商务印书馆也针对当时杂志的销量和时代热点，进行了编辑调整，1920 年 2 月 3 日，在商务印书馆的董事会上，传阅了上年的"营业总表"之后，张元济就指出，上一年不尽如人意的是，由于"新思潮激进，已经有《新妇女》、《新学生》、《新教育》出版，本馆不能一一迎合，故今年书籍不免减退"。

② 朱胡彬夏，即胡彬夏，朱是夫姓。出身江苏无锡书香门第，近代著名的女性活动家。她的兄弟胡敦复、胡刚复都是早年留美博士，有"一门三博士"之誉。女学的兴起对促进近代知识女性的成长意义重大。同样境遇的日本之崛起被清政府所效仿，兴起留日求学潮，大批女子走出国门，涌向日本求学。年仅 14 岁的胡彬夏成为我国最早一批赴日本留学的女学生，而在 19 岁之际又通过考试被选送赴美留学，是我国首批官费留美的女学生之一，当时与之同行赴美的就有日后成为孙中山夫人的宋庆龄。按章锡琛回忆，胡彬夏是"上海私立大同大学校长胡敦复的妹子"。故而商务想借助她的声望来扩大杂志影响，提升自己的声誉，吸引读者的视线。谢菊会曾在《妇女杂志的种种》中说："朱胡彬夏女士为主编……在各大报大登广告，对朱胡彬夏极尽吹捧之能事，实际上她与挂名差不多……一切均由王蕴章负责编辑。"

③ 董丽敏在《商务印书馆与中国文化的"现代"转型（1902—1932）》中认为"像《东方杂志》《教育杂志》《妇女杂志》等无一例外被公认为近现代中国该领域中最有影响的杂志，……这些杂志都毫无例外经受了五四新文化运动的洗礼，受到了像罗家伦这样的新式知识分子极其猛烈的抨击，都经历了撤换主编和刊物改版的命运，然而最终，它们依然会很鲜明地与激进的新文化期刊如《新青年》等保持一定的距离，其中的缘由值得细细品味。对这一现象的追问，显然可以引发我们对'现代'转型姿态及实质的反省，进而讨论在中国这样的后发现代性国家中，文化'革命'的实际效应应该以何种理论资源、视野和参照系去加以把握"。载董丽敏《商务印书馆与中国文化的"现代"转型（1902—1932）》，商务印书馆 2017 年版，第 233—234 页。

　　《妇女杂志》作为研究 1915 年女权思潮退潮期的重要史料，也被一些研究者称为"贤妻良母"刊物，[①] 但由于其融合的办刊立场，而使得这份刊物具有多元的文化风格。[②] 特别为妇女史研究者重视的是，《妇女杂志》章锡琛时期以妇女问题为阵地，设置了一系列社会女性解放的重要议题。当时由日本与谢野晶子著、周作人翻译的《贞操论》引起了新文化运动主将对封建的片面贞操观的批判。《新青年》第四卷第六号出"易卜生号"专刊后，伴随着《玩偶之家》的发表，人们开始对妇女解放与经济自立问题进行深入讨论，另外如恋爱、婚姻、离婚自由、产儿限制、废娼等问题的集中讨论一时间在社会舆论特别是年轻学生群体中引起了强烈反响。《妇女杂志》以前所未有的深度和广度讨论了妇女问题，并首创使用马克思主义观点研究妇女问题，将妇女解放置于无产阶级彻底解放的条件下，使妇女解放有了坚实的根基，推动了妇女解放运动的健康发展。我们的研究中，有大量文章皆来源于《妇女杂志》，这也和它多元的办刊主张，以及极其巨大的文章数量和容量有关。

　　在一些女高师学堂，由女性编撰者结集而成的女性刊物也在迅速觉

---

　　①　海外学者王政承则把创刊到茅盾（沈雁冰）参与编辑称为"贤妻良母"时期；从茅盾参与编辑到章锡琛接掌主编，称为"新文化自由主义、妇女主义"时期；章锡琛离开商务印书馆以后，统称为"女性主义堡垒的陷落"时期。法国学者 Jacqueline Nivard 对《妇女杂志》的分期是从创刊到 1919 年是要求"温和改变"的阶段；从 1920 年到 1925 年为"起飞"时期，是对传统道德观念挑战的阶段；从 1926 年到 1930 年是回归保守的阶段；从 1930 年到 1931 年是"五四"时期激进哲学回光返照的阶段。与王政承观点基本一致。

　　②　代表观点如刘慧英先生的《被遮蔽的妇女浮出历史叙述——简述初期的〈妇女杂志〉》，论文认为妇女杂志早期大量文章的出版，就像"一册巨大的展示妇女成就的集锦（或者说百科全书），使常年埋头琐碎繁重的家务劳动中的中国妇女看到了自己以及自己的先辈所付出的心血和所创造的成就。……从而使常年看来杂乱无章或不登大雅之堂、实际上则丰富厚实的家政常识及妇女生活平常琐碎的一面得以进入历史视域"。另外，它还是"对'分利说'"的颠覆（参见刘慧英《被遮蔽的妇女浮出历史叙述——简述初期的〈妇女杂志〉》，《上海文学》2006 年第 3 期，第 73 页）。在后期出版的《女权、启蒙与民族国家话语》一书中，刘慧英更进一步丰富了这一结论，认为"女权启蒙出于维护民族国家利益的目的而对妇女进行命名，同时在历史和现实中给予她们一席之地，并希望妇女像男人那样为民族国家献出自己的一切，而并不打算对妇女的历史进行反思和'还原'。《妇女杂志》却在初期女权启蒙与'五四'新文化运动开始的缝隙之间，对长期被遮蔽的妇女历史和生活常态作一定程度的还原，从而使女性的历史得以浮出历史叙述，这是《妇女杂志》的突出贡献"（参见刘慧英《女权、启蒙与民族国家话语》，人民文学出版社 2013 年版，第 163—164 页）。

醒，比较有代表性的是《北京女子高等师范文艺会刊》，1919 年 6 月创刊于北京，由北京女子高等师范文艺研究会编辑发行，永明印书局负责印刷工作。该刊最初为季刊，年出四册，兹因经济和印刷原因，改为不定期出版，刊物每册售价大洋二角五分。① 该刊注重研究文学及艺术方面的内容，本着德育、美育两大主义，明确宗旨为：提倡纯洁道德、发挥高尚思想，商榷古今学说、陶冶优美情操、助长美术技能、涵养强固意志。② 设置栏目有图画、通论、专著、艺术、讲演、文苑、记载等，此外，还刊登国外女界消息、国内女界消息，本会记录、附录等。作为一份社会科学性质的综合类刊物，该刊的内容学术价值较高，刊登了该会会员撰写的关于文学、哲学、教育、古文字以及妇女问题等方面的论著与演讲词。文字研究方面，探讨了文言合一问题，考究了文字源流的历史，并对文字读音统一问题发表文章，谋求文言知识分子之间的商榷。文学方面，考据了先秦时期的经书古籍，载文有陈定秀的《周秦诸子学派述》《尔雅说文之异同》等。此外，还考察了周代的历法、西周的朝仪、原始的图腾制度及古代方舆学说等。讲演部分，具体可分为名人演讲、师长演讲和学生演讲。名人演讲如杜威的教学哲学演说，师长演讲如陈仲襄先生的人类进化和退化演说等。文苑部分，主要刊登该校同人及校外作家撰写的诗文，以文言文为主，包括古今体诗和骈散文等。记载栏中刊登校园活动和该校文艺研究会的会务情况，对于研究该校及文艺研究会提供了基本的史料。此外还刊登了妇女动态，报道国内外女界新闻动态，载文有《记美国各女校内容》《朝鲜女学生之呼吁》《美国法

---

① 根据《北京女子高等师范文艺会刊》第 3 期"本会启事"：本会文艺会刊原定为季刊，年出四册，兹以经济及印刷种种关系，每不能按期出版，对于阅者诸君无比歉疚。不得已改为不定期出版，易为"丛刊"，尚希鉴谅为幸。

② 《北京女子高等师范文艺会刊》第 2 期，《编辑例略》指出："本会刊原是本校文艺研究会同人组织底一种杂志，今年本校学生自治会正式成立，依两会协议底结果，本刊乃为自治会全体会员商量学术、发表思想底机关。"另外对于前期和后期，由于新文化思潮迅速的发展，很多观点也发生了变化，编辑解释为："本期同人发表底意见和所用底文体，各不相同，甚至于彼此矛盾，也是不可免底现象。本会为尊重各会员思想自由，言论自由起见，概不敢以个人私意，妄加增损。即同属一人意见，第一期和第二期中，也难免有前后歧异底地方。读者正可借此看他们思想底变迁，援后证前，以彼驳此，弗就可以不必。"

定之女律师》等。值得注意的是，该刊创刊号中还附录了调查录、本校校友会简章、本会会员录及本会职员录等内容，为研究该会补充了重要的资料。众多女学生从《北京女子高等师范文艺会刊》中脱颖而出，代表的如苏雪林（笔名苏梅）、程俊英、庐隐、冯沅君等。尽管该刊物中仍然体现了女子高等教育初期文言文创作为主的情况（文言文数量为102篇，白话文数量为60篇），从文体数量来看，古体诗词360首、骈散古文28篇，仍然占据了文艺创作的主流，女学生群体发表学术研究和文艺创作仍然呈现出新旧交杂的状态，但是毕竟展示了女学生群体在"男性主导的文学改革中的勉力转型"[1]，从而具有历史之功。

　　女学生以群体形式开始广泛进行期刊的编辑和主创工作。1920年10月30日，《益世报·女子周刊》创刊，署名"均一"者在发刊词中写道："此周刊之计划既决，乃欲以女子主任编撰，幸女高师周沁秋、苏俪伽、杨致殊诸君，慨许担任。诸君才识优长，余所深信……须郑重声明者，即本周刊既为女子周刊，其著作人自应大多数为女子，不然，则是男子周刊，未免名实不符。至于此后编撰之责任，余亦深愿周苏杨三君负全责也。"这里面的苏俪伽经学者考证就是苏雪林。[2] 此外，冰心、庐隐、冯沅君、石评梅、陆晶清、凌叔华这些闻名遐迩的"五四"女性作家群的出现也与女性接受高等教育，从而在文学期刊上发表作品，获得机会登上文坛有关，至此，新一代"五四"女作家群"浮出历史地表"，成为现代文学崭新的生力军，加入新文学的建设。

　　女性报刊具有以下几个明显特征。第一，部分刊物基本由女性独立创办，撰稿人大多为女性，体现了女性解放运动与国家、民族、时代的同频共振。从《女学报》到《中国女报》，从《妇女杂志》到《北京女子高等师范文艺会刊》，康同薇、秋瑾、唐群英、林宗素、刘青霞、张汉英、燕斌、何震等一大批女性借由报刊媒介走向了近代历史的前台，成

---

　　① 朱敏：《北京女高师〈文艺会刊〉与"五四"知识女性的写作转型》，《汉语言文学研究》2015年第3期。

　　② 王翠艳：《〈益世报·女子周刊〉与苏雪林"五四"时期的文学创作》，《现代中国文化与文学》2006年第1期；王翠艳：《"五四"女作家苏雪林笔名考辨》，《北京师范大学学报》2008年第3期。

为社会文化空间的"发声者",她们媒体人的身份,成为近代女作家身份转型的一个重要特征。不仅仅是她们,我们还可以借由各种女性报刊,开列一份长长的身份名单。这些女性撰稿人、女记者、女作家,她们大多受过近代教育,接触了近代科学和文明,也经历了国家主权丧失的屈辱,认识到女性参与社会运动的重大意义,她们的文字因此具有极强的自觉意识,体现了女性的自主性。从维新改革到武昌起义走向共和,从反抗袁世凯复辟独裁到掀起新民主主义革命、文学革命,这些女报人、女作家、女写作群体或摇旗呐喊发表檄文,或积极参与社会讨论,形成了一股浩荡的有生力量,汇入中国近现代化的洪流之中。

第二,女性知识分子群体借由文化媒介不断参与社会话语建构,在变幻的时代浪潮中,性别主体意识和启蒙意识、家国意识不断增强,特别是在争取女权的过程中,展示了前所未有的富于抗争、勇于自省的精神,为后续女子解放、女性参与社会主义革命斗争奠定了基础,也为具有现代性意识的女作家群"浮出历史地表"奠定了思想基础、文学准备和舆论氛围。陈撷芬在《独立篇》中大胆指出:"男子即有以兴女学,复女权为志者,亦必以提倡望之男子,无论彼男子之无暇专此也,就其暇焉,恐仍为便于男子之女学而已,仍为便于男子之女权而已。"① 她明确了男性兴女学、复女权的出发点仍在于"便于男子",主张摆脱男性的依赖和启蒙,自省自救。何震更大胆指出:"女子之职务,当由女子之自担,不当出自男子之强迫;女权之伸,当由女子抗争,不当出于男子付与。……故吾谓女子欲获解放之幸福,必由女子之自求,决不以解放望之男子。"② 这种带有女权主义思想色彩的大胆发言,振聋发聩。尽管有研究者发现,女权的兴起从总体上来说,是男性启蒙者发起的社会运动,在"救亡图存"的国家、民族利益话语的宏大叙事中,女性似乎成为男性启蒙者的一个"回响"、一个"苍凉的手势",但是回归真实的史料中,却让人不免往往惊喜于女性觉醒者的清醒和洞察力。"她们批评且挑战了主流媒介的权威性,既创造了妇女发声表达自己意见的机会,又共享了

① 陈撷芬:《沥我肝胆血和君杯中酒:独立篇》,《女学报》1903 年第 2 卷第 1 期。
② 震述:《女子解放问题》,《天义》1907 年第 7—10 卷合册。

妇女之间的生活经验、智力情感，以及被倾听的尊重。"①

第三，女性媒介的出现和蔚为大观与近代西学观念的传入、演进和深化是密不可分的，鲜明体现了中国近代化的社会文化形态特征。"清末的引进是多渠道的，对社会的影响也是多层次、多方面的。近代科学不仅影响了科技人才，还影响了思想家，许多思想家在接受新知识后，自己也很快成了传播者，这就使科学知识起了开化社会风气的作用。"② 所有的女性报刊基本秉持了综合刊物的发展定位，而科学新知的传播与运用，建构新的文化观念，成为女性报刊在栏目设置、内容编排、读者交流的重要话题。无论是图画环节的"影像展示"，还是论说中的女性重知识、谋生的手艺，抑或是增长家庭看护的学问、卫生看护常识、介绍数学、几何常识的"杂俎"，广开眼界的世界新闻，这些"格致之学""社会之学"都向女性打开了认知世界的大门，而作为主编、撰稿人、投稿者、读者的近代女性知识群体，就在文化迭代、知识更新的时代浪潮中进行了身份的蜕变。

第三节　视角、概念与方法

由于中国近代化的时间空间话语缠绕、史料资料交叠，为研究设置了庞大的"背景之域"，因此厘清和明确话题概念，成为进入这一研究的重要起点。本书主要采用了性别视角和性别批评方法，以期对清末民初阶段的大量女性史料进行梳理，从而发现其隐含的文化转型问题。

一　性别视角和性别批评方法

性别研究是近年来在女性问题研究领域兴起的重要研究范畴，"性别"作为人类社会的基本存在方式，是社会文化的重要方面，也是文学批评的重要范畴。"性别批评，作为广义的性别文化研究，立足社会文化构成，以社会分析范畴取代生理决定论，超越传统性别内涵，打破传统

---

① 曹晋：《媒介与社会性别研究：理论与实践》，清华大学出版社 2015 年版，第 6 页。
② 叶晓青：《西学输入与近代城市》，北京大学出版社 2012 年版，第 30 页。

女性主义批评的二元对立思维，重绘了人类深层性别结构的文化图景。……性别批评与女性主义批评既有联系又区别，既交叉互补又面貌各异。性别批评实际上是一种从后现代主义建构论出发的要求在认识和判断文学中的社会性别时取消男女两极、以承认性别有交互与越界的可能的社会文化立场考察性别建构的开放性话语方式。……性别批评大体表现出如下特征：首先是对性别问题上二元思维批评模式的超越。……其次，性别批评融入了复合式的批评视角——所谓'复合'，即不再以单一的女性视角作为批评标准，而是在超越异性批评的基础上，将被忽略的男性视角纳入其中。……再次，性别批评在女性文学身份疆界和叙述疆界方面有所开拓。随着性别研究的深入，性别批评者逐渐意识到，不同社会阶段中，性别角色及其象征意义是不断发展变化的。因此，所谓性别问题，最根本的还应从社会文化立场上去理解，揭示其内在机制和运作方式。"①

在本书中，使用性别批评方法是一种比较公允，而且符合近代历史事实的方法，因为考察中国的语境即可发现，在中国古代社会漫长的礼教发展中，"男尊女卑、夫为妻纲、三从四德、贞洁观念等，构成了中国宗法社会所特有的压迫和禁锢女子的完备的思想体系。由这样的社会性别定位和性别秩序所带来的，是男女两性之间人生使命的重要差异"②。近代中国摆脱半殖民地半封建社会的救国图强运动催生了中国女性争取权力和自由的运动，"废缠足、兴女学""兴女权""妇女与儿童的发现"等社会命题基本上都是在男性启蒙者、改革家的号召下产生和发展的，在女性解放运动的各个阶段，男性精英群体对于社会运动的积极引导、文化舆论的讨论争鸣都起到了至关重要的作用，"妇女问题能够进入轰毁父系文化大厦的第一批引爆点，首先得归功于男性新文化先驱者们的齐声呐喊"③，这也恰恰证明了中国女性问题的矛盾复杂性，在性别问题被

---

① 乔以钢、张磊：《论性别批评的构建及其基本特征》，载刘思谦、屈雅君等《性别研究：理论背景与文学文化阐释》，南开大学出版社 2010 年版，第 76—89 页。

② 乔以钢、林丹娅：《女性文学教程》，高等教育出版社 2017 年版，第 2 页。

③ 孟悦、戴锦华：《浮出历史地表——现代妇女文学研究》，河南人民出版社 1989 年版，第 8—9 页。

复杂定义为文化、历史、殖民、阶级、政治的多重表征下，既关注男性精英群体的女性问题着力点，也考察女性问题自身的发展脉络，打破比较僵化的"男/女"二元对立模式，结合历史语境去剖析性别化的民族、国家话语，从性别角度对文学创作的主旨、形象、叙述方式和语言进行分析，对国内外学界的近代女性问题研究实践进行理性审视，就形成了本书的基本考证思路和途径。

二　相关概念厘定

（一）关键词一：清末民初

关于历史时间的限定，清末民初是一个多重语义投射的时间区域。有学者认为，"对于清末民初这个时间段的确定，从自然时间的角度具体是指 1860 年到 1920 年；从社会文化时间意义上确定，主要指中国近代化历程开始和发展的阶段"①。

还有学者认为，"清末民初已经作为一个专有名词而广泛地用于中国近代历史、社会和文化等研究的方方面面，但是人们对这一时间段起止的划定却并不完全一致，我们参考多数人的意见加上我们对语言状况的了解和认知，把这一阶段的起止时间定在 1840 年鸦片战争结束到 1919 年'五四'运动前夕"②。

清史专家郑天挺先生提出过应将"清末"和"晚清"加以区别，他认为末期"是指旧的生产关系完全崩溃瓦解，并向新的社会制度过渡的阶段"，而晚期"是指这个制度已经开始走向崩溃，但还没有完全崩溃，在个别方面还有发展的余地"③。这是从社会发展角度对清末和晚清做出的判断。而很多学者更倾向于从文学发展的生产、接受、消费去进行文学的划分，例如王德威先生在高度评价晚清文学，提出"没有晚清，何来五四"论的时候，就说："我所谓的晚清文学，指的是太平天国前后，以至宣统逊位的六十年；而其流风遗绪，时至'五四'，仍体现不已。在

---

① 马雁：《转型中的中央与地方关系：以清末民初云南边疆法律变迁为例》，中央编译出版社 2010 年版，第 19 页。

② 刁晏斌：《试论清末民初语言的研究》，《励耘学刊》（语言卷）2008 年第 2 期。

③ 郑天挺：《清史简述》，中华书局 1980 年版，第 32 页。

这一甲子内，中国文学的创作、出版及阅读蓬勃发展，真是前所未见，并在实际转折交替处，或'世纪末'之际，蔚为高潮。"① 同时他也认为，"晚清文学的发展，当然以百日维新（1898）到辛亥革命（1911）"为准。

我们还发现这样一种倾向，论及具体时间，则往往由具体标识事件或者风潮为界限。魏爱莲就在《美人与书：19世纪中国的女性与小说》中认为："过去二十年间的中国女作家研究，基于性别分析而言，晚清无疑是一个成果颇丰的时期。其中的成果之一，即是将中国女性小说创作的'起点'从1919年'五四运动'时期向前推至1902年左右，这一年，梁启超创立了《新小说》杂志；而在此前四年，中国第一份女报也得以问世。"② 薛海燕在《女性文学研究》中关于时间的划分也有如下观点："研究近代女性文学史者应该注意，戊戌不仅是女性社会地位、生活方式、受教育方式由传统走向现代的分水岭，也是女作家胸襟、见识及文学表现力突破传统思维定势的转折点。以戊戌为界，近代前期女性文学传统色彩比较浓厚，后期女性文学则表现出越来越明显的现代意识。"③

综上，本书将"清末民初"的时间限定为"1898—1919年"，有这样的考虑：

第一，本书关注点在于女作家社会文化身份的转型，因此以第一个女学创办为标识物，以女高师学生创作"浮出历史地表"前为收束，承接"五四"女作家群的崛起，具有历史典型价值。中国第一个女学当属1898年5月开办的"中国女学堂"，这个女学堂是国人自办女学的先河，因此产生了近代第一批女学生、女报人，而研究的下限落在1919年，这自然首先是因为五四运动在女性史上的里程碑意义，同年北京女子高等师范学校设立，是教会女学外最早的女子大学，北京大学、南京高师等学校于次年招收女学生，女性进入高等教育体系，也诞生了具有现代意

---

① ［美］王德威：《被压抑的现代性——晚清小说新论》，宋伟杰译，北京大学出版社2005年版，第1页。

② ［美］魏爱莲：《美人与书：19世纪中国的女性与小说》，马勤勤译，北京大学出版社2015年版，第243页。

③ 薛海燕：《女性文学研究》，中国社会科学出版社2004年版，第51页。

义上的中国女性文学，女作家以独立的性别平等意识、社会主体参与意识和独特的性别写作风格参与到中国现代化进程中。

第二，符合女性解放运动中女作家登上历史舞台的集中考察需要。虽然明清之际，女性创作就已经形成了一定量的规模，[①] 但据其文学创作形态、传播模式、话语风格、艺术创造、读者群接受等方面考察，只有在 1898 年之后，众多女作家的文学创作才真正形成了社会力量，并塑造了女性的社会文化认知。孟悦、戴锦华在《浮出历史地表——现代妇女文学研究》"绪论"中高度评价了清末民初之际女性群体的历史作用："从秋瑾的时代起，中国出现了一批批真正代表新社会力量的女性社会活动家、女讲演者、女宣传者、女革命家和女战士。与农民起义中的巾帼英雄不同，她们不再隶属于封建父系秩序内部以朝代更替为标志的历史循环，而隶属于新生的反秩序力量。另外，从《中国女报》始，中国有了第一批反抗性的女性刊物，到 20 世纪初，中国也已有了第一批女留学生、女科学工作者、女学者、女文学艺术家——有了现代意义的指示妇女而不是古代那种识文断字的女诗人，这一切汇集在五四新文化运动前后，中国新的意识形态领域终于第一次认可了不是妻、妇等'从人者'意义上的女子和她们的行为。从此，我们的概念谱系中方有了'女性'这样一个概念和它标志的女性性别群体。"郭延礼先生在《中国女性文学研究（1900—1919）》中认为，1900—1919 年"这二十年是中国女性文学的转型期，从创造主体（亦即创作主体）、文体类型、文学主题、艺术表现到传播媒介均发生了巨大变化。特别值得关注的，是 20 世纪初中国女性文学四大作家群体的出现，它改变了传统的女性文学创造主体——女诗人/女词人独霸文坛的局面，而出现了新的四大方面军：女性小说家群、女性翻译文学家群、女性政论文学家群、南社女性作家群。这四大群体，更为这时段的女性文学增添了特有的光辉"[②]，"中国第一批现代意义上（以及'作家'意义上）的女作家，命中注定诞生于通常说的'五

---

① 此类研究专著较多，如《闺塾师》《才女彻夜未眠》等。
② 郭延礼、郭蓁：《中国女性文学研究（1900—1919）》，山东教育出版社 2016 年版，第 2 页。

四时代'（1917—1927）——这个中国有史以来罕见的'弑父'时代"①。

第三，符合本书研究考察史料来源的真实情况。第一份女性刊物《女学报》1898 年兴办，其后伴随着废缠足、兴女学、争女权运动，女性报刊的繁荣期延伸至辛亥革命时期，并且异彩纷呈。女性报刊虽然在袁世凯复辟阶段经历了短暂的低潮，但从刊物角度又促生了消闲、娱乐为主的妇女刊物的出现；最后在 1919 年新文化运动前后，一大批包含"五四"妇女解放精神的妇女刊物进入社会文化舆论空间的主流，从而为现代第一批女作家出场奠定了基础，这种时间定位，符合史料的历史形态，也为本书确定了研究脉络。

（二）关键词二：女作家

女作家与女性文学的概念是相伴相生的。

王春荣在《女性生存与女性文化诗学》中明确指出："女作家，从社会学角度说，她是以写作为谋生手段的职业妇女。而在女人堆里，她是最富想像力，最具形象感，最有审美品位，然而却是命运最凄苦，甚至神经分分的人。但无论从社会学还是妇女学角度看，女作家都是极富个性的特殊的女人名分。"② 当波伏娃认为女性是被塑造的时候，女性与文学的关系的确仅仅停留在了早期阶段，这个时候女性是文学的描写对象，或者是对男性创作激情的唤起，"提供美感捕捉的契机"，当女性开始拿起笔来写作，创造文学形象，尤其是自身形象，便将女性与文学推向了一个新境界，文学也才开始有了完整的内涵。可是，女作家最初的创作除了自我写照、自我宣泄外，还没有确立自己的审美个体，没有掌握得心应手的技巧——语言，因此，女性与文学的正史才写了第一笔。"女子为文是极为艰难的，女作家有了'自己的一间屋'，是披荆斩棘、前仆后继斗争得来的。在中国这块被封建礼教长期浸泡的土地上，妇女要执笔为文，谈何容易。基于这样一种思想，笔者认为，女性文学既不应作太狭义的解释，又要避免广而论之。强调女作家作品这一基本要素，而又

---

① 孟悦、戴锦华：《浮出历史地表——现代妇女文学研究》，河南人民出版社 1989 年版，第 8—9 页。

② 王春荣：《女性生存与女性文化诗学》，辽宁大学出版社 2002 年版，第 4 页。

不绝对限制文学所反映的内容必须是女性生活、女性问题、女性形象。只要作品出自女作家之手，应不问题材范围、文学形象的性别如何，一律视之为女性文学。"①

关于女作家是否形成了独立的审美个体，是否掌握了纯熟的语言，是否确定了女性的性别主体地位，成为另外一些研究者的重点。乔以钢、林丹娅在《女性文学教程》中就认为："女性写作是一个具有西方背景的概念，它源自法国女性主义作家与学者埃莱娜·西苏的著名论文《美杜莎的笑声》。在这篇文章中西苏提出，既然历史与文化对女性的钳制是与对她身体与欲望的钳制相联系的，那么，女性要获得解放，首先就要回归女性自身的身心体验。因此，女性可以而且应该通过自己的身体表达思想，因为她没有属于自己的语言，唯有身体可以凭依。但是，在用自己的身体表达思想时，必须是忠实于自己的女性视角、女性立场，必须忠实于女性的真实感受。在这个过程中，不能有男性中心的价值观、审美观潜在地发挥着作用，更不能成为被男性观赏、窥视、玩弄、界定的对象和客体。"②

这种女性主义倾向的女性写作观念得到了很多女作家的拥趸，难怪王安忆在《上海女性》中热情地赞颂女作家："在男性作家挥动革命的大笔，与官僚主义、封建主义等等反动、落后、腐朽的势力作着正面交锋的时候，女作家则悄然开辟着文学的道路，将战壕一般隐秘的道路，一直挖到阵地的前沿。这时候，中国的文学便呈现了崭新的却也是古老的面目，不再仅仅作为宣传的工具和战斗的武器，已被允诺了宽限的时间，与已在发生的事情拉开距离，迟到地表达个人的意见与心情，并且日益走向独立，却也失去了狂热的欢呼和显赫的光荣，越来越感到寂寞——文学回到了它本来的位置上。我想说的是，在使文学回归的道路上，女作家做出了实质性的贡献。"③

但是我们似乎不能把这么样的女性写作概念超前性地去要求近代的

---

① 王春荣：《女性生存与女性文化诗学》，辽宁大学出版社 2002 年版，第 5、11 页。
② 乔以钢、林丹娅：《女性文学教程》，河北教育出版社 2007 年版，第 3—4 页。
③ 王安忆：《上海女性》，中国盲文出版社 2008 年版，第 2 页。

女作家们。因为，"女性的觉醒一方面固然与当时男性的疾呼不无关系，但我们认为更多的是出于女性天然的性别立场的自主自觉以及历史条件的成熟"①。17世纪以来，女作家的数量几乎超过了以往的总和，并在作品形式上突破了传统的以诗词为主的女性写作模式，以讽刺世事、叙说身世情怀等为题材的小说、戏剧大量产生，塑造了诸如女状元、女大臣等勇于突破性别界限的女性形象，体现了对社会的热情关注和对女性自身价值的自觉追寻。鸦片战争以后，她们更以敏锐的眼光和深刻的洞察，以女史的昂扬姿态，生发出揭发世情世态、论世救世的主张。并且身体力行，活跃在教育、传媒、政治、文化各个领域，形成了蔚为大观的时代景观。为什么清末民初阶段的女作家创作越来越引起学界的重视？因为"与传统女性作家相比，近代（特别是后期）女性作家具有新的特点。这些特点主要是：①所受的教育不同。近代女性作家除接受传统教育外，有些人还接受过新式教育。②近代知识女性的知识结构与古代闺秀相比发生了很大变化"②。近代女性文学，除受传统女性文学感伤性的影响外，又增添了时代的悲剧内容，即民族危亡、战乱频仍的社会现实，国家的忧患与个人的不幸遭遇（战乱带给妇女的不幸），使近代女性文学回荡着感伤与悲怆。近代女性文学是奇彩绚丽、丰富多姿的，较之古代女性文学，它不仅体裁更加完备，而且在思想和艺术上也有许多新的特点，它是近代文学中一个重要的方面军。③

　　近代女性文学往往被贴上落后、蒙昧的标签，随着旧体诗的没落，近代女性文学被一同扫进历史的幽暗角落。没有人再关注她们从传统闺阁文学走向现代女性文学所跨越的重重险境，没有人在意她们为女性文学的健康成长所做出的艰辛努力，更没有人认真思考女性文学从传统到现代的转变过程中这些女作家创作所起的过渡与中介作用。实际上，清末民初女作家的创作既有古代女性创作的传统特征，又有近代女性启蒙的时代气息，她们的文学创作是在研究近代政治历史背景下，女性文学

---

①　周天枢等：《女性学新论》，华中师范大学出版社2010年版，第58页。
②　郭延礼：《中国前现代文学的转型》，山东大学出版社2005年版，第325—326页。
③　郭延礼：《中国前现代文学的转型》，山东大学出版社2005年版，第339页。

与人生选择的最佳标本。正因为有她们的女性自觉和独立精神，才会有"五四"以后陈衡哲、谢冰心、冯沅君、苏雪林、庐隐、石评梅、丁玲等一大批现代女性作家的涌现。

（三）关键词三：女作家社会文化身份

Identity（身份或身份认同）一词一部分源于法语 identité，一部分源于拉丁文 identitat－，后来发展为英语中的 identity 一词，有多重含义：一是同一、一致性；二是本体、本身、身份。"identity"一词既具有名词性的含义，也具有动词性的含义。名词性的含义表达身份选择的结果，即个体所拥有的归属于某一群体的共同特征，即"身份"，它既包括个体的自我定位，也包括他人强加给个体的定位；[①] 动词性的含义强调身份选择的过程，即"身份认同"（identification）。[②]

身份，即作为主体的自我，则可以被同时理解为建构的起点和目标，具有自主和自足的特征。承认身份的自足性，是一种本质主义的观点，即认为身份是"自然拥有或生成的，是通过个人的意志和理性而获得的，因此人们对自身的存在有清楚的认识和理解。个人及其隶属的群体的 identity 都是内在的、同性的、确定的、整全的、统一的、总体性的、有边界的，是人们把握自我和根植社会的基点。换句话说依然存在一个古典哲学中所谓的'自然人'"[③]。而在现代社会中，身份还有人与社会的关系的重要属性。"社会成员在社会中的位置，其核心内容包括特定的权利、义务、责任、忠诚对象、认同和行事规则，还包括该权利、责任和忠诚存在的合法化理由。如果这些理由发生了变化，社会成员的忠诚和归属就会发生变化，一些权利、责任就会被排除在行为效法之外，人们就会开始尝试新的行动规则。所有这些方面都隐含在对社会身份的认识当中，被社会成员接受、承认、效法和（对他人的行为形式）期待。"[④]

---

① D. Block, *Second Language Identities.* London & New York：Continuum，2007，p. 26.

② 曾祥宏：《翻译与身份研究框架探赜》，《上海翻译》2018 年第 1 期。

③ 张静主编：《身份认同研究》，上海人民出版社 2006 年版，第 47 页。

④ 张静：《身份：公民权利的社会配置与认同》，参见张静主编《身份认同研究》，上海人民出版社 2006 年版，第 4—9 页。

把"身份认同"大致理解为"（对）身份的承认或认同"，是一种非常中国化的构词及表述方式。但如果从它的英文单词 identity 来看，"身份认同"实际上又是一种同义反复的构词法，因为"身份"和"认同"其实是同一个词。中国的认同危机，根本起源于晚清时期中国现实的特殊情境，即"思想启蒙"与"民族救亡"同步发生，由此导致中国知识分子对传统精神和民族精神的双重认同。身份认同的问题也自 20 世纪初开始正式成为一个理论议题。① 从女作家的性别身份而言，则包括了对自身性别的认同、社会角色的认同和文化的认同。女性的社会性别（gender），这是近年妇女研究、性别研究中常常被提及的，则大概有社会性别（gender）与性别（sex）或者是性别（gender）与性（sex），以及性别（gender）与生理性别（sex）几种含义。所描述的恰恰是波伏娃的观点：女性是被建构的。这里的被建构所指的就是女性的社会性别。所以《英汉妇女与法律词汇释义》中引用了美国历史学家琼·W. 斯科特的定义，"社会性别是基于可见的性别差异之上的社会关系的构成要素，是表示权力关系的一种基本方式"②。

身份建构很显然和身份的叙述有关。身份叙述包括自我叙述和被叙述，后者显然是来自他者的叙述。个人的身份既制约于自我的"理性"和"追寻"，也取决于社会群体的价值、取决于社会群体价值的认同，任何个人的需要和利益都必须服从于群体的需要和利益。因此，既要考察欲望这种个人的内在心理驱动力，还要研究身份的外在力量，即个人所处社会的权力关系网络。③ 关于近代女性文学研究的大量经验已经表明，"从晚明开始，女性的创作发生了与以往不同的变化，女性的主体意识出现了朦胧的觉醒……而晚明至民初的女性创作，则标志着中国女性群体的觉醒的序幕已经拉开，也标志着中国女性文学诞生的发展的序幕已经拉开。在这之前，尽管历代文学从来也没有忘记过对女性的描写，尽管文学史上不乏美女、淑女、贞女、贤妻、良母和女才子、女英雄形象，

---

① 赵静蓉著：《文化记忆与身份认同》，生活·读书·新知三联书店 2015 年版，第 19 页。

② 转引自屈雅君《社会性别辨义》，载刘思谦、屈雅君等《性别研究：理论背景与文学文化阐释》，南开大学出版社 2010 年版，第 21 页。

③ 陈永国：《身份认同与文学的政治》，《清华大学学报》（哲学社会科学版）2016 年第 6 期。

尽管在某些朝代里众多的男作家旁边也点缀着一些女作家的名字，但她们从总体来看是作为男性言说和描写以及欲望的对象化、符号化而出现在文学中的，女性的仅有、女性对自己生存处境生存状态的感知和思考被阻挡在文学之外"①。

清末民初中国社会处于转型期的重要指征之一就是中国知识分子的现代转型，而中国女性由于在历史所处位置的特殊性，在现代化进程中势必经历更复杂与激烈的变动。从前面的背景分析中我们可以看到，身处巨大时代话语旋涡中的女性问题，不论是女权运动、女学运动，抑或是后来的女性全面解放问题，都是一个融合了性别与社会、权力与阶层、革命与民族、媒介与话语的多元文化话题。本书因此确立了性别政治、性别媒介、女性留学、文本表征四条线索，把文学问题与社会政治思潮、媒介传播、历史文化多维度互接，让女作家的社会文化身份建构问题放在清末民初时段知识与社会互动的更加广阔的视野中去考察。上承古典"才女闺秀"，下启现代女性作家群，以近现代女性报刊读物为主要分析对象，以文学叙事、报刊文化、性别话语现象为重点研究方向，从性别研究视角阐释女性作家在历史文化进程中的"自我"身份的逐渐确立。

（四）关键词四：近代女作家文学创作

"19世纪末20世纪初，在传统向现代转型的思想文化背景下，新型的女性创作得以孕育和萌发。继之，'五四'新文化运动直接催生了现代意义上的中国女性文学。"② 清末民初女作家的文学创作因此带有了过渡性特征，这种由"古典向现代"的转型特征，仅仅在20年时间就发生了巨大的变化，也蕴含了巨大的女性创作生长的空间，郭延礼先生认为："研究近代女性文学，重点应放在近代后期，即1900—1919年。因为这二十年是中国女性文学的转型期，从创造主体（亦即创作主体）、文体类

---

① 刘思谦、屈雅君等：《性别研究：理论背景与文学文化阐释》，南开大学出版社2010年版，第56页。

② 乔以钢、林丹娅主编：《女性文学教程》，高等教育出版社2017年版，第18页。

型、文学主题、艺术表现到传播媒介均发生了巨大变化。"① 随着近代女性报刊媒介史料的不断开掘,少有人问津的这一阶段女性文学创作逐渐清晰于学界,也为本书的研究奠定了基础。

从现有的近代女性文学研究来看,郭延礼先生将清末民初阶段女性文学创作从创作主体上划分为四大群体:女性小说家群、女性翻译文学家群、女性政论文学家群、南社女性作家群,这种划分又基本对应了文学体裁的小说、散文、诗歌三大类别。② 薛海燕从诗、词、文、戏曲、小说五种体裁去划分和论述这一时段女性文学的发展情况。③ 王绯则主要从文学"娥眉独立时"独立精神和新文体、新诗、妇女小说的新因素去论述这一时间段女性文学的"新变"④。在近代文学的总体论述上,关爱和先生论及近代女性文学共三处:一是域外游记文部分单士厘的创作,一是辛亥革命时期诗文中秋瑾革命派作家的创作,还有就是在南社作家论述中提及"数十位女诗人",代表的是徐自华、徐蕴华姊妹和吕碧城。⑤

另外,从文学体裁发展的角度来说,清末民初阶段还是小说等主要文体的高度繁荣期。"中国小说的近代变革与中国历史的近代变革相比,似乎存在着一个'滞后效应'。中国近代史的开端从鸦片战争就开始了,但是中国小说的近代变革的正式提出,却迟至 19 世纪末,其间的时间差高达半个世纪以上。"⑥ 这一时间段的女权小说也引起了剧烈反响,阿英的《晚清小说史》中提到的有 20 种,这些作品主题集中,全部讨论女性解放问题,特别是其中王妙如的《红闺泪》(《女狱花》)、如颐琐的

① 郭延礼、郭蓁:《中国女性文学研究(1900—1919)》,山东教育出版社 2016 年版,第 2 页。

② 此分类初见郭延礼先生 2007 年 5 月复旦大学的演讲中,提出"20 世纪第一个 20 年中国女性文学四大作家群体"这一文学史概念。另见氏著论文《20 世纪初中国女性文学四大作家群体考论》《文史哲》2009 年第 4 期;《20 世纪初中国女性小说家群体论》,《中山大学学报》2011 年第 2 期。

③ 薛海燕:《近代女性文学研究》,中国社会科学出版社 2004 年版,第 61—200 页。

④ 王绯:《空前之迹——1851—1930:中国妇女思想与文学发展史论》,商务印书馆 2004 年版,第 297—386 页。

⑤ 关爱和:《中国近代文学史》,中华书局 2013 年版,第 208、326—330、364 页。

⑥ 觉我:《余之小说观》,载袁进《中国小说的近代变革》,广西师范大学出版社 2009 年版,第 27—28 页。

《黄绣球》、绩溪问渔女史的《侠义佳人》，这些女作家的创作，更具有代表性。

女性报刊的大量收集整理问世，为近代女性文学的研究奠定了充分的史料基础。2021年下半年，郭延礼、郭浩帆总主编的《中国近代女性文学大系》出版，大系分为《文学评论卷》《小说卷（上、下）》《诗词卷（上、下）》《散文卷（上、下）》《戏剧卷》《弹词卷》《翻译文学卷（上、下）》《史料索引卷》。《小说卷》收录了1840—1919年73位女作家的106篇长、中、短篇小说；《翻译文学卷》收录了小说、戏剧、传记共35位女作家的49篇作品；《诗词卷》收录近代458位女性诗词作者的5000余首作品；《弹词卷》收录24位女作家的29篇作品；《戏剧卷》共收录19位女作家的58篇作品。这些女作家文学作品的挖掘和整理，为本书的研究提供了丰厚的文本基础。

云霞出海曙，梅柳渡江春。伴随着近代中国社会风起云涌的革命浪潮产生的女性文学热潮，以其强健的生命力和蓬勃的话语争鸣态势走进了历史的中心。"对于历史作品的研究，最有利的切入方式必须更加认真地看待其文学方面，这种认真程度超过了那含糊不清且理论化不足的'风格'观念所能允许的。那种被称为比喻学的语言学、文学和符号学的理论分支被人们看成是修辞理论和话语的情节化，在其中，我们有一种手段能将过去事件的外延内涵的含义这两种维度联系起来，藉此，历史学家不仅赋予过去的事件以实在性，也赋予它们意义。"① 我们以女性报刊、女性出版物为主要线索，透过文本话语探析文学深层次结构的变化和格局的更迭，以文学文化上的表现为症候探寻女性在近现代的思想变革，这无疑提供了一个观察社会变迁的绝好视角，也把文学研究纳入了一个更广阔的文化研究视域。

---

① ［美］海登·怀特：《元史学》，陈新译，译林出版社2004年版，第1页。

第二章

性别政治：清末民初的女性话语呈现

中国近代化革命深刻改变了中国人民和中华民族的前途与命运，这场革命也深刻地改变了中国妇女生存与发展的方式与前景。但是妇女绝非仅仅是被改变的客体，中国妇女运动与中国革命同步进行发展，嵌入在民族解放和阶级解放之中。如果没有反帝反殖民的革命，也就没有革命先驱对男女平等的倡导，"女权"不会被发现，妇女不可能被组织起来，妇女的主体性与集体认同是在革命过程中被锻造出来的。妇女解放、男女平等，既是推动这场革命的动因与号角，也是这场革命追求的目标。从此角度出发，中国革命与中国妇女的关系问题，就是研究中国革命在重构中国社会过程中，女性的性别秩序与社会性别身份如何在传统与延续、裂变与革新、主体能动与制度构建的中国现代化过程中发展的。

革命是对旧秩序的中断，但是，中断并不意味着完全断裂。在对新社会秩序的重构中，延续与变迁是一个多维度同步进行甚至互相内嵌的过程。性别秩序的变迁，不仅体现在运动式的革命实践中，呈现在话语秩序与文化秩序的重构中，也体现在文学对生活的再现描绘中，更散落于处处可见的女性生活细节处。所以我们寻求在中国革命这一大背景下的不同角度呈现妇女与中国革命的大图景。报刊的视角无疑为我们提供了一个观察革命与中国女性问题在社会上传播、发展、争鸣、纠缠的场域，从而对妇女介入社会革命过程中的性别话语变化进行有针对性的分析。

第一节　国族话语框架下的女权兴起

1904 年，在女作家王妙如的小说《女狱花》中，用文学手法，想象性地让一位"女杰"沙雪梅进行了一番游历。沙雪梅南柯一梦，到了一个地方：

> 外门挂着一块泥金大匾，上面写着黑漆漆"十九殿"三个大字。里面上头高耸耸坐着老老少少、贫贫富富的无数男子，底下笑嘻嘻跪着老老少少、贫贫富富的无数女人，且与一群一群的牛牛马马一同跪着，旁边摆着从来未见过的各种刑具。①
>
> ……欲向在上的人问一句说话，忽见众男子齐声喝道："跪下去！"雪梅接口问道："我有何罪，要跪在这里？"众男子答道："你并没有什么罪，这是你辈做奴才的本分。"又众口厉声喝道："跪下去！"雪梅听了，气得柳眉倒竖，杏眼圆睁。②

作者如同但丁一般，率领读者进入了地狱，而地狱的最底层"十九层"跪着的就是"老老少少、贫贫富富"的无数女人。而且女人的奴隶地位是具有原罪性质的，"并没有什么罪"，而是女人"做奴才的本分"。

无独有偶，1904 年创刊的《女子世界》，其《女子世界颂词》中，主编丁初我也有这样的表述：

> 女子世界奚自今日始，二十纪前之中国，固男子世界也。恶有男子世界，固奴隶世界也。男子为世界第一重奴隶，女子为世界第二重奴隶，奴种相传，奴风相煽，奴根永永不一拔，遂造成今日亚云如墨，汉水不波，憔悴名花，啼红泣雨之黑暗女世界。③

在这里，女性的"奴隶"社会地位被有意识地提出来，虽然男子为

---

① 王妙如：《女狱花》，载《中国近代小说大系》，百花洲文艺出版社 1993 年版，第 711 页。
② 王妙如：《女狱花》，载《中国近代小说大系》，百花洲文艺出版社 1993 年版，第 711 页。
③ 夏晓虹：《〈女子世界〉文选》，贵州教育出版社 2014 年版，第 49 页。

世界第一重奴隶，但女子是第二重，这与前面的"第十九层"的认识异曲同工，即女性永远处于压迫、苦难的最深层次。"弱者""地狱"的意象几乎成为集体营造的社会记忆，成为这一时代文学表述的"高频词"。这意味着女性批判性想象的特殊视域，和文学作品的虚构形象或者新闻报道中的场景相伴相生，伴随着女性作家对她们相知相识的真实人物的记忆一起联袂而来，成为社会文化共筑的文化意象：女性是亟待解救的"弱势群体"。女性苦难的原因是什么？在清末维新变法时期，众说纷纭，但又异口同声，"人们倾向于将中国的革命女性在根本上看作是他们亲身参与的中国革命工具化的牺牲品"[1]。女性的苦难和国家主权的沦丧、民族的黑暗前途紧密链接：

> 甲午之役，我国兵刃未交，大军全没，割地输币，城下行成，酿中国五千年以来未有之奇耻。谈者辄归咎兵器利钝，显已分中日之势。细人窃谓我中国实坐雕琢缘饰弊，乃有以至此。自此之后，方谓朝野上下，知巨创，知深痛，如病大复，如梦大觉，如见严师，如遇胜友，如驱顽冥之子弟，操鞭棰日从其后，欲不遽然悟，矍然兴，而势且不得，或者一洗从前相师相市相竞相胜之秕习，以渐冀挽回补救于万有一日。……善乎，粤中赖、陈两君子，乃于上海创不缠足之会也。两君之言曰："吾痛中国士夫心术之亡也，性命之地，肝胆之际，不可共见也，无有洒涤之者也。其在身体之末，发肤之细，则僻踊痛戚而不辞，忍死百年而不悔也。"两君又言曰："中国矜情作伪，痼疾之深也，世俗二三愚民，吾无责焉。若王公贵人之列，觊焉操易移风俗之权者，日惟起居口齿之奉，不若人为耻，而他俱非所知也。"[2]

国弱则子民衰，子民衰则种不强，自鸦片战争以来一系列丧权辱国的条约和外国船坚炮利、器物格致均优于本国的事实，让洋务派、维新

---

① 颜海平：《中国现代女性作家与中国革命（1905—1948）》，季剑青译，北京大学出版社2011年版，第5页。

② 赵祖德：《记不缠足会》，《时务报》第45册，1897年11月15日。

派纷纷放眼寰宇、自省本朝，寻找救国图强的方法。在这一历程中，男性知识分子群体延续明清之际对女性问题的关注和讨论，在内忧外患的严峻形势下把女性问题上升到强国保种的高度。维新变法先觉之士纷纷把女性苦难揭露于历史前台、舆论风口，成为社会改良的重要突破点。康有为对于女性受到的各种社会权利限制发出了不平之音，刻画了传统专制对于妇女采取的各种身体戕害和社会限制：

> 抑之、制之、愚之、闭之、囚之、系之，使不得自立，不得任公事，不得为仕宦，不得为国民，不得预议会，甚且不得事学问，不得发言论，不得达名字，不得通交接，不得预享宴，不得出观游，不得出室门。甚且斫束其腰，蒙盖其面，刖削其足，雕刻其身，遍屈无辜，遍刑无罪，斯尤无道之至甚者矣。①

"开民智、鼓民力、新民德"（严复语），与"新民"（康有为语）的"新"，从占有总人口数一半的妇女开始，这成为当时社会革命话语最重要的核心词，成为中国近代启蒙思想家建构民族国家话语的重大发现。

一　废缠足与女性身体的国家隐喻

维新派首先批判的就是女性身体的羸弱，特别是缠足的陋习，成为近代国家衰弱、经济不振的重要原因。② 康有为在 1883 年就发起设立了

---

① 康有为：《大同书》，中华书局 1935 年版，第 193 页。

② 五口通商之后基督教开始在中国盛行，传教士们来到中国后都对缠足恶习表示反感，认为是对女性的歧视和作践，应当废除。于是传教士们也有所行动，如 1875 年厦门教会的光照牧师组织成立"戒缠足会"，据记载有八十多户教徒参加。这样的活动虽然影响力极小，却是有组织地反对缠足的先兆。1887 年，康有为在广东省南海县与开明士绅区谔良一起创办"不缠足会"，由于民众反对而失败。1895 年，康有为与康广仁再次在广东成立"粤中不缠足会"，康有为的女儿同薇、同璧带头不缠足，据说使得"粤风大移"。1896 年底，湖南人吴性刚在岳州成立戒缠足会，有会员 40 人。1897 年后不缠足运动得到迅速发展。这一年广东顺德县组织不缠足会，入会人数多至百人，梁启超为此写了一篇《戒缠足会叙》。6 月 30 日，上海不缠足总会成立，入会人数众多，更影响了福州、天津、澳门等地成立相应组织。1897 年初，陈保彝在长沙地区成立戒缠足会。"甲午战后，战败之耻激起有志之士寻求更进一步的图存之道。至此妇女问题受到真正更广泛的注意，而不缠足才成为有言论、有组织、有行动，在社会上引起较多回响的运动。"参见林维红《清季的妇女不缠足运动（1894—1911）》，载李贞德、梁其姿主编《妇女与社会》，中国大百科全书出版社 2005 年版，第 375 页。

不缠足会，梁启超在 1897 年到 1902 年，先后写了《戒缠足会叙》《试办不缠足会简明章程》等文章，张之洞将缠足与物质生产联结，将性别与经济并立考虑：禹迹九州之内，自荒服狭乡极贫下户外，妇女无不缠足者。农工商贾畋渔转移职事之业，不得执一焉！或坐而衣食，或为刺绣玩好无益之事，即有职业者，尪弱倾侧，踯躅却曲，不能直立，不任负载，不利走趋，所作之工，五不当一。① 郑观应语及裹足不仅"稽之三代，考之经史，无有一言美之者"，且庄子亦云"天子之侍御不爪翦、不穿耳。耳尚不穿，岂可裹足"；甚至提倡重新订制妇德、妇容、妇工、妇言四者的标准，所谓"周官妇学之法曰，妇德、妇言、妇容、妇工。所谓妇容，即足容重、手容恭之类，今行则跄踔，立则跛倚，妇容失矣！缫而弗织，妇工阙矣！问安视膳，因兹渐废，而妇德亡矣！妇德亡，家政荒，大乱之道也"②。

梁氏等维新之士的废缠足、兴女学主张，得到了当时近代文化舆论的一片支持，倪寿芝在《黎里不缠足会缘起》中从主体角度去阐述缠足给女性带来的身体伤害——"血肉崩溃，则容颜憔悴；步履艰难，则行止倾侧"③。刘梦杨以通俗易懂的白话叙述缠足的坏处——"其余受脚的累处甚多，如遇见变乱，不能快跑逃命，遇见失火，不能快跑避灾"④。女性先觉者胡彬夏更著有文章《在无锡"天足社"的演说辞》，全面陈述女性裹足的种种危害：

> 中国妇女裹足之风，为世界最野蛮之事，既有损于卫生，复有害于种族，此诸君所共知，何待鄙言。迩来东亚之风潮，愈变而愈不可问，东邻眈眈，西夷逐逐，覆巢之卵，其何以自存，釜中之鱼，将归于乌有。朝野志士名媛，有鉴于斯，知中国国民之文弱，大半由于女子之缠足，故汲汲焉筹所以匡救之，欲二万万之女子尽享天

① 张之洞：《南皮张尚书戒缠足会章程叙》，《时务报》第 38 册，1897 年 8 月 11 日。
② 洪文治：《戒缠足说》，《湘报类纂》论著甲下，转引自李又宁、张玉法编著《近代中国女权运动史料（1842—1911）》上册，台北：传记文学社 1975 年版，第 500 页。
③ 倪寿芝：《黎里不缠足会缘起》，《女子世界》1904 年第 3 卷第 3 期。
④ 刘梦杨：《缠脚的妇女多受脚的累》，《女子世界》1904 年第 2 卷第 2 期。

足之自由，以冀补助祖国于万一。

今日中国所以衰颓之故，莫不知由于女子之为废人。然则废人何自而成乎？将应之日：一由于女好之无才，一由于女子之裹足。盖多数之女子，必治理家政。家庭教育之良否，咸视母家之得失。少受贤圣之教，长成贤圣之才，此中外古今所共识也。试问吾国女子之识字明理者，能有几人？欲家庭教育之改革，其可得乎？女子害于裹足，体质必弱，则不有健母焉有壮子，中国所以文弱见诮于天下者，亦有以致之矣。

……愚鲁如彬者，尚有一点心血，忆于十二岁时，闻家叔等言中国之弱，缠足之害，即愿放足，发愤读书，况今日高明如诸君，岂有不放之理乎？去年彬在苏州，闻天足社长立德尔夫人云：湖南有某君剪辫劝家属放足，可见某君之热诚。吾愿诸君子亦效某君之热诚，为国家长途计。刍荛之言，幸三思焉。彬年幼智浅，拙于口才，幸诸君勿我见笑。①

梁启超在文章《新民说·论尚武》中把衰败中国形容为"不数年间遂颓然如老翁，靡然如弱女"②，及"鬼脉阴阴，病质奄奄，女性纤纤，暮色沉沉"③的恐怖状态。1902 年蔡锷在他著名的《军国民篇》中认为："中国人口虽逾四万万，其无疾病嗜癖之人，必如凤毛麟角之不可多得矣。遍观当代，默究吾国人之体魄，其免为病躯弱质者，实不数数观也。天下滔滔，逝者如斯，不有以清其源而澄其流，则恐不待异种之摧挫逼迫，亦将颓然自灭矣。"④ 这种国民体魄的羸弱，被蔡锷以女性来进行了隐喻："若罹癫病之老女，而与犷悍无前之壮夫相斗，亦无怪其败矣。"⑤

---

① 胡彬夏：《在无锡"天足社"的演说辞》，《女子世界》1907 年第 2 卷第 4、5 期合期。

② 梁启超：《新民说·论尚武》，《饮冰室专集》第二册，北京日报出版社 2020 年版，第96 页。

③ 梁启超：《新民说·论进取冒险》，《饮冰室专集》第二册，北京日报出版社 2020 年版，第 26 页。

④ 蔡锷：《军国民篇》，《新民丛报》第 1、3、7、11 期连载。

⑤ 蔡锷：《军国民篇》，《新民丛报》第 1、3、7、11 期连载。

女性的身体羸弱就这样和家国之弱进行了吊诡的捆绑。

20 世纪初的中国文化、社会和历史中形成了一种双重意识：它意识到了中国成为"现代民族之林"的"贫弱"，它不仅对这种位置关系，而且对其国际权力关系都充满了焦虑和愤怒。这种焦虑和愤怒又在社会文化层面寻找到了性别的突破口，甚至发展为女性性别群体的自我认定。就像苏珊·桑塔格在《疾病的隐喻》中所指出的："现代疾病隐喻使一个健全社会的理想变得明确，它被类比为身体健康，该理想经常具有反政治的色彩，但同时又是对一种新的政治秩序的呼吁。"① 这是男性知识分子群体在内忧外患的情况下做出的一种反应，他们"对自己从属地位的体悟形成了他们利用下属群体做文章的修辞手段。他们并不承认自己享有社会权力、处于下属群体的上方并参与对它们的压迫，而是以下属群体受到的压迫作为证据，来讨伐中国的政治和文化。他们还利用妇女、尤其是妓女作为隐喻，表现自己在军阀社会中受到的压迫和中国在世界等级体系中经受的苦难"②。

二 吊诡的女性"分利生利"说

除缠足外，女性的智识不足、缺乏基本的生活能力，甚至成为"分利者"，也成为这段时间以"富国强兵保种"为宗旨的维新派批评女性现状的着力点。从亚当·斯密的《原富》中汲取"生利说"的梁启超，不仅仅写作了《生计学学说沿革小史》，而且在《论女学》中直接称全国二万万女子"不官、不士、不农、不工、不商、不兵"，完全靠男子供养，是男性沉重的负担："未嫁累其父，既嫁累其夫，夫死累其子"，女性变成了中国积弱的根源，自然，也带来了女性自身的不幸，"况女子二万万，全属分利，而无一生利者？惟其不能自养，而待养于他人也，故男子以犬马奴隶畜之，于是妇人极苦"③。妇女想要摆脱"逸居而无教"的状态，就需要兴女学，"故治天下之大本二：曰正人心、广人才。而二者

---

① ［美］苏珊·桑塔格：《疾病的隐喻》，程巍译，上海译文出版社 2003 年版，第 68 页。
② ［美］贺萧：《危险的愉悦——20 世纪上海的娼妓问题与现代性》，韩敏中、盛宁译，江苏人民出版社 2003 年版，第 29—30 页。
③ 梁启超：《饮冰室文集》（第一册），北京日报出版社 2020 年版，第 35—36 页。

之本，必自蒙养始，蒙养之本，必自母教始，母教之本，必自妇学始，故妇学实天下存亡强弱之大原也"①。

即使到了 1902 年，梁启超在《新民说》第十四节虽然修正了部分观点，将"分利者"分为两大类："不劳力而分利者"和"劳力而仍分利者"，但他仍然坚持"妇女之一大半"为分利者。

> 论者或以妇女为全属分利者，斯不通之论也。妇人之生育子女，为对于人群第一义务，无论矣。即其主持家计，司阃以内之事，亦与生计学上分劳之理相合，盖无妇女，则为男子者不得不兼营室内之事，业不专而生利之效减矣。故加普通妇女以分利之名不可也。虽然，中国妇女，则分利者十六七，而不分利者仅十三四，何以言之？凡人当尽其才，妇人之能力，虽有劣于男子之点，亦有优于男子之点，诚使能发挥而利用之。则其于人群生计，增益实钜。观西国之学校教师商店会计，用妇女者强半，可以知其故矣。大抵总一国妇女，其当从事于室内生利事者十而六。育儿女治家计即室内生利事业也。其当从事于室外生利事业者十而四。泰西成年未婚之女子率皆有所执业以自养即从事于室外生利事业者也。而中国妇女，但有前者而无后者焉，是分利者已居其四矣，而所谓室内生利事业者，又复不能尽其用，不读书，不识字，不知会计之方，不识教子之法，莲步夭娆，不能操作，凡此皆其不适于生利之原因也。故通一国总率而计，则分利者十六七，而不分利者仅十三四也。②

梁启超把全体女性作为"分利者"的定位影响及其深远，陈超在《女学报》上发表的题为《呈梦坡先生并示撷芬吾友》中的诗篇写道："二万万裙钗，未能食其力。贵者习骄奢，贱者等奴仆。教子与夫，几人能杰出。于是创女报，纤手羊毫握。拔簪供报资，挑灯亲著述。奉劝同志人，人人习四术。算法地舆图，致知在格物。男子之能事，女子岂可

---

① 梁启超：《饮冰室文集》（第一册），北京日报出版社 2020 年版，第 37 页。
② 梁启超：《饮冰室专集》（第二册），北京日报出版社 2020 年版，第 73 页。

忽。齐家平天下，共挽斯危局。"① 女性没有自立能力，只能依附男性，所以女性始终处于被压迫者的地位。即使具有阶级的差异，有"贵""贱"之分，从教育子女和做妻子的角度，也没有可能会产生杰出的女性。这种以经济地位来解读女性受压迫原因的，不在少数。因此秋瑾才会发出这样的呼喊："如有志气，何尝不可求一个自立的基础，自活的艺业呢?"② 罗家伦在《妇女解放》一文中援引胡适之观点说，"专指得报酬的工作而言，母亲替儿子缝补衣裳，妻子替丈夫备饭，都不算是职业"③。甚至到了"五四"时期，鲁迅在小说《伤逝》中也延续了这一话题，子君没有工作，经济不能独立，人生渐渐消磨，爱情需要附丽在生活上，因此最终，子君被抛弃而至死亡。

陈东原在《中国妇女生活史》中评价梁启超的"生利说"为："这是当时一个最强有力的见解。这个见解，即是要以女子教育作女子经济独立的手段；而女子之经济独立，目的又在富国强民——比较后来人所谈女子经济独立，意义较狭。"陈东原尚属同情女性，因此含蓄地认为梁之"经济独立"，比较"后来人所谈女子经济独立，意义较狭"。女性繁重的家庭劳动，以及当时中国大量女性劳工的社会劳动，就这样被当时强大的国家民族话语遮蔽了。它存在两个悖论。第一，假设"女子不生利"说成立，那么是否照顾家庭的繁重劳动就被排除在"工作"的范畴之外？这里明显地存在对于家庭工作在社会工作中的性质确认问题，中国传统的女性与家庭生活相关联，"男主外，女主内"的社会分工实践让这种观念深入人心，并且达到了女性与家庭生活融为一体的程度，而梁启超的观点只不过是进行了一个"理所当然"式的归类。此外，出于对女性职业扩展问题的提倡，也让后来的新文化领导者有意识地将女性的家庭工作排除出社会工作范围。第二，梁启超的说法是否符合中国社会现实，因为就历史发展而言，女性一直参与了中国传统手工业、农业的劳动过程。"以女子有职业为不屑者，是乃社会卑污女子，无适当之职

---

① 丁守和主编：《辛亥革命时期期刊介绍》（三），人民出版社 1983 年版，第 77 页。
② 秋瑾：《敬告姊妹们》，《秋瑾诗文集》，浙江古籍出版社 2013 年版，第 155 页。
③ 罗家伦：《妇女解放》，《新潮》1920 年第 2 卷第 1 号。

业，所见尽伶、妓、婢仆，遂鄙贱之耳。""古之称妇德者四，而工居其
一。且恒举桑妇与农夫并称，是故女子有职业之证也。"这种理论观点的
提出实际上仍反映了中国男权根深蒂固的观念，以及由此产生的男性在
女性解放倡导中一个悖论性矛盾，即女性如何兼顾家庭与社会两个方面。
就梁启超的观点看，一方面，女性身体健康、参加社会生产是对国家发
展、繁育中华民族后代的必需条件；另一方面，女性势必要在家庭生活
中占据重要的抚育子女的地位，而男性的家庭责任却被简单地忽略掉了。
由这种带有性别歧视性和功利主义色彩的女学理论也就衍生出一种新型
"贤妻良母"概念。

　　对于女性的"分利说"，很多女性发表了清晰的看法和对男性启蒙者
的批评。缪程淑仪在《何谓生利的妇女？何谓分利的妇女？》中，用女性
特有的细腻笔触，娓娓道来："淑仪是女界的一分子，究竟什么样子，算
是生利的妇女？什么样子，算是分利的妇女？到不能不先来研究研究，
再下判断。大凡一件事，要下一个判断，必定先要有个比较，现在我所
研究的这个问题，是我们女界的问题，要寻一个比较，最现成的就是男
界了。"她从"士农工商"的传统社会分工谈起，抛出问题："士是生利
的人呢？还是分利的人呢？"以男性为主体的传统"士"阶层，就这样一
下子成为矛盾的焦点。她认为："必定要有个分别，有益于国家，能辅助
指点农工商去生利，就是生利的人。无益于国家，不能辅助农工商生利，
就是分利的人。"在这个逻辑下，"家是男女组成的，生利和分利的分别，
又有间接直接的两种"，"一个妇女，他并没有生利的职业。但是他鸡鸣
而起，更深才睡，家庭中烹饪裁缝，都是他一人去料理，既能侍奉他的
翁姑，又善教育他的子女，一家的家政，不须他人操心，装饰消耗游戏
嗜好，一切的无益之费，一点也不用，这不是名目上是个分利的人，实
际上是个生利的人么？"[①] 缪程淑仪用论证逻辑，阐释了男性视域中对家
政的忽略和蔑视，而"士阶层"与"家庭妇女"的同类比拟，既是一种
善意的揶揄，也是一种暗藏锋芒的批判。在接下来的各类文章中，大力

---

　　① 缪程淑仪：《何谓生利的妇女？何谓分利的妇女？》，《妇女杂志》1921 年第 6 卷第 6 期。
其他文章见《妇女杂志》1921 年第 6 卷第 7 期、《妇女杂志》1921 年第 6 卷第 10 期。

提倡女子生利，又接连发表《妇女生利的园艺学》《妇女家庭养鸡的利益》多篇文章传播技术知识，鼓励女性进行适合自身条件的劳动。

三 "兴女学"的性别合谋

面对世纪之变的局势，甲午战败后中国认知体现的是一些先进知识分子挽颓拯溺、扶大厦之将倾的强烈社会使命感，兴女学成为重要举措：

> 甲午受创，渐知兴学，学校之议，腾于朝庞，学堂之址，踵于都会，然中朝大议，弗及庶媛，衿缨良规，靡逮巾帼，非曰力有未逮，未遑暇此琐屑之事邪。无亦守扶阳抑阴之旧习，昧育才善种之远图耶。同志之士，悼心斯弊，纠众程课，共襄美举，建堂海上，为天下倡，区区一学，万不裨一，独掌堙河，吾亦知其难矣。然振二千年之颓风，拯二兆人之吁命，力虽孤微，乌可以已。①

在《变法通议·论女学》篇中，梁启超将女学盛衰与国家强弱相联，换句话说，女学不是单独存在的改革目标，而是臣服于国家兴存的一项举措。梁启超举西方国家强弱处境为例，说到"故女学最盛者，其国最强，不战而屈人之兵，美是也。女学次盛者，其国次强，英、法、德、日本是也。女学衰，母教失，无业众，智民少，国之所存者幸矣，印度、波斯、土耳其是也"②，正是西方诸国发展的经验，因此"国之积弱，至今日极矣，欲强国本，必储人才；欲植人才，必开幼学；欲端幼学，必禀母仪；欲正母仪，必由女教"③，因此兴女学的目标在于"上可相夫，下可教子，近可宜家，远可善种"④。

---

① 梁启超：《倡设女学堂启》，《饮冰室文集》（第一册），北京日报出版社 2020 年版，第 149 页。
② 梁启超：《变法通议·论女学》，《饮冰室文集》（第一册），北京日报出版社 2020 年版，第 40 页。
③ 梁启超：《戒缠足会叙》，《饮冰室文集》（第一册），北京日报出版社 2020 年版，第 116 页。
④ 梁启超：《倡设女学堂启》，《饮冰室文集》（第一册），北京日报出版社 2020 年版，第 149 页。

在金天翮被称为近代女性警钟的《女界钟》中，女子接受教育的观念可谓贯彻全篇："夫世界文明进步，则女子之教育，亦将随男子而异。读书入学、交友游历，皆女子所长智识、增道德之具也。"[①] "教育者，造国民之器械也。女子与男子，各居国民之半部分，是教育当普及。吾未闻有偏枯之教育，而国不受其病者也。"[②] 此外，金天翮还提出了八项女性教育目标：

一、教成高尚纯洁、完全天赋之人；

二、教成摆脱压制、自由自在之人；

三、教成思想发达、具有男性之人；

四、教成改造风气、女界先觉之人；

五、教成体质强壮、诞育健儿之人；

六、教成德性纯粹、模范国民之人；

七、教成热心公德、悲悯众生之人；

八、教成坚贞激烈、提倡革命之人。[③]

不同于女性"生利分利"的话语争鸣，不论是维新派从强国保种的角度，抑或是女性自身从认识角度，都认识到了女性智能启蒙的重要性，或者换言之，兴女学是功利化的妇女解放思潮和女性自身启蒙行动的最大"合谋"，甚至也是弥合各种不同"女权"思路的女性群体的有效途径。

被誉为"近代妇女开眼看世界第一人"的钱单士厘就说："中国女学虽已灭绝，而女德尚流传于人人性质中，苟善于教育，开诱其智，以完全其德，当为地球无二之女教国。由女教以衍及子孙，即为地球无二之

① 金天翮：《女界钟》，载夏晓虹编《中国近代思想家文库·金天翮　吕碧城　秋瑾　何震卷》，中国人民大学出版社 2015 年版，第 8 页。

② 金天翮：《女界钟》，载夏晓虹编《中国近代思想家文库·金天翮　吕碧城　秋瑾　何震卷》，中国人民大学出版社 2015 年版，第 21 页。

③ 金天翮：《女界钟》，载夏晓虹编《中国近代思想家文库·金天翮　吕碧城　秋瑾　何震卷》，中国人民大学出版社 2015 年版，第 24 页。

强国可也。"① "中国向以古学教人，近悟其不切用而翻然改图……要之教育之意，乃是为本国培育国民，并非为政府储备人材，故男女并重，且孩童无不先本母教。故论教育根本，女尤倍重于男。……中国前途，晨鸡未唱，观彼教育馆，不胜感慨。"② 在钱单士厘的眼中，女学这一新生事物，既可以衔接既往传统文化"女德"，又能巩固民族国家地位，是定国安邦的大事，这是对维新派"兴女学"观点的全盘接收。

陈撷芬则不同意发轫期的女性观点，在1903年发表于《女学报》的文章中，她认为："今则万国踵兴，新书新报，日多月广，男子明白者，非但不阻止，且有倡言女学者，虽彼等所言，未必有真实心，然吾辈即可借彼口头禅之力，以行吾之真实事也。噫嘻乎美哉，吾辈现今之地步，真万世不易得之地步矣。"③ 这里的"吾辈即可借彼口头禅之力，以行吾之真实事也"，体现了女性启蒙群体的真实意图，不依靠男性，但完全可以利用男性的"口头禅之力"，达到女界增长学识，进而独立自由的目的。而男性的"兴女学"仅仅是"口头禅"的犀利讽刺，也尽显第一代女权主义者的批评锋芒。同时作为女学的实践人，她的话语绝不仅仅停留于"口头"，在诸多文章中，她都分析了女学兴办中的恒力、结群等问题："现在我们兴女学，说起来都说是件难事，实在并不是兴女学难，就是没有肯尽力的人，要是我们二万万人，尽力要兴女学，岂有兴不起的理？"④ "群之一字，是制造大事业的根基，一个人有异常的聪明资质，各样全备的学问，没有群，一个人总不能做成大事业。"⑤

无政府主义者何震，则对社会假借"女学"之名进行了猛烈抨击："厥后新党萃居于上海，乃假开通女子之名，以兴女学。然新党者以自由二字为护符者也，上海者，又中国法律礼俗所不加之地也。由是新党之好淫者，必借婚姻自由为名，而纵其淫欲。女子稍受教育者，亦揭自由

---

① 钱单士厘：《癸卯旅行记·归潜记》，湖南人民出版社1981年版，第36页。

② 钱单士厘：《癸卯旅行记·归潜记》，湖南人民出版社1981年版，第31页。

③ 楚南女子：《中国女子之前途》，《女学报》1903年第2卷第4期。注：楚南女子为陈撷芬笔名。

④ 陈撷芬：《尽力》，《女学报》1903年第2卷第2期。

⑤ 楚南女子：《群》，《女学报》1903年第2卷第4期。

二字以为标，视旁淫诸事，不复引为可羞。"① 虽言辞颇有偏执，但却反映了对女学的矛盾态度，对于男性以女学为名行不轨持极大愤慨。

燕斌对"女学"提出恳切的希望："但深望当事者，勿从尚物质的教育，必发挥其新道德，而活泼其新思想，斯教育一女子，即国家，真得一女国民，由此类推，教育之范围日以广，社会之魔害日以消，国民之精神，即日以发达。十年以后，如谓中国女界不足与欧美争衡者吾不信也。"

胡彬夏也认为需要区分男性提倡的教育和女性自身的教育：

> 彬夏尝闭户独思，窃怪中国之为男子世界也。今之教育主义，谁实倡之？舍男子无人焉。女学教科用书，男子所编辑也；部定章程、教育款项，皆男子所规画也。彬夏非为女子拓扩职业或参预政事说法，特举此以证男子于女子教育前途之权力与影响耳。

> 夫男子之不能尽知女子，犹女子之不能尽知男子也，故见夫猛烈侈豪之女子，男子却而避走，惊相谓曰：是可畏也，必使不复见于中国。于是取贤母良妻作为妇女之秭式，自以为得其道矣，实犹未必。

> 鄙意今所盛倡之贤母良妻，犹为男子心目中之贤母良妻也，或非女子所能心会意合，故比诸于妾妇——此妾妇教育之所由来乎——苟欲得合于女子心理之贤母良妻，必俟女子自执教育之牛耳始。女子而能提倡教育主义，规定教育方针，措置教育经费，编辑教育用书，于是乎，女学必渐合于女子之心理，而诚有贤母良妻者出焉。②

四　从女权到女国民的策略转换

"女权"概念，较早见于马君武 1902 年翻译的英国社会学家斯宾塞的《女权篇》，他还译述了英国哲学家穆勒（即其所译弥勒约翰）的

---

① 志达：《男盗女娼之上海》，《天义》1907 年第 5 期。注：志达为何震笔名。
② 胡彬夏：《节录复施淑仪女士书》，《妇女杂志》年 1916 年第 2 卷第 4 号，第 150 页。

《女人压制论》和西欧社会民主党《女权宣言书》中关于男女享有平等权利的思想主张。《女权篇》开篇首先提出男女无差别，均享有平等权利，"公理固无男女之别也"，"男女同权者，自然之真理"。明确将女性作为权利主体，"所谓权利者，即人人能自由练习其固有之能力是也"。权利的主体是人，即包括男性和女性，女性同男性一样是权利的主体。其次，《女权篇》还讨论了夫妻之间的平等关系问题，夫妻不平等是野蛮风俗，会损害二人情感，"夫妻不平权，遂变本极自由平等之好关系，一为主，一为属，是诚极野蛮风俗，不可不改良也"。《女权篇》中最重要的就是提倡女性参政，他批评西方诸国的女性若参政会给男性带来不便、扰乱男人的情感一说毫无根据，属无稽之谈，"男人与女人共公事，操政治权，于男人大不便，因是必致乱男人之感情。其说亦不可通"。女性应与男性同样享有参政权，"与妇人以政权，乃自第一感情而生，因人生当依平等自由之天则，以获人类之最大幸福，故不得不尔，同非第二感情之所能夺也"①。马君武所译《女权说》中，将女性解放与民族国家政治问题紧密连接了起来，为维新派的民族危机、社会危机、政治危机转移为性别问题奠定了基础：

> 凡一国而为专制之国也，其国中之一家亦必专制焉。凡一国之人民而为君主之奴仆也，其国中之女人亦必为男人之奴仆焉。二者常若影之随形不相离也。人民为君主之奴仆，女人为男人之奴仆，则其国为无人。无人之国不国也。苟欲国之必自革命始。自革命以致其国中之人若男人若女人皆有同等之公权始。②

在马君武的翻译之后，1903 年，金天翮的《女界钟》出版，这是中国妇女思想史上最早的全面系统阐述女权革命理论的著作。金天翮对斯宾塞、穆勒等"男女平等"的主张根据中国女性现状，进一步深化了

---

① 马君武：《斯宾塞女权篇》，载莫世祥编《马君武集》，华中师范大学出版社 2011 年版，第 18—24 页。

② 马君武：《弥勒约翰之学说·女权说》，载莫世祥编《马君武集》，华中师范大学出版社 2011 年版，第 137 页。

"女权"理论主张。

首先，《女界钟》主张民权革命与女权革命密不可分："十八、十九世纪之世界，为君权革命之时代；二十世纪之世界，为女权革命之时代。"西方国家先发生民权革命，随后才发生女权革命，中国的民权革命尚未实现，何谈女权革命，然而，"两大革命之来龙，交叉以入于中国"，因此"民权与女权，如蝉联蚪萼而生，不可遏抑也"。他还认为造成中国女权缺失的原因在于："半自野蛮时代圣贤之垂训，半由专制世界君主之立法使然，然而终不可以向圣贤君主之手乞而得焉。"女性要获得权利，应该"自出手腕，拼死力以争已失之权利，不得则宁牺牲平和，以进于激烈之现象"。在金天翮看来，女子应恢复的权利有以下六项："入学之权利""交友之权利""营业之权利""掌握财产之权利""出入自由之权利""婚姻自由之权利"。而其所提"女权"概念的内涵在于"女性能够贡献国家的力量本身"①。女权实现的前提是国家的存在，因此，必须要"爱自由，尊平权，男女共和，以制造新国民为起点，以组织新政府为终局"②。

其次，金天翮高度强调"国民之母"的国族价值："汝之身，天赋人权、完全高尚、神圣不可侵犯之身也；汝之价值，千金之价值也；汝之地位，国民之母之地位也。"③ 这与梁启超的"理想女性"同样有着"保种、保教"的责任，"将欲孕出健康顺遂、聪秀伟大、热心公德、道德名誉之儿乎，其必以胎教之高尚纯洁为之基础矣"④ 异曲同工，但另一方面，我们也看到，金天翮将女性的母性与国民性放在了同等程度，他倡导女子参政。当今世界，女子议政已不可避免，他从理论和事实两个方面，驳斥了"女子与小儿同权""女子之权公私不同""女子无议政之

---

① ［日］须藤瑞代：《中国"女权"概念的变迁：清末民初的人权和性别社会》，姚毅译，社会科学文献出版社 2010 年版，第 65 页。

② 金天翮：《女界钟》，载夏晓虹编《中国近代思想家文库·金天翮　吕碧城　秋瑾　何震卷》，中国人民大学出版社 2015 年版，第 41 页。

③ 金天翮：《女界钟》，载夏晓虹编《中国近代思想家文库·金天翮　吕碧城　秋瑾　何震卷》，中国人民大学出版社 2015 年版，第 41 页。

④ 金天翮：《女界钟》，载夏晓虹编《中国近代思想家文库·金天翮　吕碧城　秋瑾　何震卷》，中国人民大学出版社 2015 年版，第 9 页。

才""女子无参政历史"等女子无权参政的问题，提倡男子应和女子共同推翻专制，建立共和国家，"夫议政者，固肩有监督政府与组织政府之两大职任者也。然而希监督政府而不得，则何妨退而为要求；愿组织政府而无才，则不妨先之以破坏。要求而绍介，则吾男子应尽之义务也；破坏而建设，乃吾男子与女子共和之义务也"①。在共和的强大任务面前，女性的国民身份得到了承认。柳亚子在1904年发表的文章《中国第一女豪侠女军人家花木兰传》中言："执干戈以为社稷，国民之义务也。……我虽女子，亦国民一分子也，我其往哉。……所以居留戎马之间一十二年者，欲牺牲一身以报我民族耳。岂以是为功名富贵之代价哉。"② 我们能够明显观察到女性从"国民之母"转变为"女国民"鲜明的舆论身份位移。

尽管是集结在民族国家旗帜下，但女权先驱者都急于承认自身的国民定位，1903年陈撷芬在《婚姻自由论》中，提出只有自身承担国民的责任，才能"曰：民族主义也，曰：国民教育也，曰：男女平权也，曰：人人平等也，曰：人人自由也，此皆天地间至大至精之谛，亘万古而不变者也"③。燕斌在1907年《中国新女界杂志》的发刊词中认为："欧美诸强国，深知其故，对于女界，实行开明主义，与男子受同等之数育，其爱国之理想，国民之义务，久令灌注于脑筋，故其女国民，惟日孜孜，以国事为己责，至于个人私利，虽牺牲亦不之惜，斯其国始得为有民，宜其国势发达，日益强盛，而莫之能侮。"而中国女性没有国民的自觉和权利，所以造成了"中国虽有多数女国民之形质，而无多数女国民之精神，则有民等于无民"④。在《本报五大主义演说》中认为："即如天生女子，本来是与男子，同为万物的灵长，合力把世界组织起来的，虽说生理上的构造不同，那心性脑力，终无大差异，自然就该立于同等地

① 金天翮：《女界钟》，载夏晓虹编《中国近代思想家文库·金天翮 吕碧城 秋瑾 何震卷》，中国人民大学出版社2015年版，第32页。
② 柳亚子：《中国第一女豪侠女军人家花木兰传》，《女子世界》1904年第3期。
③ 陈撷芬：《婚姻自由论》，《女学报》1903年第2卷第3期。
④ 炼石：《发刊词》，《中国新女界杂志》1907年第1期。注：炼石，燕斌笔名。

步。"① 到唐群英等人积极要求女性参政权，反对中华民国立宪排除女性的国民身份，使女权运动的多年成果毁于一旦时，她明确指出："第二条曰（中华民国之主权属于国民全体），不曰属于男子全体，则以我女子实国民全体中一大部分，不得谓主张之存在可知也。"②

从众多女权者的发声中，我们可以鲜明看到女权者们的策略，她们"进一步把女性从负面价值导向正面价值的身份界定，是绕过'国民母'这一基于生物性的性别身份而直接并明确地把女性指称为'女国民'，从'国民母'到'女国民'，经此转换，女性在国家话语系统中不再仅仅是作为国民的母亲，而是作为国民本身被谈论。其间，对女性'爱国'精神特质的描述和张扬，尤使有关论述焦点从女性生殖/生育的工具性转移至女性精神气质的本体性。最终女性得以在话语层面脱离了'国民之母'这一间接主体性，从而建立起'国民'的个人主体性"③。女性追求婚姻权、参政权、自由权竞相出现，成为现实和文学图景的一大景观。莫雄飞在《女中华》中号召："盖天生男女，未始有异，同具耳目，同具手足，同赋自由之权，同赋主人翁之责任。是故男子当尽爱国之责任，女子亦当尽爱国之责任；男子当尽国民之义务，女子亦当尽国民之义务也。"④ 由经济地位而决定的，由自身生物基础而限制的，由社会因袭而被损害的各项女性权益，在这一时期出现在更多的女性论说文中，引起了社会的广泛关注。

五　革命话语的女性自身"言说"

女性知识分子群体几乎在被启蒙的"革命"同时，就在运动中开始了自身的反省、思考和行动。夏晓虹在《晚清女子国民常识的建构》中通过五个《女诫》白话文本的演变，揭示了从张居正《〈女诫〉直解》到赵南星《曹大家〈女诫〉直解》再到劳纺《〈女诫〉浅释》、裘毓芳

---

① 炼石：《本报五大主义演说》，《中国新女界杂志》1907 年第 4 期。
② 衡阳市妇女联合会编：《唐群英史料集萃》，2006 年，第 55—59 页。
③ 乔以钢、刘堃：《晚清"女国民"话语及其女性想像》，《中山大学学报》（社会科学版）2010 年第 1 期。
④ 莫雄飞：《女中华》，《女子世界》1904 年第 5 期。

《〈女诫〉注释》、吴芙《〈女诫〉注释》俚语本，女性"将经典注解转变为文化阐释，并由此与新式教育发生关联"的不懈努力。透过历史的缝隙，不断挖掘更多的史料和女性声音，我们可以观察到：从维新时期开始，女性知识分子群体在接受男性启蒙的同时，很快就进行了反思、警醒和自我成长，这种成长之迅速，让人惊讶。陈撷芬在 1903 年的《独立篇》中以国家做比喻，做出了这样的深刻自省："吾女子所以受压力困阻挠，以致今日者，其始非皆由维持干预来乎，譬之联邦情意虽孚必各有自主之权，而后可称联邦也。一旦望人之维持，受人之干预几何不为属国矣，吾愿明达女子有兴女学复女权之志者，勿自比于属国也。"① 同时，她更发出了这样的思辨性言论："男子即存以兴女学，复女权为志者，亦必以提倡，望之男子，无论彼男子之无暇专此也，就其暇，焉恐仍为便于男子之女学而已，仍为便于男子之女权而已，未必其为女子设身也，就其能设身，焉不能自谋其学与权之女子能受，彼明达男子之教乎，借曰：能之则与其使彼受明达男子之教，毋宁得明达女子自教之矣，且今天下男子之失教者，十人而九不啻也，彼明达者，方以兴女学备教育，后来国民之用我，岂可转以己之教育，望之男子乎，我又何忍以二万万女子，应尽之义务责之彼明达男子乎。"② 倘若女性争取权力的运动都寄希望于"明达"的男性，那么最终也是"男子之女学""男子之女权而已"。这种振聋发聩的女性自身独立价值的认知，正是女性自身解放的胚芽。

我们从女性知识分子的自我陈述中还看到了历史多样性的可能，杜清池说出了女性整体的"物"的属性："如穿耳、如缠足，是为初级刑法。有不服从者，必鞭挞多方。痛楚呻吟，亦所不顾。既离此初级刑法，又为次级刑法者，则为私配。举素不相识之人，无论为暗哑废疾愚鲁不才，惟媒妁之言，卜算签语，并不问其女之乐否也。……至有适字未嫁，而夫婿先殁者，亦强女以奔丧守节，则尤悖情理。"至若奴婢，"既役其

① 陈撷芬：《独立篇》，《女学报》1903 年第 2 卷第 1 期。
② 陈撷芬：《独立篇》，《女学报》1903 年第 2 卷第 1 期。

力，复鬻其身，且并其人权而鬻之。如牛马，如鸡豚"①。而"役其力，鬻其身"的，都是男性。当男性抨击女性的不生利，累于家庭、夫、父、子的时候，女性却大胆说出了自身受到的压榨与剥削，乃至于非人的境地。

　　女性觉醒者们还以尖锐的笔触，进行了自我剖析和审判，从自身的弱点出发，进行女性自身劣根性和弱项的多种探讨。1909 年，邵振华（问渔女史）的小说《侠义佳人》开篇有一段对于女界的描述："吾心之感非一端，而最烈者，则莫若吾女界之黑暗也。吾生不幸而为女子，受种种之压制，考吾女子之聪明智慧，非逊于男子，而一切自由利益，则皆悬诸男子之手，天下之事，不平孰甚？然吾女子未尝言其非也。近今有倡女权者矣，有倡自由者矣，而凤毛麟角，自由者一，不自由者千万，若欲举吾女子而尽复其自由之权，难矣哉！夫男子之敢施其凌虐，而吾女子之所以甘受其凌虐者，何也？其中盖有故焉：一则男子以为吾女子胆小如鼠，虽受其凌虐，必不敢举而暴诸世……则吾女子性懒如猫，事事仰赖于人，虽受男子之凌虐，而不敢诉于世。积是二因，遂成恶果。去之不能，拔之不得，辗转相承，演成今日之黑暗女界。其中男子虽为祸首，抑吾女子岂无过欤？谚云：'木腐而后虫生。'果吾女子能如泰西女子之文明高尚，则男子方敬之，畏之，亲之，爱之之不暇，又何敢施其专制手段哉？"②改掉传统积习，把对于男性的依赖心理抛却，成为女性心理独立的有效方式。

　　胡彬夏在文章《论中国之衰弱女子不得辞其罪》中例数女性的性格缺陷："女子积习，其最可鄙最可伤者，略有数端：识见卑陋，眼光如豆，自私自利之见，固结于胸中；妄尊妄大之心，时形于色，涂脂抹粉，数时装以自炫，不特人视之为玩物，即己亦自居于玩物而不辞。嗟乎，蠢如鹿豕，呆如木石，安怪人之呼为下等动物也。"③

―――――――――――

①　陈撷芬：《我以笔代口君以目代耳：附录杜清池女士在广东演说稿》，《女学报》1903 年第 2 卷第 1 期。
②　邵振华（问渔女史）：《侠义佳人》，载《中国近代小说大系·女子权　侠义佳人　女狱花》，百花洲文艺出版社 1993 年版，第 85 页。
③　胡彬夏：《论中国之衰弱女子不得辞其罪》，《江苏》1903 年第 3 期。

秋瑾在《敬告姊妹们》中痛陈女性受压迫、为社会所轻视的原因：

> 我的二万万女同胞，还依然黑暗沉沦在十八层地狱，一层也不想爬上来。足儿缠得小小的，头儿梳得光光的，花儿、朵儿，扎的、镶的，戴着；绸儿、缎儿，滚的、盘的，穿着；粉儿白白、脂儿红红的搽抹着。一生只晓得依傍男子，穿的、吃的全靠着男子，身儿是柔柔顺顺的媚着，气虐儿是闷闷的受着，泪珠儿是常常的滴着，生活儿是巴巴结结的做着：一世的囚徒，半生的牛马。试问诸位姊妹，为人一世，曾受着些自由自在的幸福未曾呢？①

在多方话语甚至包括女性自身都把"女性"当成攻讦的对象的时候，这种种复杂的因素就变成了一种语义晦涩的意象，承载了历史的传统重习，也聚焦了知识分子急于改变现实的冲动，更变为了性别与家国的能指链接，衍生了女性话语与国族话语高度统一的格局，和在国族话语体系下女权话语表达众声喧哗的状态。陈顺馨在《女性主义对民族主义的介入》一文中深度探讨了女性主义与民族主义和国家话语的关系问题，她援引了印度学者瓦哈克思南的疑问："为何民族主义政治凌驾于（如果不是取消）妇女的政治之上？为何两者不能在平等和互相负责的对话关系上协调？……为何民族主义能够在意识形态上被认定为一种包罗性和宏观的政治论述，而妇女问题就不能拥有这种特质，反而被框定在具体的和局部的空间范围之内？"查特济回答："这是因为非常具体的民族主义政治的意识形态运作成为政治的常态模式，而民族主义所提供的'想象的共同体'被认为是最真实的单位或集体形式。结果，妇女问题（或者是庶民问题）若要被承认为政治问题，就必须用一种限定的民族主义方式加以表达。"但女性问题被以"想象"共同体的形式提出，划为"女狱""黑暗女界"的形式时，女性问题与国族问题形成了捆绑模式，尽管女性通过自身言论在尽力争取从"国民之母"向"女国民"的观念位移，但女性问题的深重性和现实难度，使很多女权先驱者选择了策略性"共

---

① 《秋瑾集》，上海古籍出版社1960年版，第14页。

谋"的形式去争取自身的权益。

第二节　报刊媒介的打造"女杰"行动

从维新到辛亥前期，借由保种强国、爱国救亡对女性的要求，民间文坊兴起了轰轰烈烈的"造侠"运动，借除暴安良、匡扶正义的大旗，女性报刊涌现出塑造爱国"女杰"形象的群体文学行动，也由此形成了文学世界对于女杰话语的扭曲接受和变形传播，这一文学动向耐人寻味。

这种行动发生在男性启蒙倡导之下，首推的是梁启超 1902 年发表在《新民丛报》上的传记作品《近世第一女杰罗兰夫人传》，梁启超以近乎神话的方式不遗余力赞颂："罗兰夫人何人也？彼生于自由，死于自由。罗兰夫人何人也？自由由彼而生，彼由自由而死。罗兰夫人何人也？彼拿破仑之母也，彼梅特涅之母也。彼玛志尼、噶苏士、俾士麦、加富尔之母也。质而言之，则十九世纪欧洲大陆一切之人物，不可不母罗兰夫人。何以故？法国大革命，为欧洲十九世纪之母故；罗兰夫人，为法国大革命之母故。"[①] 描绘罗兰夫人自小受的教育："而尤爱者，为布尔特奇之英雄传。常置身卷里，以其中之豪杰自拟……其少年奇气，观此可见一斑矣。"当革命爆发时，领导吉伦特派"以如镜之理想与如裂之爱国心相结，而鼓吹之操练之指挥之，实为罗兰夫人"。其后，罗兰夫人被激进革命派党人逮捕入狱，她"无所恐怖，无所颓丧，取德谟逊之咏史诗，布尔特奇之英雄传"，每日诵读，未尝或辍，直至殉国。与前文他和金天翮所述的理想国民之母的理论对比，我们不难看出这其中的理念先行、小说垫后的套路。

废缠足、兴女学、争女权的女性理论话题，亟须文坛的回应，而传记、新小说的形式，正能扛起这杆大旗。1899 年梁启超先后提出了"诗界革命"、"文界革命"和"小说界革命"，其中小说界革命重磅推出的

---

　　① 中国之新民：《近世第一女杰罗兰夫人传》，《新民丛报》1902 年 10 月第 17、18 号。
注：中国之新民，梁启超笔名。

就是"政治小说",希望能够"往往每一书出,而全国之议论为之一变"①。罗兰夫人在中国一炮而红,以至于1903年被称为"罗兰夫人"年。之后,梁启超又写出《东欧女豪杰》,大力渲染如俄国无政府主义女英雄索菲亚·彼罗夫斯卡娅暗杀沙皇亚历山大二世的过程。经由梁启超对罗兰夫人、索菲亚等"救国女杰"塑形神话化,清末报刊书籍中一下子涌现出一批西方"救国女杰":有法国历史上的爱国女英雄贞德,救死扶伤的女性楷模南丁格尔,以及用文学改变美国黑奴命运的斯托夫人……这些"救国女杰"生活于不同时代和国度,无论是历史背景还是她们的事迹本身所蕴含的社会意义和价值观念都大相径庭,但是在中国清末特殊的民族国家语境中她们被赋予了一致的意义,从而被捆绑式地介绍到了中国,成为对中国女性进行"爱国救国"主体建构的女性楷模,因此胡缨评论这一时段的女性形象塑造时说:"对女性形象的这一塑造,是与建构文化、种族以及国家身份的焦虑、也即所谓现代性焦虑紧密联系在一起的。"②

一 《女子世界》的打造"女杰"运动

对于梁启超女性形象建构的响应,最为得力的当属与之时间距离十分相近的女性期刊《女子世界》。其发刊词特邀金一发出振聋发聩的呼喊:"女子者,国民之母也。欲新中国,必先新女子;欲强中国,必先强女子;欲文明中国,必先文明女子;欲普救中国,必先普救我女子。"③丁初我写的《女子世界之颂词》提出:"壮健哉,二十世纪之军人世界;沉勇哉,二十世纪之游侠世界;美丽哉,二十世纪之文学美术世界。吾爱今世界吾尤惜今二十世纪如花如锦之女子世界,女子世界,奚自今日始!""改铸女魂"的三个目标是:"易白骨河边之梦为桃花马背之歌,易陌头杨柳之情为易水寒风之咏,易咏絮观梅之什为爱国独立之吟。"④慷

---

① 任公:《译印政治小说序》,《清议报》1898年第一册。
② 胡缨:《翻译的传说——中国新女性的形成(1898—1918)》,江苏人民出版社2009年版,第5页。
③ 金一:《女子世界发刊词》,《女子世界》1904年第1卷第1期。
④ 丁初我:《女子世界之颂词》,《女子世界》1904年第1卷第1期。

慨悲歌，以改造中国妇女为己任，跃然纸上。

梳理女性报刊这类外国女杰的传记叙述，几乎占据了当时女性报刊的半壁江山，同时还积极对"爱国救国"的女性形象进行了响应。表现为不仅挖掘国外的女性豪杰，还要将中国古代既有的"女杰"也进行了整合性的阐释。1904 年柳亚子以松陵女子潘小璜、亚卢的笔名在《女子世界》① 发表了五篇传记：《中国第一女豪杰女军人家花木兰传》（1904年第三期）、《中国女剑侠红线聂隐娘传》（1904 年第四期、第五期、第七期连载）、《中国民族主义女军人梁红玉传》、《女雄谈屑》、《为民族流血无名之女杰传》，将这些雄性化的侠女都冠以了"中国"的大帽。传统的女性传记往往是受已故妇女的亲戚委托，由某位著名却未必了解死者的人物写作，其目的是颂扬贞女烈妇身上值得效仿的美德。学者曼素恩在评述这种传记时说："帝国晚期，存在着无数单调俗套的妇女故事，或者是为了贞洁而自杀，或者是守寡终生以侍奉公婆。"② 而柳亚子的女性传记开篇抒写的是一个维新志士对于世界和自身国家的认知："长宵载梦，历太平洋而西，神游于文明之欧美，放眼其庄严灿烂之国土。"③ 正是在中国和世界先进国家的剧烈对比中，柳亚子提出"曰民族主义焉，曰尚武精神焉，曰军国民资格焉"。于是，柳亚子在对中国历史女性的梳理中对古代女性进行了新的建构，他发现如希腊女性、贞德这样的能在战场上保家卫国的女性在中国是如此罕见，"我可爱之祖国可怜之同胞，其竟无人耶？"于是"旁搜杂采，及于诗歌小说，恍兮惚兮若有人兮。而中国第一女豪杰、女军人家之徽号，乃不得不谨上花木兰"。原来传统文

---

①　辛亥革命前出现过两份《女子世界》，另一份为陈蝶仙主编，1914 年创办于上海，月刊，鸳鸯蝴蝶派女性期刊。该刊创办人为丁初我，1904 年 1 月创办于上海，1906 年出至第 16、17 期合刊后停刊，1907 年续出 1 期，由陈勤编辑，共出版 18 期，是最早采用白话的妇女刊物。作者多为后来南社的社员，如柳亚子、陈大悲、高天梅、高吹万等。设有社说、演坛、传记、译林、谈薮、小说、文苑、女学文丛等栏目。它号召妇女"我亦国民一分子，不教胡马越雷池"，鼓励女性接受教育，注重体育，提倡女性应该和男性一样肩负起爱国救亡的重任。

②　转引自胡缨《翻译的传说——中国新女性的形成（1898—1918）》，江苏人民出版社2009 年版，第 129 页。

③　松陵女子潘小璜：《中国第一女豪杰女军人家花木兰传》，《女子世界》1904 年第 1 卷第3 期。

化中的"安能辨我是雌雄"但仍能还乡故里的花木兰，就这样被冠以了女军人家的名头。

这里需要我们注意两点：第一，女军人家的称呼本身的提出是在世界范围的变革中出现的；第二，花木兰本身的性别身份并未引起足够的重视，反而花木兰的"雄化"特征得到反复强调。柳亚子说："彼其义侠之性情，英烈之手腕，自呱呱坠地时，已与有生俱来，虽家庭幸福，沐浴和平，承欢父母，友恭姊弟。"①但她的英气已经是"磨刀霍霍，以待日月之至矣"②。文章通篇并不是对花木兰生平的叙写抑或是野史类的加工，更多的是柳亚子本人的议论。他对于女性在历史书写中的地位这样评论："西哲有言，历史者，国民之镜也；爱国心之源泉也。虽然，此独不可以例我中国。中国之历史，则势力之林耳、专制之帐耳。彼点染淋漓、大书特书，以一代史笔自命者，类皆不知自由平等为何物。由是炀于尊君卑臣之谬说，而连篇累牍无非家奴走狗之丰功伟烈，于英才俊彦反漠然置之矣。炀于重男轻女之恶俗，而所谓烈女节女之篇，皆奄奄无生气，且位置不足以占全史百分之一，乃群在若明若昧之间矣。"③而中国女杰们的价值对照参数，自然是西方的女杰，所以他认为："缇萦上书代父……谓中国之娜丁格尔非耶？""海曲吕母散财破产以资助少年……与苏菲亚韦露颉颃矣。"④

可见，这一时期的女性理想形象的参照系数是由两维构成。现实的革命需求、保家卫国的女性诉求是基本的，而这种指标又通过西方女性的参照越发明确。在《女子世界》1904年第一期连载的职公的《女军人传》也是将历史文献中的女性予以重新挖掘，开掘出沈云英、秦良玉等人物，她们都是这一价值系统的产物，此外当时如《神州女报》等刊物

① 松陵女子潘小璜：《中国第一女豪杰女军人家花木兰传》，《女子世界》1904年第1卷第3期。

② 松陵女子潘小璜：《中国第一女豪杰女军人家花木兰传》，《女子世界》1904年第1卷第3期。

③ 松陵女子潘小璜：《中国第一女豪杰女军人家花木兰传》，《女子世界》1904年第1卷第3期。

④ 松陵女子潘小璜：《中国第一女豪杰女军人家花木兰传》，《女子世界》1904年第1卷第3期。

的社论文章，谈及女性解放列举女性榜样时，言必称红玉、花木兰或者卓文君、班昭，这种对于传统女性形象的重塑无疑也是救亡图存与时代合力的作用。在"文苑"栏目的"女子唱歌"中，通过女学校的群体演唱而将这种内容深深根植在女学生的思想意识中，从《女杰花木兰歌》（《女子世界》1905 年第 2 期）的"四万万人，齐声同歌，歌我花木兰"以及《女学生入学歌》（《女子世界》1904 年第 10 期）的"斯巴达魂今来绍""励志愿作女英雄"的"愿巾帼，陵须眉"的豪情到《女国民歌》的"胡尘必扫荡，大唱男降女不降"（《女子世界》1907 年第 6 期）的"铁血作精神"，所传达的皆是将女性放在"爱国"与"女斗士"的角度加以描述。这样的女性作为清末民初中国文学的女性叙事，"一方面是男性主体的在'女权'与'爱国'之间游动、并最终以民族国家诉求为终极目标的表达；另一方面，女性主体亦在此呼应中追寻着女权的某种程度的获得，并经由女权的过渡，弘扬着建立新的民族国家的欲求"。①

二　辛亥"女杰"与"尚武"暴力革命

暴力革命、尚武精神经由男性启蒙者和报刊媒体大肆渲染，已经形成了文化潮流，以蔡元培、吴淑卿、沈佩贞等为代表的革命组织更是为文学世界中的"尚武女杰"提供了现实基础。1901 年 5 月，蔡元培到上海受聘为南洋公学特班总教习。1902 年，蔡元培先后创立中国教育会、爱国女学校和爱国学社等具有政治色彩的知识分子团体。他在《在爱国女学校之演说词》中提出："革命精神所在，无论其为男为女，均应提倡。"② 在《自写年谱》中提到："我以女学作为革命党通讯与会谈的地点。"③ 在爱国学社，蔡元培"公言革命无所忌……断发短装与诸社员同练步伐"④。此时的他，"已经决意参加革命工作，认为革命只有两途：一

---

① 李奇志：《在"女权"与"爱国"之间——清末民初文学中的"新女性"想象》，《广西师范大学学报》2007 年第 3 期。
② 蔡元培：《在爱国女学校之演说词》，《蔡元培全集》（第 3 卷），中华书局 1984 年版，第 7—8 页。
③ 蔡元培：《自写年谱》，《蔡元培全集》（第 17 卷），浙江教育出版社 1997 年版，第 448 页。
④ 《蔡元培全集》（第 8 卷），浙江教育出版社 1997 年版，第 506 页。

是暴动,一是暗杀。在爱国学社中竭力助成军事训练,算是种下暴动的种子。又以暗杀于女子更为相宜,于爱国女学,预备下暗杀的种子"①。1904 年 7 月,蔡元培再次被推举为中国教育会会长,并重任爱国学社、爱国女学校长之职。女学环境封闭,革命党容易隐蔽,故此后蔡元培借职权之便,以女学为暗杀基地。"革命暗杀的行动鼓励女子参加,拒俄运动中,蔡元培协助宗孟女学堂郑素伊、陈婉衍于 1903 年年底组织对俄女同志会,值得注意的是实行暗杀是此时采取暴力革命的一种形式,郑素伊的心态显然是与革命派的举措有一定程度的吻合,身为一名女子,摆脱卑顺柔弱的直接方式莫过于将自身投入暴力暗杀或者表现行侠仗义的心肠,这不是郑素伊个人的独特挑战而已,而正是革命与女权相互援助的结果。"②

在铁血主义、暴力革命思想方面,辛亥革命时期社会舆论迅速达成一致,秋瑾在《宝剑歌》中就有"斩尽妖魔百鬼藏,澄清天下本天职"的号召性宣言,她也以自身的革命实践,践行了这一主张。何震在 1907 年的社会主义讲习会第一次大会上说:"现世界无政府党,以俄国为最盛。俄国无政府党,其进步分三时期:一为言论时代,二为运动时代,三为暗杀时代。今中国欲实行无政府,于以上三事,均宜同时并做。即使同志无多,亦可依个人意志而行,以实行暗杀。盖今日欲兴无政府革命,必以暗杀为首务也。"③

妇女运动也从铁血主义迅速向"女军国民"运动转变,特别在辛亥革命时期,参军成了当时革命女青年最迫切、最高尚的追求,上海、杭州、南京、广州等地组织了十几支妇女参军的团体。上海女子军事团训练两个月后,奉陆军部调遣到达南京,编入飞行队,以备北伐时施放炸弹;广州女子北伐队经过短期兵操、骑术和射击的训练,随广东北伐军北上,开赴徐州前线;另外还有浙江女子国民军、女子北伐光复军等。④

---

① 《蔡元培全集》(第 8 卷),浙江教育出版社 1997 年版,第 507 页。

② 柯惠铃:《近代中国革命运动中的妇女:1900—1920》,山西教育出版社 2012 年版,第 53—54 页。

③ 公权:《社会主义讲习会第一次开会纪事》,《天义》1907 年第六卷,第 30—31 页。

④ 张莲波编著:《辛亥革命时期的妇女社团》,河南大学出版社 2016 年版,第 9—11 页。

即使那些没有上前线的军事组织，也都进行了军事练习，她们摩拳擦掌，昼夜操练，整装待发。女子武装社团也大量成立，这其中有"以养成女子尚武精神，灌输军事学识"①的女子尚武会；有"以练习武学，扶助民国"为宗旨的同盟女子经武练习队②。浙江绍兴还开办了以"振起尚武精神，养成女子北伐军将校为目的"的女子陆军速成学堂。③

这一阶段有代表性的是吴淑卿投军。吴是湖北汉阳县人，年十九岁。跟随哥哥在东北上学，遭到满人的欺压，愤而弃学，临行时说，我吴淑卿再来北地，非兴汉灭满不可。武昌起义，她认为"观今之世界，当要人人努力自强，当要应尽国民之责任。若想热心爱国，非立起当兵之志不可也……只求其同军士去北地"，冲破男女之别，并表示"愿舍身而赴敌也"④，这篇投军文在1911年10月31日的《民立报》上刊登，引起剧烈反响。《妇女时报》也刊载了汪杰梁的《女子从军宣言书》："然试思吾辈女子，独非同胞之一分子乎？中国人民号称四万万，女子具有半焉。女子既占有民族之半，吾知女子虽纤弱，必不甘逡巡畏葸，放弃权力。"号召女同胞："有力者速宜提倡从军，组织成团，为大举之后援。……使吾二万万女同胞皆得尽一分子之义务，以养成独立自由之基础。"⑤

女性积极要求参政权的行动也逐渐暴力化，她们强烈要求在1912年3月颁布的《中华民国临时约法》中明文规定"人民"包括男女，一律平等，还要求女子有选举权和被选举权。为达此目的，她们多次上书参议院，面见孙中山，提出要求，但是3月11日南京临时参议院指定的《临时约法》公布后，因为没有之前"男女平等"的规定，3月19日上午8时，唐群英率领20余名女性到参议院要求参政权。3月20日，在议事厅20余名女子将玻璃窗片捣毁，将议员置于抽屉的议案搜索一空，并以脚踢打警卫，21日早晨，60余名女子装备武器直入参议院，因为警卫势单力薄，孙中山不得不派禁卫军200人前去支援，并允诺彼等再提议请

① 《沈佩贞创办女子尚武会绪言》，《申报》1911年11月29日。
② 《同盟女子经武练习队宣言书》，《民立报》1912年1月12日。
③ 《绍兴女子陆军速成学堂招生广告》，《民立报》1912年1月21日。
④ 《吴淑卿女士投军文》，《民立报》1911年10月31日。
⑤ 汪杰梁：《女子从军宣言书》，《妇女时报》1911年第1卷第5号。

愿书，再讨论约法修改问题，众始散去。整个事件由始至终都受到了《申报》的强烈关注，以《女子以武力要求参政权》详加报道。《申报》1912 年 8 月 31 日第二版又以"二十五日之湖广会馆"为题，报道沈佩贞率领女会员阻挠国民党成立大会、唐群英煽宋教仁耳光的事件。从 1912 年 3 月 24 日到 1913 年 5 月 24 日，《申报》发表了大小报道十余篇，其内容全部围绕女性武力争取参政权力，其标题更用了"国民党干事选举会之怪剧""唐群英大闹报馆之祸胎"的字眼，① 成了舆论的焦点。赞成者有之，认为"今民国成立未及三月二女子之程度已足与英伦女子相比较，此可喜之事，以为诸女士记功之碣"②，但各类报纸对于女子暴烈举动的批评和诋毁也不在少数，"咆哮争论，是不知法律也；破毁玻璃窗，足踢警兵扑地，是不知道德也；与议员杂坐坚执议员衣袂，不令出席，卒为守卫兵阻拦，是不知名誉也"③。虽然女子参政引起社会舆论轩然大波，但是妇女参政权的争取运动越战越勇。南京临时政府北迁后，她们联合到了北京，又继续要求女子有选举权和被选举权。"一次争不到手二次再争，二次争不到，三次四次，以至无量数次，不达目的是万万不能止的。"④ 尽管随着袁世凯复辟，女性暴力尚武主义受到压制，但是"女杰"的形象已经在社会文化空间中成了一个复杂、多义的媒介符号，留存在历史中。

第三节　苏联社会主义革命与报刊展现的女权话语

一　媒介：女性的共产主义革命话语建构

中国女性革命被纳入共产主义革命的轨道有赖于俄国十月社会主义革命胜利后的女性社会身份变革的实践。在俄共领导下妇女运动与妇女工作实际活动的翻译和介绍，为中国女性革命奠定了一种话语实践方式和操作方式。特别是介绍如何组织妇女运动服务于社会制度革命的需要，

---

① 《女子以武力要求参政权》，《申报》1912 年 3 月 24 日第 2 版、第 3 版。
② 《女子以武力要求参政权》，《申报》1912 年 3 月 24 日。
③ 梦幻：《论女子要求参政权之怪象》，《大公报》1912 年 3 月 30 日。
④ 《女子参政同盟会成立志盛》，《女子白话报》1912 年第 2 期。

并以社会制度形态将妇女社会秩序合法化、固定化、长效化，因此确立了"妇女问题解决的根本途径是社会制度革命"的普遍共识。

中国女性共产主义革命运动的话语建构呈现出复杂的历史面貌，这一时期的女性报刊媒介广泛地采编外媒对苏俄的宣传报道，无疑起到了巨大社会作用：一方面廓清社会妄议诽谤，另一方面秉持新闻媒体立场客观采纳各方言论进行报道介绍，其积极影响更是使中国最早期共产主义革命思想得以传播，积极推动了女性解放与社会制度变革结合的步伐，具有社会先驱之功。

《妇女杂志》早在四卷一号（1919 年）就开始连载署名为"天风""无我"同译的《俄国未来之妇女》系列文章，文章原著为美国人 Natale De Bosory，发表于美国《妇女之家》期刊。文章立场虽然落后，仍然秉持俄国农村妇女地位的改善来源于俄罗斯贵族妇女的帮助的叙述立场，但其开篇也呼应了时代大变革"俄罗斯村妇屈于专制之下者，经数百年，困苦既久，卒得重观天日，达于自助自治之一境"[①]。可见，俄国十月革命对女性革命运动的影响早在革命之初，就引起了研究者的注意。

《妇女杂志》六卷九号（1920 年）又刊登刘凤生翻译的纽约世界报记者爱尔氏的文章《劳农俄罗斯之保护妇女儿童观》。文章以细致的描述展示了苏维埃俄国的妇女婚姻、生产、儿童保障机制，并对其大加赞赏，认为其真正实现了"平等"，指出其儿童保障"尤见精密周到"，而其制度的优越性也体现在，"在布尔什维人看起来，并不是善举，不过是苏维埃人民对于国家的正当要素"而已，从而对苏维埃政体进行了歌颂。"盖布党的希望是要使共产主义，成一个活的实体，不要成一个理想的梦。"[②]"共产共妻"是当时社会上弥漫的对于社会主义革命的诬陷，而在文章中，这位美国记者以亲身经历写道："在俄罗斯国境之外，很有人创为苏维埃将以'儿童收归国有之说者'，这种无稽之谈和往昔'妇女收归国有'之说一样，不过这次更无根据。其一切社会实践措施，都是依据科

---

① Natale De Bosory 原著：《俄国未来之妇女》，天风、无我译，《妇女杂志》1919 年第 1 期。

② ［美］爱尔氏：《劳农俄罗斯之保护妇女儿童观》，刘凤生译，《妇女杂志》1920 年第 9 期。

学。布党为淑种起见，故息息不忘科学；科学的位置，和教育及公共卫生一样。凡属科学家，无论其宗旨和共产党相反，都受着款待。盖劳农政府不特于保护妇女和儿童一事，加以特别注意，就是普通人民的生活，也不肯听其自然，视若无关痛痒咧。"①

《妇女杂志》九卷一号（1924 年）是妇女运动专号，这也是女性期刊历史上辉煌的一次集刊。在专号 54 篇文章中，从世界妇女运动的横截面向中国妇女展示了波澜壮阔、同呼吸共命运的世界女性大联合场景。在《俄国妇女运动与劳农妇女》（俄国柯伦泰女士原著，朱枕薪翻译）中，开篇鲜明地指出："俄国没有单独的妇女运动，为无产阶级专政与其实现的奋斗，以及别的种种企图创立民主国家的运动，都是由男女两性的无产阶级共同从事的，要谋共同一致的运动与奋斗成功，共产党主张凡有能力活动的妇女都要加入共产党，共同从事苏维埃国家的建设工作，与反对世界第一个工人的国家即苏维埃俄罗斯的内外敌人的奋斗。"②

在此前提下，妇女权利、地位是由政权支持的，"十月革命，工人获得政权，即赋给妇女以各种政治上、经济上、社会上的权利，为世界开一新纪元，消灭数千年来不平的事实。在苏维埃俄罗斯的妇女，于是就能享受生活、经济与社会各方面同等的机会"③。而无论是"团结劳动妇女的方法"的探讨，对苏维埃妇女政权组织"妇女部"事业的介绍，以及对"苏维埃国家建设中的妇女"的肯定，延伸至"军队中的妇女""公共食堂与妇女""儿童福利与新式教育""母性保护""知识的增高与教育的普遍""法庭中的妇女""学校中的女子""对于妇女之文字的宣传""妇女与生产问题""职工组合中的妇女"，皆是妇女组织解放妇女社会地位的举措，可以看到苏维埃通过政治组织部门"妇女部"来引领妇女运动，依靠立法、执法来保障妇女政策，通过抓女性社会层面的重、难点来开展工作，进而达到了消除两性不平等，以及改变女性心理，建

---

① 爱尔氏：《劳农俄罗斯之保护妇女儿童观》，刘凤生译，《妇女杂志》1920 年第 9 期。

② 俄国柯伦泰女士原著：《俄国妇女运动与劳农妇女》，朱枕薪译，《妇女杂志》1924 年第 1 期。

③ 俄国柯伦泰女士原著：《俄国妇女运动与劳农妇女》，朱枕薪译，《妇女杂志》1924 年第 1 期。

立对共产主义和苏维埃政权的向往和高度认同感。柯伦泰指出，"共产党里女党员的人数，现在占全数的百分之九至百分之十"，在从事创立共产主义国家的工作中，女性也是冲锋在前，"十三省中妇女参加特别的礼拜六工作者，有十一万五百五十六人；劳农妇女之为各种苏维埃机关服务的，亦有四千四百五十九人"①。此外，如"援助红军、农民与儿童者"的人数也非常多。

应当引起关注的是，苏维埃妇女部对于妇女工作所做的安排，恰和《妇女杂志》或者说当时以新文化运动妇女解放运动的重点高度惊人的一致，比如"反苏维埃国内经营与管理生产视野之各种经济的与行政的机关，妇女都能加入办事""从事废娼运动的特别委员会""保护母性与儿童的特别委员会"，与"五四"的女性解放运动的女性职业运动、女性废娼运动、保护儿童等革新措施相同。这既反映了世界范围内女性面临共通的现状，也将"被压迫"的身份加以国际的联合，从而形成了同呼吸、共命运的身份共同体。

从后来中共领导的妇女运动与妇女工作来看，无论是妇女工作制度机制、革命中女性的参与，包括组织动员、工作开展，都能够在译介苏俄的女性运动话语中找到可供指引的策略。早期的俄国女性革命运动的译介和即时新闻传递，就这样沟通了世界女性共同斗争的步伐。

除进行思想的启蒙，后期《妇女杂志》对苏联妇女的介绍更加丰富而生动。在九卷三号（1924 年）的"娼妓问题"专号中，克士（周建人）充满实时解说性质地介绍"莫斯哥（莫斯科的音译）共产主义妇女世界会议"蒙古、鞑靼、土耳其妇女入场的情形，她们代表的是"东方妇女"的出场，引起全场"喝彩如浪一般的涌起"。而且周建人认为女性劳动范围的扩展虽然以牺牲女性姣好的容貌为代价，但充满"整洁"与"美好"才是"真的美丽"。② 我们今天无从得知周建人这种类似现场解说的文字有多少可信性，抑或是作者观看图片、影像得到的消息，但这

---

① 俄国柯伦泰女士原著：《俄国妇女运动与劳农妇女》，朱枕薪译，《妇女杂志》1924 年第1 期。

② 克士：《苏维亚俄国下的妇女》，《妇女杂志》1924 年第 3 期。

种新闻播报的方式的确别开生面。而东方女性的概念的出现，也是昭示中国妇女运动国际化的前景。

二 译介：围绕共产主义女性解放运动展开的有益补充

仅仅是操作上的指导和例证，仍然不能完全解决女性共产主义革命中的问题。俄国十月革命后，对于社会主义革命与女性解放的书籍呈现积极蓬勃的译介态势，这其中佼佼者是祁森焕翻译日本共产党人山川菊荣的《妇人和社会主义》。

在共产主义革命和女性解放关系问题的探讨中，祁森焕翻译的《妇人和社会主义》是引起巨大影响的翻译巨著。这部由日本山川菊荣所著、祁森焕翻译的作品，作为上海商务印书馆《新时代丛书》之一，在中华民国十二年十一月初版，每册定价大洋四角，总发行所包括：北京、天津、保定、丰田、吉林、龙江、济南、太原、开封、郑州、西安、南京、杭州、兰溪、安庆、芜湖、南昌、汉口，分售处包括：长沙、常德、衡州、成都、重庆、福州、广州、潮州、香港、梧州、云南、贵阳、张家口、新嘉（家）坡。借由商务印书馆庞大的销售网络，社会主义革命对女性解放的积极影响得以更大范围推介。

值得一提的是，《新时代丛书》也与中国共产党组织关系密切。从1922 年 1 月至 1923 年 12 月，先后推出了《女性中心说》《产儿制限论》《遗传论》《马克思主义和达尔文主义》《马克思学说概要》《进化》《社会主义与进化论》《妇人和社会主义》《儿童教育》等几种书籍。《新时代丛书》发起者为李大钊、陈独秀、李达、李汉俊、邵力子、周建人、沈雁冰、夏丏尊、陈望道、经亨颐等 15 人，其中多为共产党早期组织的成员。1921 年 6 月 24 日，上海《民国日报》"觉悟"副刊曾登载《〈新时代丛书〉编辑缘起》，宣称：起意编辑这个丛书，不外以下三层意思，就是"想普及新文化运动""为有志研究高深些学问的人们供给下手的途径""节省读书界的时间与经济"。《新时代丛书》还掩护了中共一大的召开，当时预定在上海法租界望志路 106 号（《新时代丛书》的通信地址）的会议因为密探的闯入而中止，会议地点才转移至浙江嘉兴南湖。

祁森焕在绪言中简明概括了山川菊荣的观点，和柯伦泰颇有相似之处，至为关键的是，"女子欲恢复自由，非改变社会的组织不可"①，"中流阶级的妇人问题，是女子对男子的问题；劳动阶级的妇人问题，纯为资本家对劳动者的问题，和男子的劳动问题全然同样"②。

在山川菊荣看来，女性运动面临的严峻考验，恐怕是以爱伦凯为代表的风靡一时的"母权论"。这种"母权论"在中国产生过强烈而广泛的影响，杨联芬在《爱伦凯与五四新文化》一文中就认为："爱伦凯的名字，在1920年代初中期《妇女杂志》及其他新文化媒介有关妇女问题和恋爱婚姻讨论的场合频繁出现，出现频率能与之媲美的，大概只有易卜生。爱伦凯性别理论之于五四新文化的意义，恰如易卜生戏剧之于新文化的意义。"③ 爱伦凯站在资产阶级人性观的立场展开了对女性责任、女性爱情观、女性婚姻观的一系列阐释，沈雁冰等"五四"新文化倡导者也正是取其"恋爱自由""离婚自由"的观念，成为有关"新性道德"问题的一系列讨论的理论资源。但是山川菊荣却对爱伦凯的"女性"本性定位"母性观"展开了强烈的批判，认为其是一种历史的倒退，将母性作为"妇人之绝对唯一的天职，她的思想实在和前时代的贤母良妻主义相关联"④。爱伦凯理论因为缺少现实存在的社会制度保障、物质条件支持，只能是"书斋里的出产品，乐天的空想"罢了。

山川菊荣科学地分析英、美、德、法的妇女运动，历数女性唯物悲惨史，得出的结论是，女性受压迫的历史原因"全然是经济的变化之结果"。父家长制和私有财产制成为女性不得自由的根源，资本主义社会，"代替血统本位的解释阶级制度，而筑成金钱本位的，无形的，且甚于从前的坚固之阶级制度，个人的——无产阶级——自由，实质上已等于

---

① 日本山川菊荣原著：《妇人和社会主义》，祁森焕译，上海商务印书馆1923年版，第4页。

② 日本山川菊荣原著：《妇人和社会主义》，祁森焕译，上海商务印书馆1923年版，第9页。

③ 杨联芬：《爱伦凯与五四新文化》，《中国现代文学研究丛刊》2012年第5期。

④ 日本山川菊荣原著：《妇人和社会主义》，祁森焕译，上海商务印书馆1923年版，第15页。

零"①。针对社会中存在着嘲讽性的反对观点："如果经济问题是解决妇人问题的，则不缺物质的有产阶级之妇人，应当没有问题了。"山川菊荣解释说，"经济组织——妇人应当依赖男子；不可有生活能力——和由此经济基础所生的道德和习惯"② 才是妇女受压迫的本源，由此确立以了经济压迫至固化道德、文化、习得的完整社会压迫女性制度体系的女性批判。从这一层次上说，经济层面的压倒性社会支配作用，是爱伦凯无论如何拿"人性"的完全来解释女性的恋爱乃至婚姻的自由也无法自圆其说的漏洞。

如果说《妇女杂志》的文章重在从新闻报道的角度，对"新事物"苏联政体及妇女、儿童政策进行介绍性质的概述，那么祁森焕译介的《妇人和社会主义》则是从思维逻辑的角度，对妇女问题为什么和社会制度问题结合进行了推理论证。尽管从阶级论角度来说，它无法也不可能顾及女性自身的思想解放、理性启蒙、文化批判等问题，更加不能对长久以来的父权—夫权—子权结合的伦理结构进行解构乃至上升到女性自身的文化觉醒。但其社会制度大变革思想的提出，无疑结合苏俄的胜利，为中国妇女运动提供了一条近在眼前的康庄大道。这种更具操作意义的路径，较之民初阶段反复倒退的"女权运动"，也因此具有激荡人心的号召力。

三 实践：早期女性共运者的言论与社会斗争

女性的共产主义革命解放道路除了需要面对资产阶级代表女性主义的观点外，还要面对一个根本性的问题，即如何由整体国家革命体制胜利进而解决女性社会问题的思维框架。就这一问题，当时的学界提出了"第四阶级"的概念，并由此将"劳动妇女"的阶级斗争之路与女性解放进行了链接，在当时的各种报刊中具有反映。

早在五四运动前，李大钊在《战后之妇人问题》（1919 年 2 月 15

---

① 日本山川菊荣原著：《妇人和社会主义》，祁森焕译，上海商务印书馆 1923 年版，第38 页。

② 日本山川菊荣原著：《妇人和社会主义》，祁森焕译，上海商务印书馆 1923 年版，第40 页。

日）一文中，开始认识到劳动妇女解放运动与女权运动是"全然相异"的两个阶级的要求，肯定了劳动妇女在妇女运动的主体作用。[1] 1919 年10 月，田汉在《第四等级的妇人运动》中指出：妇女运动分为"君主阶级""贵族阶级""中等阶级""劳动阶级"四个层次，"十九世纪资本主义勃兴后，各国随之而起的女权运动（运动女子参政及开放大学校、女子得同等职业等事）便是第三阶级的妇人运动"[2]。文章指出，这一阶级的"女权论者不必为彻底的改革论者，但求参政而已，真正彻底的改革论者便是第四阶级的妇人运动或谓之为妇人的劳动运动"[3]，"第三阶级的女子对于第四阶级的女子利害根本不同，虽然同性，好象相斥似的。第四阶级的女子和第四阶级的男子利害根本相同。虽然异性，转有同病相怜之妙"[4]。

　　1920 年 11 月陈望道在《新妇女》上撰文指出："我觉得'女人运动'共有两大类：一是第三阶级女人运动；一是第四阶级女人运动。第三阶级女人运动，就是中流阶级的女人运动；第四阶级女人运动，就是劳动阶级的女人运动。"[5] 文章还认为，上述两类妇女运动的宗旨不同："第三阶级女人运动，目标是在恢复'因为伊是女人'因而失掉的种种自由和特权；第四阶级女人运动，目标是在消除'因为伊是穷人'因而吃受的种种不公平和不合理。所以第三阶级女人运动，是女人对男人的人权运动；第四阶级女人运动，是劳动者对资本家的经济运动。"[6] 作者还指出这两种不同的女人运动所导致的结果：第三阶级女人运动纵使"完全达到目的，得到的也只是有产阶级里的男女平等，并不是'人类平等'。要得到'人类平等'，还须另外给一点注意在第四阶级女人运动，就是劳动者对资本家的运动上面。……这种运动正该男女合力，不象第

---

① 李大钊：《战后之妇人问题》，《新青年》1919 年第 6 卷第 2 号。

② 田汉：《第四等级的妇人运动》，《少年中国》1919 年第 1 卷第 4 期。

③ 田汉：《第四等级的妇人运动》，《少年中国》1919 年第 1 卷第 4 期。

④ 田汉：《第四等级的妇人运动》，《少年中国》1919 年第 1 卷第 4 期。

⑤ 陈望道：《我想》（二），《陈望道文集》第 1 卷，上海人民出版社 1979 年版，第 29 页。

⑥ 陈望道：《我想》（二），《陈望道文集》第 1 卷，上海人民出版社 1979 年版，第 29 页。

三阶级妇人运动将男人作瞄准"。①

陆秋心在《新妇女》上发表的文章《五一》中指出："我们认定那明攻暗袭我们新妇女的大敌，就是人类的大敌。我们要打倒这一大敌，一定要从第三阶级妇女运动做到第四阶级妇女运动，才能够得到胜利。"②

王剑虹更为明确地说："近代产业革命的结果，资本制度把阶级关系简单化了。即是社会划分为两大阶级，一个是有产阶级，一个是无产阶级。""所以我们的解放的要求，是以这阶级对抗的事实中发生出来的，解放的手段，也要从这当中产生。""我们要对女子运动的前途，特别提出一个警告。这警告就是：女权运动的中心，要移到无产阶级来。"③

1921 年陈独秀也在广东女界联合会上演说指出："女子问题，实离不开社会主义。为什么呢？因为女子与社会有许多冲突的地方，讨论女子问题，首先要与社会主义有所联络，否则离了社会主义，女子问题，断不会解决的。"④

在这些讨论中，妇女革命融入国家制度革命的思路体系得以进一步确立，这一理路也成为当时妇女革命倡导的主要路径。这非常符合后来学者对于国家与性别政治的某些判断：

> 人需要国家是建立在共同人性的基础之上，国家创生的那一刻，男人与女人一起挣脱自然状态，免于自然强权的威胁，女人的政治资格亦由此奠定。因此，自由主义框架中的妇女解放，意味着政治领域向女人开放，并在这个领域之中抹除性别界限，根据启蒙逻辑中大写的"人"的理念，女人和男人一样，共同享有尊严、人格、自由意志以及理性能力等。在这样的历史叙述中，国家理性所担保的妇女解放运动被表述为"男女平等"，即以男性既有的政

---

① 陈望道：《我想》（二），《陈望道文集》第 1 卷，上海人民出版社 1979 年版，第 29 页。

② 陆秋心：《五一》，《新妇女》1925 年第 5 卷第 1 号。

③ 王剑虹：《女权运动的中心应移到第四阶级》，《五四时期妇女问题文选》，中国妇女出版社 1981 年版，第 93—94 页。

④ 陈独秀：《妇女问题与社会主义》，《中国妇女问题讨论集》，上海书店 1989 年版，第131 页。

治权利为平等议题的参照系，似乎内在于理性的差异问题，就得到了解决。①

　　在以向警予、恽代英为代表的中共革命家的论述中，将妇女革命与共产主义革命相结合的观点已经成为一种理论认识，并且外化于妇女运动的实践中。"1918 年，毛泽东和他的朋友蔡和森在长沙创办了新民学会，打算为反对买淫、纳妾和家庭专制而战；提高妇女意识，帮助她们发现自己的社会作用；改造中国与世界。学会的活动之一是分立了留法勤工俭学会，组织湘籍青年尤其是女子赴法勤工俭学。出发之前毛泽东对向警予说，'希望你能引大批女同志出外，多引一个，即多救一人'。这次活动中有两个女性领导：向警予——湖南第一女子师范学校的学生，蔡畅——解放后全国妇联的首位主席，蔡和森的妹妹。这些成员变成了五四思想的积极支持者，后来有很多成为中国共产党的核心骨干。"②

　　在总结自己的革命道路、阐发中国女性革命的解决路径时，向警予在一系列文章中都强化了女性革命与国家革命的关系问题。早在 1919 年 12 月，向警予在《给陶毅（谈女子发展计划问题）》中就谈道："大家都以为非求社会的均齐发展，不能达到人生的共同幸福；所以对于全国二分之一的黑暗女子，也想把他从十八重地狱里提拔出来，于是乎'女子解放'、'女子解放'的声浪，一天高似一天。"③ 1923 年，向警予在《评王碧华的女权运动谈》中说："所谓女权运动乃完全由于解决性的特殊问题而已。性的特殊问题绝非专属某几个妇女或某部分妇女的问题，乃指普遍妇女全体的问题，或表面上属于某几个妇女或某部分妇女而实际则含有全体的普遍性者。故女权运动的意义在于免除性的压迫，发展男女同等的本能，和争回妇女应有的人权。""女权运动的团体或个人必随时随地关顾妇女本身的利益——尤其是要着眼到妇女的大多数，才不失为

　　① 张念：《性别政治与国家——论中国妇女解放》，商务印书馆 2014 年版，第 11 页。
　　② ［法］朱丽娅·克里斯蒂娃：《中国妇女》，赵靓译，同济大学出版社 2010 年版，第 100 页。
　　③ 戴绪恭、姚维斗编：《向警予文集》，人民出版社 2011 年版，第 6 页。

女权运动的意义。"①到 1925 年，在其发表于《妇女杂志》的文章《今后中国妇女的国民革命运动》中这种思路框架已经完全成熟："我们讨论妇女运动的将来，绝对不能专凭主观的空想，而且妇女运动也绝对不能有超政治经济的存在。吾人敢说，'今后十年内的中国妇女运动，全视今后十年的中国政治经济变化为转移'。"通过对中国国情的分析，她得出这样的结论："中国妇女运动，也已带了国民革命运动的特性。盖呻吟于外国帝国主义和北洋军阀两重压迫之下的中国，非将人权民权首先争回，女权不能有存在的根据。所以今后十年内的中国妇女运动，不当死板板地呆学欧美女权运动的旧样式……中国妇女运动，已到二十世纪劳动解放人类整个历史全体转变的时期。历史的进化，早把妇女解放的道路，指给世界妇女了。可巧中国的妇女运动，不先不后恰好发生于这个千载一时之会。姊妹们！久困于奴隶生活之中的姊妹们，我们该怎样完成我们这个特别使命呢？"②

在之后的革命活动中，向警予、蔡畅也切实地将这种思想进行了现实转化，1922 年，中国共产党按照莫斯科第三国际的指示，创建了一个妇女部，并决定在党报中开设妇女专栏，着手讨论和解决妇女问题。向警予就是中国共产党首位杰出的女中央委员和妇女部部长。1924 年向警予直接参加并领导了上海闸北丝厂和南洋烟厂一万多名女工的联合大罢工斗争，不久又发动组建了"妇女解放协会"。通过倡导女性革命活动，直接促进了共产主义革命的步伐。1927 年，大革命失败后，向警予继续留在武汉湖北省委机关工作，同年 10 月，向警予担任中共湖北省委党报《大江报》主笔，编辑党刊《长江》，指导武汉地下党的工作和工人运动，号召人民群众团结起来，与国民党斗争到底，影响极大。马克思主义活动与女性革命活动的协同开展，成为中国女性运动现代化进程中稳定的社会架构类型，并一直延续下来，成为中国女性运动的一个突出特征。

---

① 戴绪恭、姚维斗编：《向警予文集》，人民出版社 2011 年版，第 130、132 页。

② 警予：《今后中国妇女的国民革命运动》，《妇女杂志》1925 年第 10 卷第 1 号。

　　近代女性运动和革命的关联大致经过了从国族主义革命向社会制度革命的转化。国族主义革命所指涉的是清末开始的维新变法仁人志士在保种图强框架体系内开展的"废缠足、兴女学"的女性运动，表述为"上可相夫，下可教子，近可宜家，远可善种"①。而由此开始的追求资产阶级共和、民族解放的革命推翻了传统封建天子权威，伴随着新知识传播对官僚体系的冲击，形成了人民参与政治的浪潮。"在国族主义孕育下的政治文化，具有重新定义社会角色的作用，对于性别论述的形成有其重要意义。革命以许诺、号召、命令等特有言说方式，表现对家国的强烈激情与热爱，其所宣扬的民主被知识妇女所吸收，而经由转换满清异族的政治专制/传统社会妇女所受的压迫的响应性上，性别议题在激烈变革的呼唤中被提至与政治革命彼此互相纠葛、映照，透过这种性别重现引发性别再造，无疑对于女权思想产生了深刻的影响。"②

　　反观历史，这种性别政治与国家政治结合的路径不是在社会主义革命中体现明显，而是中国女性运动在肇始之初的一种历史选择。"性别是各种社会关系交会时权力展现的一个场域，政治中的性别也是一种文化实践形态。自清末以来的救国论述不断整编妇女进入救国序列，各种性别再现一直处于中国革命宣传的中心，一方面将性别（妇女）描述成为一个等待被改造的集体，另一方面又将妇女视作符号，采取身体政治的换喻，通过妇女这个符号具体化中国国族的衰弱、瘫痪。"③ 当社会主义革命的旗帜开始给中国指明道路时，女性革命又成为一种积极力量，它参与并且推动了中国社会主义革命的进程。这种发端，在现代文学史的女性书写中将占据决定性的力量，成为女性文学的一个主题。

---

　　① 有学者指出："在中国，维新派承认中国妇女的民族母亲身份，是为了诠释中华民族和文明的衰弱之源。其目的并不在于唤醒妇女的平权意识，而是让妇女分担起民族兴亡的责任。他们认为中国妇女应该放足，像民族母亲那样与他们并肩投入民族救亡图存运动中。"参见李国彤《女子之不朽——明清时期的女教观念》，广西师范大学出版社 2014 年版，第 183—184 页。

　　② 柯惠铃：《近代中国革命运动中的妇女：1900—1920》，山西教育出版社 2012 年版，第 3 页。

　　③ 柯惠玲：《近代中国革命运动中的妇女：1900—1920》，山西教育出版社 2012 年版，第 11 页（原文标注此观点受到 Prasenjit Duara，"Of Authenticity and Woman：Personal Narratives of Middle - Class Woman im Modern China" 的启发）。

　　当然，这种性别政治的形成还具有更广泛的世界性价值。澳洲学者李木兰在《性别、政治与民主——近代中国的妇女参政》中指出："中国女权主义活动家在 50 年的发展历程中对国际发展完全了解，而国际妇女参政运动也同样广为宣传中国妇女参政运动的进程，然而，今天的英文学术界有关中国妇女参政运动的研究使人怀疑，在西方世界及其殖民地国家之外没有发生过任何的妇女参政运动。"① 对于中国女性运动的研究有利于弥补这一"失语"状况，从而扩大在世界范围内对于妇女运动与民主政治发展进程的理解宽度。

　　同时我们也对这样的观点表示探讨的立场：国家认同和公民权是现代化国家进程中的重要组成部分，而在中国女性革命中，"恰恰是利用和发挥了这种模糊性来实现她们明确的目标"②。究竟是"利用"的策略性使女性投身社会革命，还是一种历史必然选择？文化差异性和中国长久以来与西方的政治体制差异性成为这种选择的"策略性"抑或是"主动性"判断的基准。正是从这一角度上说，对于史料中真实的女性革命问题的梳理、研究也天然地具有了极其重要的价值立场。报刊这一保留了最原始、最芜杂状态的话语之"域"的意义，也由此生成。

---

　　① ［澳］李木兰：《性别、政治与民主——近代中国的妇女参政》，方小平译，江苏人民出版社 2014 年版，第 10 页。
　　② ［澳］李木兰：《性别、政治与民主——近代中国的妇女参政》，方小平译，江苏人民出版社 2014 年版，第 11 页。

第 三 章

闺秀与女学：时代的另外一种潜流

　　清末民初女性知识分子群体有一个比较明显的代际差别，即以"女学"的兴起、成熟及至培养出中国第一批女学生群体为时间节点进行划分。先驱者是由以传统文化体系、家学式体系培养出的闺秀群体。这个群体中最具特色的是域外文化影响群体，包括康同薇、单士厘、吕碧城、秋瑾、徐自华、陈撷芬、唐群英、燕斌等人。在这一群体中，历来学界比较关注其与近代妇女解放运动的关联，考察她们的女权主张和参与的社会革命活动，借此考察女性文化身份转型问题。但是事实上，时代文化的发展往往是多元共存的。近代女性写作群体中，除社会声誉极高的时代勇士之外，还存在着不在少数的"闺秀"群体，这一群体肇始于清朝以来的"才女"褒扬文化传统，江南士大夫阶层对女性文学才能的重视与传播构成了这一群体在当时文化阶层扬名的契机，现代报刊的传播更为她们提供了一个能"传世留名"的平台。由家、兄、父构成的家学传统与域外文化经历在这一群体中得到了较好的结合。在成长道路上，她们在时代风潮中开始思考自身的价值定位，或著书立说，或倡办女学，她们的文章也频频见诸报章，她们的身影出现在社会文化空间的各个角落，由此进入了近代社会变革的时代画卷。

　　得益于清朝的重视教育之风与士子培养系统，经顺治初年的创建，康熙、雍正朝的发展，到乾隆时期的鼎盛，清代的学校规模已超越前代。同时文化发达地区如江浙、湖广的文化家族涌现出了大量的学者、诗人、画家，以此向世人昭示其整个家族的文化水准。"明清及民国的文化家族，有别于中国古代殷周时的'世卿'、魏晋时的'阀阅世家'及明清时的皇亲贵族。其最大的特征即非以世袭制度或封建特权来取得和维护，而以家族的文化水准作为衡量的标准和传世之精神。"[1] 在这个完整的家族文化体系中，闺秀群体是不可忽视的力量组成。文化家族往往是一门风雅，才女辈出，"或娣姒竞爽，或妇姑济美，以暨母子兄弟，人人有集"[2]。这种情形也被研究者称为明清"才女文化"，"这些在家族中受到良好教育的女子，在文艺创作上往往非常活跃，不但吟咏创作，还以书信、结社等方式彼此交流，有些甚至能以书画谋生，而她们的作品也能经由传抄或出版流传下来。她们不是面目模糊的被动受难者，而是积极参与文化活动的主动者"[3]。

在同时代众多女性作家当中，出身于龙阳县（今湖南汉寿）书香世家的千金"易家五小姐"易瑜女士具有一定的代表性。易瑜女士作为官宦子女，家境优渥。于同时期普通百姓子女而言，拥有更多的受教育机会与资源，自小便接受家风熏陶，于私塾中接受传统教育，文化底蕴深厚。在此基础上，易瑜女士于日后的生活中不断接纳新知与自我反思，在新旧时代的交替摩擦之下，创作出具有时代韵味与个人特点的文学作品，并且在作品中体现出鲜明的参与历史记录的意识，实为近代女性作家所独有，具有独特的研究价值。通过对其作品、其与同类女作家交往情况的解读，使后人亦可从中瞥见时代变换之下，清末民初女性对于当时社会理想、教育状况、父母言行、家庭经历、历史政治、修身之道等方面的独到见解。

第一节　于纷乱世事中长成的书香千金

一　生平及家学的"底色"

易瑜（1864—1932），幼字湘畹，后字仲厚，号玉俞、湘影，别署汉

---

① 段继红：《清及民国长三角地区文化家族中之女性文学研究》，上海社会科学院出版社2015年版，第2—20页。

② 柳弃疾《序》，费庆善等：《松陵女子诗征》，锡成公司1919年铅印本。

③ 胡晓真：《才女彻夜未眠——近代中国女性叙事文学的兴起》，北京大学出版社2008年版，"序言"第5页。

寿女士，室名湘影楼。湖南龙阳（今常德市汉寿县）人，清布政使易佩绅之女，"近代诗歌王子"易顺鼎之妹。学识渊博，家族文化底蕴深厚，诗才横溢，是清末民初全国著名女诗人之一。代表作品有诗集《湘影楼诗》和传记体小说《西园忆语》《髫龄梦影》，还有散文《瓶笙花影录》等。

同治三年甲子年（1864），易瑜出生在汉寿县城关镇。根据《髫龄梦影》易瑜女士的自序：

> 余家居洞庭之西，兄弟姐妹四人，余其季也。伯姊长余十三，仲兄长余九龄，叔兄长余三龄。余母生余，年已三十九，余父则四十三矣。①

可知在《髫龄梦影》创作时期，在其回忆追溯中，其家庭兄弟姐妹，包括其在内一共4人。但在南通师范高等专科学校人文系的系部概况部门简介"先贤—易瑜"（2009年4月19日发布）一文中，指出"其排行第五，人称'易家五小姐'"②，有所出入，笔者搜集相关资料，于"易顺鼎年谱长编"③中寻得蛛丝马迹，其长兄早亡，因此前文没有提及。得以证明易佩绅确有子女共5人。

易瑜及笄，与四川人、15岁便中秀才的才子黄守琼（字仲方）结婚。才子佳人，志趣相投。素有"三湘才子"之称的易顺鼎之子易君左，早年亦曾师从于黄守琼先生。④在父亲易佩绅担任四川藩司期间，光绪十一年（1885）黄守琼携易瑜与兄长易顺鼎、易顺豫等人开诗钟社。据易顺鼎《诗钟说梦》可考：

> 光绪乙酉，随任川藩。趋庭之暇，与由甫六弟、香畹五妹及妹

---

① 易瑜：《髫龄梦影》，《妇女杂志》1915年第1卷第6号。

② 先贤—易瑜—部门简介：南通师范高等专科学校，2009年，南通师范高等专科学校网，http://zsjy.ntnc.edu.cn。

③ 范志鹏：《易顺鼎年谱长编》，博士学位论文，华东师范大学，2013年。

④ 李达轩：《易氏作家群论》，湖南文艺出版社1998年版。

婿黄玉宗，开诗钟社。时张子苾、曾季硕夫妇居署中，而蜀中群彦如顾印伯、范玉宾、刘健乡、江叔海诸君，簪裾毕集。所作诗钟，或呈先君校阅，或季硕、香畹代先君校阅。往往酒阑烛尽，夜分不休，洵一时之乐事也。①

　　戊戌变法前后，她帮助夫婿黄守琼在家乡创办"陇南致用学会"，并曾在《湘学报》发表《论女学校及不缠足会之善》一文，倡导妇女解放和女子教育。② 后易瑜投身于女子教育事业，亦有夫婿相助。佳偶天成，伉俪情深，在动荡世事中夫妇二人相濡以沫，为后世之佳话。民国二十一年（1932），易瑜逝世于汉寿县城。

　　作为文武兼资、簪缨相续的易氏家族千金，究易瑜之才学，与诗作成就，或是于教育事业中的贡献，必不可不研究其家学渊源与成长经历。

　　（1）父亲易佩绅（1826—1906），字笏山，号健齐，晚号遁叟。与郭嵩焘、王闿运往来交情颇深，作品有《函楼诗钞》《函楼文钞》《函楼词钞》流传后世。其原配萧氏，早卒；生一子易顺节，五品衔，四川候补通判，生年不详，同治十三年（1874）卒，亦早卒。易佩绅"六岁丧父，七岁丧母，育于祖母，受读于兄擂臣公"③，其童年伶仃孤苦，食不果腹，衣不蔽体，仍一边努力读书一边维持生活，"然神采气度，见者已知为非常人"④。13 岁应县试，能够应县令"读圣贤书，得志行道，惟当致君泽民，岂以争名为事耶?"⑤ 21 岁入邑庠，此后易氏几代沉淀与传承的为家、为人、为官的基本原则与底线在易佩绅身上得到了集中展现，体现

---

　　① 易顺鼎：《诗钟说梦》，发表于梁启超主编《庸言》杂志第一卷之 9、10、11、12、14、16、17、24 号。

　　② 先贤—易瑜—部门简介：南通师范高等专科学校，2009 年，南通师范高等专科学校网，http：//zsjy. ntnc. edu. cn。

　　③ 易顺鼎：《皇清诰授光禄大夫、头品顶戴、赏戴花翎、原任江苏布政使司布政使先府君行状》，光绪末年刻本。

　　④ 易顺鼎：《皇清诰授光禄大夫、头品顶戴、赏戴花翎、原任江苏布政使司布政使先府君行状》，光绪末年刻本。

　　⑤ 易顺鼎：《皇清诰授光禄大夫、头品顶戴、赏戴花翎、原任江苏布政使司布政使先府君行状》，光绪末年刻本。

在其仕途亨通、政绩卓越之上。先后任贵州按察使、山西布政使、江苏布政使等。① 光绪二十四年（1898），卜居九江，在九江居住九年之后，光绪三十二年（1906），因为微疾病卒。②

（2）母亲陈氏（1830—1893），为父亲佩绅继配，同邑长垣县知县龙阳陈公永皓之女。③ 诰封一品夫人。陈氏从小就接受父亲的教育培养，精通《毛诗》《论语》《列女传》，特别佩服班氏的《女诫》一书。一生以理学自励，贤良淑德，行为举止端庄大方，而受称于乡里。其外祖父陈永皓，学者称"海阳先生"。父亲佩绅以其为严师，与母亲陈氏相互尊重、敬畏视为"畏友"，在学问功业上多受到母亲陈氏的帮助。陈氏育有两子两女：大女儿易莹；二儿子易顺鼎；三儿子易顺豫；小女儿易瑜。

（3）伯姊易莹（1855—1883），殁于太原藩署，扶乩后招其"降灵"，仙号"真一子"，居玉虚斋，与佩绅、顺鼎父子"唱和"的扶乩诗，名为《玉虚斋唱和诗》。婚配亲姨表兄弟朗州汉寿人清故候选知府云骑尉、母舅陈景沧之子陈慎楷，字诚甫，年才二十有三，④ 光绪二年丙子（1876）因为疾病卒于长沙。

在《鬌龄梦影》中，对于伯姊易瑜这样评价："姊工诗词，善书画"⑤，深受父亲的喜爱。伯姊蕙质兰心，聪颖过人，能诗善画，特别擅长篆书，著作有《玉虚斋集》等诗集。在《玉虚斋集》中自述"我有诗千首，人间不可咏。虚空恒自赏，那复觅知音"⑥。深情又清冷的诗人形象，诗文幽怨又缠绵、清丽又凄婉，她的诗歌以"味香情浓"而闻名于远近。

---

① 《光绪实录三》卷二二二，《清实录》第五四册，中华书局1987年版，第1104页；秦国经主编：《清代官员履历档案全编》第四卷，华东师范大学出版社1997年版，第175—176页。

② 易顺鼎：《皇清诰授光禄大夫、头品顶戴、赏戴花翎、原任江苏布政使司布政使先府君行状》，光绪末年刻本。

③ 《清代诗文集汇编·函楼文钞·家传》第七〇三册，上海古籍出版社2010年版，第107页。

④ 易顺鼎著，陈松青校点：《易顺鼎诗文集》（第三册），湖南人民出版社2010年版，第1256页。

⑤ 易瑜：《鬌龄梦影》，《妇女杂志》1915年第1卷第10号。

⑥ 龙阳才女姊妹花—文史资料—政协汉寿县委员会，2019年，网址：http://www.hsxzx.gov.cn/wsz1/content_68906。

　　（4）仲兄易顺鼎（1858—1920），字实甫，又字中实，自署忏绮斋，又自号眉伽，晚号哭庵、一广居士，后人有称其"近代诗歌王子"，是近代著名才子、诗人，世人评价其为晚清三大著名"爱国诗人"之一，传世之作有《琴志楼编年诗集》《摩围阁诗》《摩围阁词》《楚颂亭词》等。光绪乙亥恩科举人，官封二品顶戴按察使衔河南候补道，庚子事变时督江楚转运，此后又在广西、云南、广东等地任道台，晚年任印铸局长。原配湖南巡抚景东刘崐孙女刘氏，清德宗光绪元年乙亥年（1875）儿殇，未几刘氏卒。光绪八年壬午年（1882）四月，继娶汉阳知府无兴沈宝祥之女。

　　易顺鼎自幼便机谨聪慧，少时受过湘中名士、父亲佩绅好友王闿运的赏识，和曾国藩之孙曾广钧并称"两仙童"。有忧国忧民之情怀，后常忙碌于军旅生涯和官场宦海之中，然而并不得志。与袁世凯次子"民国四公子"之一的袁克文、清末巨儒梁章钜之孙梁鸿志，还有罗瘿公、何震彝、闵尔昌、步章五、黄秋岳等人意气相投，结为诗社，并时常聚会于袁克文居处南海流水音作诗雅趣，以东汉末年"建安七子"相比，七人并称为"寒庐七子"。他的诗歌意象深远开阔，独具个人色彩，讲究属对工巧，用意新颖；词作表达更是意蕴万千，富有深厚的韵味。与晚清善骈文的"樊美人"——湖北樊增祥（1846—1931）并称"樊易"，同为"同光诗流"代表诗人，时有"北樊南易"之称。

　　易顺鼎的挚友程颂万在《易君实甫墓志铭》中说："湖外三易，譬眉之苏。"① 便是把易家父子"三易"类比唐宋八大家中的苏家父子"苏洵、苏轼、苏辙"，巧的是"三易"在文学界的成就与"三苏"的成就排行极为相似。以大儿子的文学成就最胜，次之为父亲，再次为二子。就文学成就及影响力而言，易顺鼎在易家诸辈中最为出名，更为后人所熟知。目前已有诸多学者对其进行详考，故不再赘述。

　　（5）叔兄易顺豫，字由甫。生卒年暂未查找到相关印证资料，但据《髫龄梦影》易瑜女士自述，可知"兄长余三龄"，可大致推断其生年为

---

① 《易顺鼎诗文集·附录》（第三册），湖南人民出版社 2010 年版，第 1909 页。

咸丰十一年辛酉年（1861）。光绪三十年（1904）进士，曾任江西吉安知府，后为辅仁大学、中国大学和山西大学中文系教授。著有《湘社集》《琴意楼诗》等，早年在长沙蜕园处与兄长易顺鼎及其挚友程颂万结湘社，《全清诗》收有他和胞兄易顺鼎的词作。

二　兴女学、倡女教

在易瑜的人生经历中，如果说是家学渊源赋予她古典闺秀的底蕴，那么身处中国现代化进程中的激烈动荡，以及妇女解放意识的觉醒和投身"兴女学"的文化洪流，就是以易瑜为代表的传统"闺秀才女"们的时代选择，也具有了"新"的因素。易瑜女士受家风家学的影响深远，经过私塾的知识积累，学识比寻常百姓女子渊博，再加上早年随父任职四方，见识丰富，自己也经历过"缠足穿耳"等糟粕陋习的荼毒，便是在传统糟粕与自我经历反思中孕育"女子解放"之胚芽，在机缘之下任职于女子学校，广交同志好友，在任教的践行过程中"女子解放"之思播种发芽，易瑜女士与女子教育事业关联也从这里开始变得越发紧密。

中国近代主张"实业救国"的实业家张謇，本着"女子教育之不可无师，与国民教育尤须有母"的认识，大力发展教育事业，于多地创办学校。1905 年由其兄张詧私人捐资购买南通城东柳家巷陈氏老宅，张謇及地方乡绅陈启谦、徐联等人集资捐助，共同创办了通州公立女子学校（1906 年改名为通州女子师范学校，1912 年 5 月改通州为南通县，遂改名为南通县立女子师范学校）。由于易瑜仲兄易顺鼎与张謇为莫逆之交，光绪三十三年（1907）正月易瑜受聘该校，教授修身、国文、历史、地理等课程。任职期间她与校长姚蕴素（字倚云）志同道合，相似的成长经历、家国情怀与女性解放启蒙思想，又同为当时闻名海内的女诗人，后二人常以词唱和应答，结下了深厚的"金兰之谊"。1906—1916 年南通县立女子师范学校聘用教师状况（节选）如表 3—1 所示。

表3—1　　　　　　　　1906—1916 年南通县立女子师范学校
聘用教师状况（节选）

姓名	性别	籍贯	所授科目	任教时间（年）
姚倚云	女	南通	校长兼修身	1906—1916
保昊	女	南通	监理	1906
森田政子	女	日本	算术、体操、唱歌、国画	1906
陈瑞书	女	海门	图画	1907
沈明涛	女	上海	英文	1907
易瑜	女	湖南	修身、国文、历史、地理	1907
钱丰保	女	浙江	算术、图画	1907
孙拯	女	浙江	修身、国文、手工	1907
秦卓然	女	无锡	理科、体操、唱歌	1907
汤兆先	女	吴县	体操、唱歌、国画	1908
邹婉华	女	无锡	体操、唱歌	1908
俞佳钿	女	浙江	监理	1907—1908
周绮琴	女	吴县	体操、唱歌	1909
杨锡纶	女	吴县	体操、图画、手工	1910
杨向寅	女	江西	国文、历史、地理	1907—1910
王萱龄	女	无锡	体操、图画	1910
习浣玉	女	南通	唱歌、手工	1908—1911
张嘉树	女	南通	算术	1909—1911
闵之完	女	南通	图画、体操	1911
习絮华	女	南通	裁缝	1910—1911
张杏娟	女	南通	唱歌、体操、手工	1911—1912
段李婉	女	江宁	修身、国文、历史	1910—1912
徐万芳	女	南通	裁缝、手工	1912
杨钟惠	女	南通	修身、国文	1912
吴肇封	男	如皋	算术	1910—1912
保思毓	男	南通	数学、国画	1907—1913
黄守璟	女	嘉定	地理、体操、唱歌	1912—1913
保江	女	南通	裁缝	1913
王崇烈	男	南通	国文	1910—1914
闵之宣	男	如皋	体操、唱歌	1911—1914
张淑钟	女	南通	体操、唱歌	1913—1914

光绪三十四年（1908）正月易瑜自通州女子师范学校辞职回乡。[①] 回乡后，易瑜亦积极投身于女子教育事业创办女子教育，用她的话来说"安能与俗偕，郁郁以终老"。宣统元年（1909）春，她捐资创办了"龙阳私立女子小学堂"，并亲自担任堂长兼教习，开郡县兴办女校风气之先。易瑜在《汉寿女子小学乐歌讲义》中写道："国旗招展，风和日丽，纪念庆嘉辰。革命功高，共和永固，专制一朝倾。独立精神，自由幸福，奴隶永除名。二十世纪，辉煌灿烂，历史放光明！君不见，欧洲大陆，血染海潮腥；君勿忘，枪林弹雨，铁血立奇勋。愿我同胞，文韬武略，艺术日求精；祝我中华，巍巍民国，千载庆升平！"[②] 这些歌词既是此时身为校长的易瑜对于学生们的教导，同时也是她对于共和制度的赞美。民国八年到民国十二年（1919—1923），曾三次获省教育厅传令嘉奖，被誉为女士治学的楷模，树为解囊兴学、严谨治学、精心教学的典范，载入省教育史册，这所小学亦成"学誉满湘西"的女子学校。

辛亥革命之后，易瑜先后执教于南京复正女学堂、桃源湖南省立第二女子师范学校。[③] 1924 年春，她带领中国妇女运动的先驱帅孟奇[④]以及革命志士熊琼仙[⑤]、助手黎箴等发起汉寿女界联合会，坚决反对束缚女子的封建思想，倡导男女平等，婚姻自主，督促女子剪辫、放足、上学，争取女子社会地位，并从自家女子带头做起，以示垂范。并开办民益女

---

① 亦有时间记载为光绪三十三年（1907）仲夏，易瑜辞职回乡。

② 校长黄易瑜：《汉寿女子小学乐歌讲义》，《妇女杂志》1915 年第 1 卷第 6 号。

③ 先贤—易瑜—部门简介：南通师范高等专科学校，2009 年，南通师范高等专科学校网，http：//zsjy. ntnc. edu. cn。

④ 帅孟奇（1897 年 1 月 3 日至 1998 年 4 月 13 日），出生于湖南省汉寿县贫苦农民家庭，青少年时期接受进步思想，追求真理。1926 年 2 月加入中国共产党。帅孟奇同志是中国共产党的优秀党员，久经考验的忠诚的共产主义战士，中国妇女运动的先驱，中国共产党组织战线杰出的领导者，中共中央顾问委员会原委员，中共中央组织部原副部长、顾问。

⑤ 熊琼仙（1904—1927），出生于城镇贫民家庭。1914 年 8 月，入东岳宫小学读书。后转入县立女子小学。1921 年 8 月，考入享受公费的桃源湖南省立第二女师。1926 年 3 月加入中国共产党。同年夏毕业返乡，任汉寿县女界联合会副会长；并以个人身份加入国民党，任国民党汉寿县党部执行委员。1927 年 1 月，中共汉寿县委成立，当选为县委委员和妇女部部长，并出席于当月底在长沙召开的湖南省第一次妇女代表大会。马日事变后，奉命潜往安乡，在县城以当家庭教师为掩护，从事党的地下工作。1928 年 6 月，因叛徒指认，遭国民党便衣特务逮捕。7 月 23 日，挥笔写下"死在太阳山麓，活在人民心里！"的遗言，慷慨就义。

子职业学校，设织袜、刺绣、缝纫、印染四科，传授妇女谋生的技能，争取妇女经济地位。而后又担任湖南省立第二女子师范学校训育主任。1925 年秋，易瑜出任汉寿县劝学所所长（后改教育科长），任职三年。期间适逢省议会通过强迫教育案，实行义务教育。易瑜女士积极推行普及义务教育规划，其间不辞辛苦，四处奔劳，磋商各方，对民耐心宣讲政策所益，一年多时间先后设立乡村小学百余所。

到国民大革命期间，易瑜在中共汉寿县特别支委的帮助和影响下，积极投身于迎接北伐、建立农会、打倒土豪的革命活动，[①] 由女子教育践行者倡导者的身份，转型成为一名新民主主义革命的女活动家，在不同的时代背景与需求之下，担负起国家赋予的新使命。

"艺术家的怀旧，不仅仅是对经验的简单重温，对经验的翻检，实际上是对经验的一种重新的审视与发现。他在寻找经验中的某些具有艺术因素的闪光点，以及经验之间的某种意外的联系与组合。……经验作为生命与感知对象相遇的产物，是生命个体对感知对象的一次各取所需的吸纳。"[②] 通过《髫龄梦影》，易瑜女士对于自己孩童时代经历的回溯，进行有意的记录与自我评价。我们不难从她所经历的一些事件中找到影响她后来所践行的思想解放观念、教师教学育人观念等观念意识形成的根源。

根据《髫龄梦影》[③] 中作者所回忆的事件，以易瑜女士的年龄为线索，制作事件与作者反思的对照表格，见表 3—2。

表 3—2 　　　　　　　　　《髫龄梦影》中作者所回忆事件与反思

年龄	事件	反思
三龄	1. 见叔兄识读数字错误，被师惩罚。 2. 先生会客，叔兄乞早放学。	1. 不认同。 2. 其乐如鸟之出樊笼。

① 先贤—易瑜—部门简介：南通师范高等专科学校，2009 年，南通师范高等专科学校网，http：//zsjy. ntnc. edu. cn。

② 刘雨：《艺术经验论》，东北师范大学出版社 1998 年版，第 4—5 页。

③ 易瑜：《髫龄梦影》，《妇女杂志》1915 年第 1 卷第 6、7、10 号。

年龄	事件	反思
四龄	1. 入塾随兄读书，师从彭姓老儒。 2. 日中学习困倦之时，携手在私塾教室内环绕散步，或者给零食，不允许外出。在我学习倦怠时，用婢女贵云"恐吓"我，督促学习。 3. 叔兄将受到先生惩罚，余大哭不已，先生释笑谓之"友爱"，而恕兄。	1. 慈爱余等。 2. 虽以读书为苦，然颇亲昵师，视之如乳保焉。故久亦渐安，不以入塾为苦矣。 3. 颇亲昵师，师诚良师也。
六龄至九龄	1. 女子若不穿耳缠足，就形如异类。缠足后随着年龄的增长，足溃烂，淤积脓血，寸步难移苦不堪言。 2. 在黔期间，我和叔兄受到师塾一老诸生虐待，面对叔兄犯错即拍案大怒大吼。投其所好，可以避免惩罚。 3. 叔兄眼睛被打伤事件后，又先后请一位谢姓老儒作先生和一曾姓孝廉授业。 4. 父亲治理管辖古州之苗民，治理有方，以诚相待，深受当地苗民爱戴。	1. 初犹不觉其苦，盖缠足之法，皆由慢而紧也，其后则苦不胜言。告诫后人不缠足者"知乐自由"。今此恶俗将永绝于世，不复见矣。故不惜琐屑言之，以为他日述古者之谈助焉。 2. 塾师之虐待，如依虎狼，又当时教育界之怪现象。余深恨之，终日栗栗危惧。 3. 谢姓老儒：性宽而慈，功课不深督责，任其出入嬉戏。又最喜谈故事，亲切有味，故亲等深昵之。而书颇能熟诵，以授新书时少也。 曾姓孝廉：面若秋霜，森然可畏，终日不言不笑，伏案写大卷白折。凡书口授一二遍之后，纯任学生自动，不论字句多寡难易，每授必尽三页。余所读佶屈聱牙，非特不能背诵，且字亦多不识者。终日坐如针毡，不胜其苦。每见其伏案作书，不顾余等时，乃相与咨嗟愁叹，辍读私语，彼辄以戒尺猛拍其案，如闻霹雳，震惊失措。以不明小儿心理者执教鞭，其为害当何如也。 4. 至诚而不动者，未之有也。

续表

年龄	事件	反思
十龄	1. 授业之师为胡政举，后官至县令。一张姓拔贡继之为师。	1. 二师皆循循善诱，和易可亲。于余之功课，虽不深注意，然亦时时引古证今以相启发。余得稍具知识者，实赖二师之力也。
十二龄	1. 与兄长授业于一张姓老诸生，因为我作《诗酒水云乡》一诗，师傅觉得我"有才，不必更求进步"，乃后便没有授余新知，我的知识能力退步。	1. 是后乃不更授余功课，惟令温习旧者，亦不为之讲解。不令背诵，出则出，入则入，不复过问。于是一年，非特无所进步，其旧有者亦忘之矣。至今思之可笑亦可叹也。

　　自表3—2中事件可概括出易瑜女士所推崇的教育理念为循循善诱，性情宽厚、和易可亲，能够及时根据身旁所发生之事寓教于乐的老师，如"叔兄画鼠余大哭"塾师夸赞"友爱"，父母敬师、母亲以珍品饷师盖源于其望子女成德心切需予以报答等。同时还希望教师能够以多种方式启发孩童学习，引古证今以相启发促进学生掌握多元知识，还必须对孩童心理、不同年龄段的认知水平有所了解。以一份热诚感化学生，亲力亲为示范给学生效果最好。

　　还有作者对于教育方式的反思，指出传统典籍教学中的不足，"不合小儿心理，不能明其意义，终日呻唔，味同嚼蜡，徒费脑力毫无所得。盖当时之教育，小儿入塾，始则《三字经》，继而《孝经》、《诗经》、《书经》、《易经》、《论语》、《孟子》、《礼记》至《左传》而毕矣，义理深奥，卷帙繁多，求其熟读背诵，其困难处，真不可以言语形容"[①]。在学生教育中盛行的背诵之法"学生甚苦，而师则不劳而获其益"。指出"良好之教师"通过背诵检测学生学习成果，但评判标准亦过于绝对，且诵读需要适量，"多读则伤脑耗气，损血液，大悖卫生之道。当日勤恳好学之儿，率皆身体孱弱，神气衰飒。体壮而学优者，千百中不得十一焉，

---

　　①　易瑜：《鬌龄梦影》，《妇女杂志》1915年第1卷第6号。

徒事诵读故也"①。自己作为教师授课时"宜稍留余暇，俾其静观一二遍。诵读二三遍，'非静观不能领悟，非朗诵不能记忆。'除算术外，各科皆然，二者不可偏废其一，勿徒事听讲也"②。同时也点出执教不能仅存口舌之便，在讲坛上滔滔不绝，还需要在课上给学生消化知识、理解道理的时间。

　　关于女子教育，在那个认为"女子无才便是德"的时代，诗人受时代观念限制，观念仍具有局限性，不能完全跳脱传统观念的框架，故在自叙中没有直接对这一错误观点进行批判，但对于自身实践尝过的"缠足穿耳"之苦，作者明确反对，后亦作《论女学校及不缠足会之善》，劝诫当时的妇女改变观念。

第二节　"金兰"之谊复何求

　　作为文学世家千金的易瑜女士与一批互闻其名，却未曾谋面，身世相近、志趣相投、德才兼备的才女们相识相知，惺惺相惜，同志同行，义结金兰，共同在近代女子教育事业、女性解放事业中做出卓越贡献，而她们的酬唱应答多以女性报刊为平台，形成了迥然不同于传统"才女"的文学创作和接收过程，具备了过渡期"才女作家群"的特征。

一　古文宗师姚鼐后人——桐城才媛姚倚云

　　姚倚云（1864—1944），字蕴素，安徽桐城人。与易瑜同年生，民国三十三年甲申（1944）病殁于南通，享年八十一岁，是近代享誉苏皖文坛的女诗人。清代著名爱国将领、文学家姚莹是其祖父。姚倚云幼习文史，初随父姚溶昌寓居安庆，继又移居桐城挂车山，常与父兄吟咏以娱，后嫁南通范伯子为继室。光绪三十年甲辰（1904），四十一岁时，父丧四年后痛失丈夫范伯子先生。次年，逢张謇集合地方乡绅集资创办通州公立女子学校，光绪三十一年乙巳（1905）就任通州公立女子学校校长。

---

① 易瑜：《髻龄梦影》，《妇女杂志》1915 年第 1 卷第 10 号。
② 易瑜：《髻龄梦影》，《妇女杂志》1915 年第 1 卷第 10 号。

抗日战争爆发后，避难于南通乡间，虽身处困境，仍坚持作诗，著有《蕴素轩集》十七卷。投入女子师范及职业教育领域近四十年。其参与社会事务较多，晚年还曾担任南通红十字会会长。

清末民初，诸多名媛、知性女士之间往来从密，风雅聚会，赋诗交流，书信往来，很多诗篇都传达着一种胜似血缘姐妹的手足之情。在与众多女性才媛的交往当中，当属易瑜女士与姚倚云感情最为深厚。

在"女子无才便是德"的传统教育理念之下，大部分女性依旧鲜有求学受教的机会，名门才媛的文学修养启蒙多源于家族之中的言传身教、家学诗文相和环境的耳濡目染。姚倚云诗才与美德兼备，兼善诗、书、文、画及女红等。后人评价其素来气质温和婉约、平静优雅，知书达礼，为人可爱和善，对于诗文的创作热情未曾消淡，聪慧自是首要的，但潜移默化、身心浸染的家学渊源也是明显的。① 幸得姚家才德观念认为"天之生一才人也不易，生一闺阁之才更不易；闺阁有才而又得全家之多才以张其才，则尤不易"②，在家人的支持之下，其文学天赋加之后天学习、吸收、融合和内化，使得姚倚云最终能够出落成在文学诗坛、女子教育等领域有着杰出贡献的优秀女性。

当时使用传统经史子集作为教材的教育模式，将文学素养教育与礼仪素养教育相结合，对于当时文人的学识积累及文化涵养起到了一定的积极作用。易瑜在《髫龄梦影》自序中所提及成长中所受教育的历程，包括四岁开始学《三字经》，八九岁之后开始学《毛诗》等，用她的话来说便是"盖当时之教育，小儿入塾，始则《三字经》，继而《孝经》、《诗经》、《书经》、《易经》、《论语》、《孟子》、《礼记》至《左传》而毕矣"③。联系姚倚云与易瑜有着相似的文学世家成长环境，由此推测，姚倚云深厚的学养亦是大致以此模式累积而成。笔者细思之认为，亦正是因为二人年纪相仿、成长环境相似、才学相近、志向抱负相同，使二人在相遇后，即使只是短暂地共事近一年的光景，亦结下能够陪伴终生的

---

① 徐丽丽：《清末民初才媛姚倚云研究》，硕士学位论文，苏州大学，2014 年。

② 张云璈：《自然好学斋诗钞序》，《自然好学斋诗钞》卷首，同治十三年（1874）重刊本。

③ 易瑜：《髫龄梦影》，《妇女杂志》1915 年第 1 卷第 6 号。

"金兰之谊"。

光绪三十年甲辰（1904）十二月初十日，时年四十一岁的姚倚云永远地失去了爱人范伯子。当日先生大吐血，血尽即亡，年仅五十一岁，"闻肯堂于初十日弃世，为之心痛，竟夕眠不稳"①。至此，范姚二人恩爱情深十五年画上句点。虽然姚倚云悲痛欲绝，但作为一代知识女性，其面对突如其来的打击，并未一直沉沦，她受到家族及身边友人的影响秉持着对于教育的热忱，继承范伯子先生发展近代教育事业的遗志，化悲痛为力量，先后从教十五年，在女子近代教育事业中书写下新的故事，得时人及后世者认可赞赏。

光绪三十一年乙巳（1905）十二月，在清廷正式批准女学前夕，本着"女子教育不可无师，与国民教育尤须有母"的认识，张詧和张謇捐资，并集合地方乡绅共同集资捐助，创办了我国最早的女师教育学校——通州公立女子学校，并聘请姚倚云担任首位校长。次年（1906）三月，学校刊布校章，招生开学，姚倚云也被学生们尊称为范校长。《南通县图志》卷九《教育志》中记载："光绪三十二年，（张）詧（张）謇、陈启谦、徐联蓉等设公立女子学校，以启谦旧宅为校舍，延当世妇姚为校长。"通州公立女子学校，后改名为"南通县立女子师范学校"，成为姚易二人日后永结"金兰之谊"的重要契机。

由于易瑜仲兄易顺鼎与张謇为莫逆之交，光绪三十三年（1907）正月易瑜受聘通州女子师范学校，教授修身、国文、历史、地理等课程。二人相逢，吟诗作赋又志趣相投，相见恨晚，情谊日渐加深。

姚倚云在与易瑜相识不久的诗作《和易仲厚见赠原韵》中评价她"有瑰璋姿、修养深、怀良知"，对其欣赏万分愿义结金兰——"自怜偃塞质，惭对瑰璋姿。愿结忘言友，学问何常师。世危悲至道，子独怀良知。虚名辜真赏，使我生畏思。结此金兰契，譬彼棠棣枝"②，"我生遭死

---

① （清）姚永概：《慎宜轩日记》（下），黄山书社2010年版，第933页。

② 姚倚云：《蕴素轩诗集》卷七，见范当世《范伯子诗文集·附录五》，上海古籍出版社2015年版，第611页。

丧，性命寄游丝。裁悲且为君，初见如旧时"①。更点出两人有一见如故、
似曾相识之感。二人共事结交之时，姚倚云仍未从范伯子辞世三年的伤
痛中走出来，曾一度心灰意冷，作《用两当轩赠友韵寄仲厚》，提到"男
儿重然诺，女子贵言行。嗟哉吾与子！栖栖何以鸣？自我丧其耦，已断
平生情。邂逅忽逢君，孤怀竞倒倾。和歌聊自遣，岂必他人惊"②。正在
这个时期易瑜的到来，让姚倚云找到了一个倾诉对象，有了情感的宣泄
口。又因二人才学广博，善作诗赋，相互切磋诗技，借诗传情，倾心交
流，互诉衷肠，相处无间。在易瑜辞世后，姚倚云作诗感怀："……感此
怀故人，心迹颇同辙。忆昔我与君，一见肝肠热。倾谈斗室中，古意两
奇绝。真率不隔胸，友谊互磨切。分袂六经秋，何时共愉悦。"③

　　光绪三十四年戊申（1908）正月，易瑜辞职回乡。这一离行，姚倚
云十分伤感，亦作诸多真情流露、借以寄怀的诗作。姚倚云回忆与易瑜
相处的经历，是使得自己能够走出悲愁，"舒眉"面对新生活的关键，
《酬易仲厚武昌寄怀原韵》中分别的万般不舍，复相见后的欣喜之情力透
纸背：

> 一朝喜遇金兰友，小别犹怀情见辞。
> 皎洁秋宵今莫负，海天凉月碧梧枝。
> 黄叶飘飞草不熏，白杨萧瑟哭秋坟。
> 可怜兴会都消尽，今日舒眉却为君。
> 哀伤历尽茧成丝，清露滚滚夜漏迟。
> 共惜生平怜小聚，秋窗斜月读新诗。④

---

① 姚倚云：《蕴素轩诗集》卷七，见范当世《范伯子诗文集·附录五》，上海古籍出版社
2015年版，第611页。

② 姚倚云：《用两当轩赠友韵寄仲厚》，见范当世《范伯子诗文集·附录五》，上海古籍出
版社2015年版，第615页。

③ 姚倚云：《新秋寄怀易仲厚长沙》，见范当世《范伯子诗文集·附录五》，上海古籍出版
社2015年版，第622页。

④ 姚倚云：《蕴素轩诗集》卷七，见范当世《范伯子诗文集·附录五》，上海古籍出版社
2015年版，第613页。

　　易瑜辞职回乡后依然积极投入女子教育事业，先后创办龙阳私立女子小学堂、民益女子职业学校，加之出任汉寿县劝学所所长（后改教育科长）后积极推广普及义务教育，累计设立乡村小学百余所，树立了汉寿县教育领域诸多方面的里程碑。

　　彼时的姚易二人分别在通州、龙阳为教育事业奔波劳碌，共为心中同一理想奋斗。二人诗词书信往来，想来内容主题多是交流见闻、探讨治学之道、商究妇女解放问题等，而诗作间的回应附和，情谊缱绻，以表达对挚友的殷殷牵挂之思内容最甚。1915 年创刊的《中华妇女界》刊载的关于姚倚云女士作品中，寄赠给易瑜的相关诗歌散文就有《赠易仲厚龙阳归序》（文）、《用两当轩赠友韵寄仲厚》、《叠韵寄怀仲厚》、《新秋寄怀易仲厚长沙》5 首。

　　易瑜有诗歌《寄范蕴素通州时方得其手书》，记录二人的默契及难以按捺的心中欣喜——所思所念之人，在余寄诗文相往之时，正好也收到来自对方的手书。姚倚云亦有"独向冰天空徙倚，书来风雪正怀人"的诗句，可见二人情谊的双向表露，即使在时间与空间上相间隔，但情感传递却是无间。在《寄范蕴素通州时方得其手书》一诗中，诗文的字里行间二人相互牵挂之情、相互扶持之谊，无不令人动容。诗文内容是对一年相处光景中共同酾酒赋诗、秉烛学史、相互陪伴、相互慰藉种种经历的怀念，及对来日定能再相逢的殷切期盼：

　　　　人生莫做天涯客，相逢未稳还轻别。
　　　　别君驿路野梅开，思君故乡官柳发。
　　　　故乡池馆春风中，李花淡白桃深红。
　　　　韶华到眼若无睹，思君旦夕忧心忡。
　　　　书来不厌百回读，热泪交胸断还续。
　　　　伯劳飞燕判东西，往事何堪更怅触。
　　　　崇川校舍江之隈，一年与子相追随。
　　　　哦诗清夜燃高烛，读史深宵引冻醅。
　　　　兴酣抵掌论时事，痛饮狂歌笑且哀。
　　　　绛纱高弟婵娟子（注：谓王桐生），萍水相逢偶然耳。

> 爱我情逾骨肉深，烂熳天真尤可喜。
>
> 我生郁郁常寡欢，逢君始得开心颜。
>
> 孤怀傲性有同癖，各与世味殊酸碱。
>
> 若能终岁长聚首，亦可相对忘忧患（注：平声）。
>
> 奈何吴楚千里隔，相望徒歌行路难。
>
> 愿君善保千金躯，更祝晚景收桑榆。
>
> 此身不死终相见，报尔先凭一纸书。

姚倚云亦在《寄怀易仲厚长沙》中以"真率不隔胸，友谊互磨切。分袂六经秋，何时共愉悦"[①]；在《玉俞别后寄诗步其韵答之》中以"难将临别千行泪，洗却清愁万斛生。良朋弃我不胜愁，万物春还心似秋。……此境孤清太寥廓，天涯惟有玉俞知"；在《再叠前韵怀仲厚》中以"莫逆与君隔云水，孤陵遗我托幽兰。可怜别后多萧瑟，强作优游自在观"[②] 等，透露出对易瑜女士的怀念，深情厚谊尽在诗文中。一如李清照《一剪梅·红藕香残玉簟秋》中"云中谁寄锦书来？雁字回时，月满西楼"的常思期盼，不过她此时所期盼的来信者，并非"夫婿"，而是挚友知己——易瑜。

民国二十一年壬申（1932），易瑜去世，正在心忧为何一段时间未曾收到易瑜书信的姚倚云闻此噩耗，悲痛欲绝，写下《哭易仲厚并示君左》：

> 忆订金兰已卅年，每思儒雅阻山川。
>
> 正疑消息疏鱼雁，岂料精魂化杜鹃。
>
> 余我残年成腐朽，哭君硕学间人天。
>
> 萍踪与子悲今昔，话旧凄凉共泫然。[③]

---

① 范姚蕴素：《寄怀易仲厚长沙》，《中华妇女界》1916 年第 2 卷第 5 期。

② 姚倚云：《再叠前韵怀仲厚》，见范当世《范伯子诗文集·附录五》，上海古籍出版社 2015 年版，第 617 页。

③ 姚倚云：《蕴素轩诗集》卷十一，见范当世《范伯子诗文集·附录五》，上海古籍出版社 2015 年版，第 645 页。

二人"金兰情谊"之深，可谓跨越生死的延续。曾经带着姚倚云走出丧夫阴霾的挚友易瑜亦辞世，姚倚云在感慨"余我残年成腐朽"之余，将二人的"金兰之谊"通过与易瑜的侄女易孟嫙的相处，和侄子易君左的书信诗对中得到延续，以此聊慰其晚年生活。

二　"淮南三吕"① 之一——吕家大姐吕惠如

吕惠如（1875—1925），原名贤钟，字惠如，安徽旌德县人。她是民国时期享誉文坛、政教、女界等多个文化圈层，被龙榆生赞为"近三百年来最后一位女词人"，与秋瑾被称为"女子双侠"的著名诗人，政论家、社会活动家、资本家吕碧城女士的伯姊。出身于文学世家的吕氏姐妹四人皆聪颖早慧，由于时年小妹吕坤秀年龄尚小，众人所熟知的"三吕"即指吕惠如、吕美荪和吕碧城姐妹三人。受家风、教育理念及志向抱负的影响，吕氏姐妹皆躬耕于女学教育，共同考察访学，成绩斐然。

吕惠如父亲为光绪丁丑年进士吕凤岐，母亲为来安严琴堂孝廉之女，又是武寅斋太守（武凌云）夫人沈善宝之外孙女。② 惠如九岁能诗，精绘事，工书法，十岁跟随母亲自山西回到北平，居住在外家，随外兄及其二妹吕美荪入塾。③ 她继承家学渊源，才华横溢，创作诸多诗作。现存世作品仅有《蕙如诗稿词稿文存》（《吕氏三姐妹集》之一种）、《惠如长短句》。

人以群分，相同的人生抱负与志趣，相似的成长经历让易瑜女士与吕惠如女士不乏共同话题。经过思想观念上的反复交流，加上同样从事女子教育事业，有着相似的朋友圈，和一群致力于女性解放的先进思想工作者共事，再加上有一位共同的挚友姚倚云女士，她们在思想上、工作上的交集愈加频繁，自然关系日益亲密熟络。她们是"战友"，更是"知心朋友"。在清末民初发行的刊物中，刊录了不少朋友间诗文唱和的

---

① 《甲寅周刊》第一卷第四十三号得之美誉。
② 徐新韵：《吕惠如生平及其诗歌创作初探》，《乐山师范学院学报》2012 年第 3 期。
③ 徐新韵：《吕惠如生平及其诗歌创作初探》，《乐山师范学院学报》2012 年第 3 期。

作品，亦是她们之间互动往来的重要考据。

易瑜女士创作的《范蕴素姊寄示和吕惠如女士落花七律二首即步其韵》发表于《妇女杂志》第一卷第六号，便是对当时女性诗人圈内唱和诗歌现象的反映：

其一

身世云泥两不知，幽庭常伴蝶飞迟。

因风忽抱凌虚想，堕地犹存绝代姿。

访艳客来悲逝水，寻春人到怅空枝。

年来结习销除尽，为尔湘毫一染脂。

其二

拈来早悟色原空，荣悴休悲一瞬中。

鹿质忍随芳草没，红颜几见白头终。

招魂枉滟春人泪，剪彩翻怜造物功。

莫问飘茵还堕混，好留芳洁付东风。①

易瑜在这两篇诗作中所步之韵，与姚倚云女士和吕惠如女士诗歌交流所创作的《和吕惠如落花诗原韵》的韵律相同，以"花"作为喻体，实际上是借物喻人，借花朵可能会遭遇的处境，隐喻她们所处的时代状态，以及可能面临的困境与打击。在诗句中借花朵"馨香孤傲，志高坚韧"的特性，鼓舞姚倚云女士也好、吕惠如女士也罢，还有可能同时也在勉励自己，鼓励正在为女性解放和女子教育事业努力的同人们，像花一样"好留芳洁付东风"，共同去实现理想与抱负。

自明清以来，闺阁女子结社于开明男性文人门下（如袁枚、陈文述等），她们或聚首闺中谈论琴棋书画，或登山泛舟访幽探胜，并得以与四方名流次韵酬唱、同堂角逐，这种历史景观在近代的风云激荡中已经遭遇明显挑战，很多女性在妇女解放的过程中充分意识到了"结群"的重要价值。1903 年，康同璧赴美留学，途经日本横滨，在大同学校发表演

---

① 黄易瑜：《湘影楼诗选》，《妇女杂志》1915 年第 1 卷第 6 号。

说，认为"今中国女权之所以不振者，虽由男子之压制，实则由女子不能合群耳"①。陈撷芬专门写了文章《群》，其中有"我奉劝我同胞的姊妹，不要以为自己是个女子，是要依靠男人的，我们女子的人数有二万万，苟能够彼此同心，怕不能做成大事业，何必要依靠人呢？但是总要晓得做事的根基，是个群字，是心志的群，目的的群"②。秋瑾更上升高度说，"欲脱男子之范围，非自立不可；欲自立，非求学艺不可，非合群不可"③。易瑜与姚倚云、吕惠如因共同的"兴女学"事业而相识，因共通的家学底蕴与诗词文章爱好而心意相通，她们的出现，印证了近代闺秀诗人身份的转变，以报刊为载体的现代传播方式成为易瑜、姚倚云、吕惠如与传统闺阁诗人诗词传播方式的最大区别。女性文学主体与传播主体合而为一的近代化传播特点于此际凸显。

第三节　畅抒胸臆以文传情

易瑜女士不仅在女子教育事业上有着卓越的贡献，在文学作品创作上亦享誉近代女性文人之中，拥有其独特的历史话语地位。其家风家学影响深远，自幼聪慧机敏，善于赋诗作对，保持一贯的文学创作热情，直至晚年仍笔耕不辍。"近代文学上最大的特质就是个人的要素，虽无民众全体的生命存乎期间，而对于人情的伟大，确有更深透的阐明，无论写出的对象，完全是个人的，而都能成为人格的典型。"④ 相较于古代文学作品中文人多以文传递自己远大的人生抱负和伟大的政治理想，在易瑜女士笔下，文字淋漓展现纪实、缅怀、抒情等功用。以文传情，将其一生离合之悲欢、遇事感怀之喜乐、学识见闻之深厚融入诗词文字之中，后人透过纸背似可视其人也。其生命的色彩，亦因有了文字的点缀而愈加熠熠生辉。

---

① 《记康同璧女士大同学校演说》，《大陆》1903 年第 6 期。
② 陈撷芬：《群》，《女学报》1903 年第 2 期。
③ 秋瑾：《致湖南第一女学堂书》，载郭长海、郭君兮辑校《秋瑾诗文集》，浙江古籍出版社 2013 年版，第 107 页。
④ 马亚中：《中国近代诗歌史》，复旦大学出版社 2011 年版，第 21 页。

易瑜创作感应时代风潮，基本发表在女性报刊上，收录易瑜女士作品的刊物保存较为完整的为 1915 年创刊的《妇女杂志》，其自创刊至结束连载（1915—1931）的共 17 卷杂志中，收录易瑜女士作品共计 17 项，作品体裁众多，包括诗词 11 首、人物传记 5 篇和 1 首乐谱作词。《妇女杂志》中刊载易瑜女士作品详见表 3—3。

表 3—3　　　　　　　　易瑜创作《妇女杂志》刊载情况一览

期号	所属栏目	作品署名	作品名称	作品体裁	所在页码①
第一卷第二号	传记	汉寿黄易瑜	《先姑王太夫人行状》	人物传记	四至八
第一卷第六号	女学商榷	校长黄易瑜	《汉寿女子小学乐歌讲义》	乐谱	八
	小说	玉俞	《鬌龄梦影》	人物传记（自叙）	十五至十八
	文苑	汉寿黄易瑜	《湘影楼诗选》：《武陵访余畹香夫人即和其步暮见怀元韵》《范蕴素姊寄示和吕惠如女士落花七律二首即步其韵》《金陵偕童级微女士登清凉山用龚崐竹元韵感赋二首》《观陈水德女士遗书感赋二十八字》	诗赋（4 首）	七
			《湘影楼词抄》：《金缕曲·用两当轩韵敬和家大人》《前词·题两当轩词后》《水调歌头·中秋感怀和叔由六兄用东坡韵庚子岁作》	词作（3 首）	九至十

---

① 根据作品在《妇女杂志》相应栏目中的页面号码记录。

续表

期号	所属栏目	作品署名	作品名称	作品体裁	所在页码
第一卷第七号	小说	玉俞	《髫龄梦影》（续）	人物传记（自叙）	十二至十六
第一卷第九号	小说	玉俞	《髫龄梦影》（续）	人物传记（自叙）	八至十一
	文苑	汉寿黄易瑜	诗选： 《寄范蕴素通州时方得其手书》 《送孙济扶女士归无锡》 《龚崐竹赠诗因步元韵敬答一首》	诗歌（3首）	八至九
第一卷第十号	小说	易玉俞	《髫龄梦影》（续）	人物传记（自叙）	十至十四
第三卷第八号	文苑	湖南汉寿黄易瑜女士	《陈申甫先生捐义田序》丁巳三月	人物传记	一至二
第四卷第七号	文苑	易瑜	《祭侄女易娴文》己酉四月	人物传记	二至三
	杂俎	易瑜	《瓶笙花影录》	人物传记	一至五
第四卷第十号	文苑	易瑜	《绍兴陈烈女挽诗》	诗歌（1首）	四
	杂俎	易瑜	《瓶笙花影录》（续四卷八号）	人物传记	一至六

　　从《妇女杂志》发表的易瑜女士的各类体裁作品中，我们不难看出诗词创作在其文学创作中占据主要位置，这也和清代以来才女传统仍然重视诗词歌赋的文学正统有关。易瑜女士在中年回顾少女时代所作的"回忆录"《髫龄梦影》时曾经多次提及自己与叔兄共同于私塾学习的时光，其中更是不乏对学习作对赋诗部分的记录，在朴实的文字记录中，通过自述的正面体现，和对于当时授业师傅言语举动的侧面衬托都能够

显而易见地展示易瑜女士在诗词创作上的天赋：

> 余有春游七绝二首云："十里东风漾落花，柳阴深处翠帘斜。游
> 人已被春光醉，不到前村问酒家。""山间竹径碧烟迷，隔水云峰入
> 望低。齐奉板舆归去也，夕阳红射画楼西。"诗虽不佳，亦童年之天
> 籁也，附录于此。①

> 他日师偶闻之，曰："汝欲学对对耶？"乃书"天上月"三字示
> 余令对，余对以"水边云"。师喜谓为"敏捷"，后乃日出一语令对
> 之。数日后，加增为五字。一日，方盛暑。余偕姊侍父夜坐庭中，
> 余于月下折凤仙花数朵捣之。乞姊为余染指甲作织月明星之式，姊
> 不许。时余父手执纨扇，谓余曰："闻汝学作对句。今试出一语，能
> 对当命姊为汝染之。"余诺，父曰："团扇如明月。"余方构思，忽檐
> 际一萤飞过，余告父曰："流萤似朗星。能对之否？"父笑颔之。②

> 一日诗题为《诗酒水云乡》。得"乡"字，余所作者，记其半
> 云："何处能销夏，云乡更水乡。酒从瑶盏注，诗向锦囊藏。器少相
> 如涤，人原太白狂。金茎仙露碧，玉版墨痕香。"师见而惊异曰：
> "女子有才如此，不必更求进步矣。"③

在《妇女杂志》中所刊载易瑜女士作品为其中年时期的创作，此时
诗词的创作内容并非少女时代赞美描绘优美景致、运用精巧语言进行的
应答作对，随着年龄的增长、生活经历的增加以及文学内涵的积累，她
中年的诗词作品所囊括的内容更加丰富。"尤酷嗜黄仲则先生《两当轩诗
集》，后乃觅得其全本读之。手不释卷，致全集均能背诵。"④用喜欢的诗
韵，特别是"两当轩韵"作诗、附和的诗作增多，感怀、送别、答和之
类的诗词创作也有所增加。

《毛诗序》有云："情动于中而形于言，言之不足，故嗟叹之，嗟叹

---

① 易瑜：《鬌龄梦影》，《妇女杂志》1915 年第 1 卷第 10 号。
② 易瑜：《鬌龄梦影》，《妇女杂志》1915 年第 1 卷第 10 号。
③ 易瑜：《鬌龄梦影》，《妇女杂志》1915 年第 1 卷第 10 号。
④ 易瑜：《鬌龄梦影》，《妇女杂志》1915 年第 1 卷第 10 号。

之不足，故咏歌之。"① 诗人利用独特的感知能力，在生活的体验当中，凭自身本真地感受赋诗畅怀。在与友人作诗应和中，一来一往，亦将真性情流露其中。易瑜女士的作品虽所涉题材丰富，然究其共通之处不逾"发乎情"。亲情、爱情和友情的悲欢离合，随年月迁移，年岁增长难以避免地不断上演。而作为诗人，其敏锐的情绪感知能力、高超的文笔构架技巧，及灵动的文字组合、引经据典的能力，在传情抒怀上，更胜常人，将情感表达到极致。

易瑜女士的这类诗作中，常用"感赋""见怀"命题，诗中不难读出其情感中裹挟着对世事的无奈与担忧，诗句中不免夹杂着对于实事的判评。虽有"避世隐居"之愿，但一片赤子爱国之情让她在内心挣扎中，选择留于浊世。在赏玩风景时，欣赏美景之情是短暂的，更多的还是忧时忧情。可以是多年未见的友人，再见时相携游玩于山水之间，情景交融，尽管有眼前景致，仍难以阻挡刻画在脑海中的家乡山水之景涌上心头。现实世事中的诸多纷扰，此时的故交相逢，有"乐情"却也短暂，物是人非，现在回想起来似乎真正的"快乐"只存在彼时的童年记忆中。如《武陵访余畹香夫人即和其步暮见怀元韵》：

> 记从乡国论心曲，我正红颜君鬓绿。
> 别来人世几沧桑，每向空山想芳躅。
> 吾乡山水雄南交，烟峦叠叠青如髻。
> 空江潮落孤帆远，旷野霜清万木凋。
> 昨夜扁舟渡朗水，访旧还过故人里。
> 声音未改颜鬓殊，执手相看各悲喜。
> 漫怜世态如云薄，相期早逐名山约。
> 回首桃花靧面年，始信儿时有真乐。（余与君为儿时乐交）②

此诗为到武陵拜访友人余畹香夫人，与其漫步时有所感触，触景生

---

① 郭绍虞主编：《中国历代文论选》（一卷本），上海古籍出版社 1979 年版，第 30 页。
② 黄易瑜：《湘影楼诗选》，《妇女杂志》1915 年第 1 卷第 6 号。

情，写下感怀，情不自禁回首往昔。"我正红颜君鬓绿""回首桃花靧面年"是作者对相逢于烂漫年纪的形象表述，"别来人世几沧桑""漫怜世态如云薄"则感慨于乱世事态变化之中浮沉之间的无奈，更是透露着"早知事实如此，不如早日归隐名山"的传统山水田园诗派文人"归隐"之思。眼前景致"空江潮落孤帆远，旷野霜清万木凋"的清丽萧瑟，让诗人回想起故乡山水"吾乡山水雄南交，烟峦叠叠青如髻"，通过对家乡山水的描述，烟雨朦胧又色彩分明，如水墨画般的柔景，给人以沉静安稳之感，是客居之人的"精神原乡"，亦是与故交共同的美好记忆，与现实形成明显反差，慨叹"声音未改颜鬓殊，执手相看各悲喜"，感怀伤时之情便油然而生。相逢本是喜事一桩，然世事凄苦，时艰难渡，便不禁怀思怅然。

《金陵偕童级微女士登清凉山用龚崐竹元韵感赋二首》，这两首诗赋通过怀古，饱含期望英雄儿女共筑家国，期盼河山早日稳定之情：

其一

螺鬟幽峭倚晴空，乘兴登临日正中。
远寺疏钟千树隔，平湖凉翠万家同。
山温水软形依旧，虎踞龙蟠气自雄。
铁板铜琶豪态足，有人高唱大江东。

其二

依然江海泛狂流，极目新亭感未休。
南国梯航知奉汉，西山薇蕨不从周。
傅车莫系降王颈，裹革空拼烈士头。
参透世情忙里静，波光云影自悠悠。①

与童级微女士同登南京西郊的清凉山，"螺鬟幽峭"尽显山势之高，攀登时恰逢日中，在山上仿佛能听到远处隐隐约约的钟声，有"万籁此都寂，但余钟磬音"的清幽之感。自山上俯瞰城中安逸的景象，联系此

---

① 黄易瑜：《湘影楼诗选》，《妇女杂志》1915年第1卷第6号。

诗刊印在《妇女杂志》的第一卷上，推断其具体创作时间不迟于发刊时间，而此时中华民国初立不过三年，在南京成立中华民国临时政府，社会初从清末的动乱中得到暂时的安稳，金陵城作为临时政府所在地，人民安居复业的景象可以想见。诗人在经过社会动乱复归平静的时期，与友人登山赏景，面对来之不易的和平安居景象，加之登高易感怀，其丰厚的历史文化底蕴，也使其不禁怀古，感慨当时的英雄豪杰，心怀家国，语句间也变得豪气十足："铁板铜琶豪态足，有人高唱大江东。""依然江海泛狂流，极目新亭感未休。"名句典故灵活引用，"南国梯航知奉汉，西山薇蕨不从周。传车莫系降王颈，裹革空拼烈士头"。意象堆叠，巾帼铿锵之气呼之欲出。"参透世情忙里静，波光云影自悠悠。"豪气诗情在一片静像中收束，"悠悠"二字使人心境开阔大气，情思在美景中纵横驰骋，韵味无穷。

易瑜女士感怀的诗作，不仅有美景触情，还有佳节感怀，但在时代大背景之下，不论哪种情境下的感时忧怀，都难逃对于此时世事动乱的映射。"玉钗滑，云鬟湿，坐忘眠。儿时心愿犹在，花好月长圆。岂料星移物换，转眼涛生云灭，海宇不安全。此恨谁能补，终古怨婵娟。"[1] 花好月圆人难眠，心忧家国动荡，纵是有"明月忽然出，秋色净长天……多少蛟螭蟠踞，金阙宝光寒。齐跨青鸾羽，飘渺到人间"[2] 这般中秋月夜清静之景，诗人亦辗转反侧，难以入眠。

天下难有不散的宴席，有亲故相见，自然必有别离。《送孙济扶女士归无锡》是写给与其朝夕相伴一载半，在汉寿女校教科任职的同事孙济扶女士的送别诗。既有依依惜别之情，又有对友人归乡后的美好寄予。"华堂辉辉灿明烛，白日昭昭去何速。离筵对酒惨不欢，潸泪高歌送行曲。"[3] 明亮的场景描绘，加上诗人与朋友在分别的宴席上对酒、高歌、潸泪，虽有别离难舍难分之感融入景中，但情却不伤。"忆昔与君同南

① 黄易瑜：《湘影楼词抄·水调歌头·中秋感怀和叔由六兄用东坡韵庚子岁作》，《妇女杂志》1915 年第 1 卷第 6 号。

② 黄易瑜：《湘影楼词抄·水调歌头·中秋感怀和叔由六兄用东坡韵庚子岁作》，《妇女杂志》1915 年第 1 卷第 6 号。

③ 黄易瑜：《送孙济扶女士归无锡》，《妇女杂志》1915 年第 1 卷第 9 号。

归，片帆风阻江之湄。乡关可望不可即，君山到眼青如眉。"① 上次友人回乡不成，此次回去也算是得偿所愿，"君家远在兰陵道，大好湖山如画稿。椿萱双茂棠棣荣，乐事天伦无一少"。更何况家乡美景如画，家庭美满和乐，诗人劝说离别还乡无须过于忧伤。一面是对友人离别的宽慰，另一面作者也传达着自己与之情感至深："长途念子独萧瑟，短鬓怜余渐衰老。济扶去矣不可留，我怀悒郁多烦忧"②，深厚情谊所致也有诸多不舍，期待再会之时，能够"共泛五湖宅，云水苍茫一钓舟"③。诗人对友人的离别之情，虽哀却不悲，相约来日相逢再共赏美景。

易瑜女士除了对亲故的情感流露于作品中，对自己爱不释手的《两当轩集》④，也同样将自己对于其文字的喜爱之情，与作者的情感共鸣，毫无保留地倾注在笔尖。她将词"笔底千花放，忆当时冰壶标格。玉台声望，镂月裁云奇想足"⑤ 题在两当轩词后，是对作者黄景仁⑥先生文笔清澄规范、妙笔生花的赞美之词，而"满六合，愁云荡""听簌簌，泪珠响"⑦ 则是诗人在品赏其词作后，通过直抒胸臆和自己落泪形象的描绘，将两当轩词作中所含"愁"情通过正侧烘托相结合的手法表现出来，文人间跨时空的共情令人动容。

文人雅趣常在赋诗作对、诗词歌赋的来往应答之中。易瑜女士作为文人，自然不乏用韵和诗，此时诗文中氤氲内涵不一。易瑜女士的诗作《龚崐竹赠诗因步元韵敬答一首》中有"漫问狂澜倒百川，挥弦沧海遇成连。眉山文笔奇兼肆，东野诗才秀且坚。风定柳绵初贴地，日长花影乍移砖。江南草长莺飞候，正是怀人中酒天"⑧，诗句和着元韵，言语潇洒

---

① 黄易瑜：《送孙济扶女士归无锡》，《妇女杂志》1915 年第 1 卷第 9 号。

② 黄易瑜：《送孙济扶女士归无锡》，《妇女杂志》1915 年第 1 卷第 9 号。

③ 黄易瑜：《送孙济扶女士归无锡》，《妇女杂志》1915 年第 1 卷第 9 号。

④ 黄景仁：《两当轩集》（22 卷），其中诗 16 卷、词 3 卷、诗词补遗及遗文 3 卷。

⑤ 黄易瑜：《湘影楼词抄·前词·题两当轩词后》，《妇女杂志》1915 年第 1 卷第 6 号。

⑥ 黄景仁（1749—1783），清代诗人。字汉镛，一字仲则，号鹿菲子。阳湖（今江苏省常州市）人。北宋诗人黄庭坚的后裔。

⑦ 黄易瑜：《湘影楼词抄·前词·题两当轩词后》，《妇女杂志》1915 年第 1 卷第 6 号。

⑧ 黄易瑜：《湘影楼诗选·龚崐竹赠诗因步元韵敬答一首》，《妇女杂志》1915 年第 1 卷第 9 号。

轻快，图景明丽，赏诗者随着"漫问狂澜倒百川，挥弦沧海遇成连"的洒脱，"草长莺飞""怀人中酒"舒心春景陶醉其中，想必龚崑竹收到诗作后，同样受到诗人明快心境的感染。和着挚友姚倚云寄示给吕惠如女士的《落花七律》的韵律，作诗吟花，称赞"因风忽抱凌虚想，堕地犹存绝代姿"，"莫问飘茵还堕混，好留芳洁付东风"①。更是借花"馨香高洁"的气质来隐喻作者及这些志趣相投的女性教育者们不惧挫折的高贵品质。而词作《金缕曲·用两当轩韵敬和家大人》中有"彩笔含花杯倒月，万种豪情难量。浑忘却天涯惆怅。指点六朝兴废地，好湖山都被云埋葬。金粉气，久销荡"②，江湖儿女的年少风流、豪气万丈，还有"休苦忆故园门巷，昨梦游仙骑鹤背，正清宵风曳红绡帐"，光怪陆离的奇思妙想跃然纸间。与同为两当轩韵的《前词·题两当轩词后》中的"尘梦醒时骑鹤去，报道玉楼无恙。谁记否踏歌深巷？一卷清宵开更掩，和秋声凉透红微帐"③，亦有诸多意境的相似之处。

易瑜女士的诗词，语言朴实，通俗易懂，比拟形象生动。诗词作品间没有华丽的辞藻堆砌，所云情感直白表露，如"声音未改颜鬓殊，执手相看各悲喜"（《武陵访余畹香夫人即和其步暮见怀元韵》），直抒时移世易的慨叹，感怀之情尽在"执手相看"的不言之中；"我生郁郁常寡欢，逢君始得开心颜"（《寄范蕴素通州时方得其手书》），挚友姚倚云于诗人而言的重要性，也在这"郁郁寡欢"和"开心颜"的一前一后对比当中明显表露，二人"金兰之谊"自然不言而喻；诗人在作品中常出现"玉钗""云鬓""幽庭""故园""玉台""冰壶""驿""酒""脂"等古代传统诗歌中诗人常用的意象，尽管是近代诗作但古香古色古韵十足，让诗作的韵味益加古朴深邃，耐人玩味。易瑜女士深厚的家学及学识文化底蕴在诗作中毫无保留地呈现，在诗句中化用前人典故，模仿常用意象、诗句，且常常是多个典故在文章中共同使用，丰富而含蓄准确地表

---

① 黄易瑜：《湘影楼诗选·范蕴素姊寄示和吕惠如女士落花七律二首即步其韵》，《妇女杂志》1915 年第 1 卷第 6 号。

② 黄易瑜：《湘影楼词抄·金缕曲·用两当轩韵敬和家大人》，《妇女杂志》1915 年第 1 卷第 6 号。

③ 黄易瑜：《湘影楼词抄·前词·题两当轩词后》，《妇女杂志》1915 年第 1 卷第 6 号。

达想要传递的情感。诗人的"我正红颜君鬓绿"和"回首桃花靧面年"
(《武陵访余畹香夫人即和其步暮见怀元韵》)都是用来代指年轻时候的自
己,分别引用的是清代诗人龚自珍《能令公少年行》诗句中"颜丹鬓绿"
的表述,和自南北朝崔氏的《靧面辞》始"红花""白雪""靧面"意
象,经过历代诗人的引申再创造,用来形容青春年少之际的时光。在
《金陵偕童级微女士登清凉山用龚崑竹元韵感赋二首》的诗词中,"螺鬓
幽峭倚晴空"对于清凉山景观的形容,援引金朝诗人陈庚《西岩迭巘》
诗中"螺鬓烟发蠹万峰,行人指点梵王宫"的表述,"螺鬓烟发"形容峰
峦盘旋直上、云烟缭绕的景象,"螺鬓"则生动形象地写出了她与友人所
登的清凉山的山势之高。

易瑜心怀家国,关心时事,在乱世之中,虽有"归隐"之思,但实
际上却大胆走出深闺,与外界交流,发出属于女性的时代之音,与同志
同道者共同躬耕于近代中国教育事业和女子解放事业。其作品当中,鲜
有小家碧玉之感,不同于传统古典女子的婉约愁肠、拘泥小我的做派,
其描绘的景致意象阔大,不乏豪迈情怀。有"空江潮落孤帆远,旷野霜
清万木凋"(《武陵访余畹香夫人即和其步暮见怀元韵》)展现的清寂辽
阔景象,有"漫问狂澜倒百川,挥弦沧海遇成连"(《龚崑竹赠诗因步元
韵敬答一首》)的恢宏场面,还有"离筵对酒惨不欢,潝泪高歌送行曲"
(《送孙济扶女士归无锡》)展现的尽管别离涕泗横流,但仍旧酾酒高歌的
酣畅,此间种种汇聚了词人独有的巾帼豪情。

对于家国现实境遇的观照,对于现实的忧思,更是无时无刻不流露
于诗词中。眼前美景带来短暂的享受后,感慨"漫怜世态如云薄"(《武
陵访余畹香夫人即和其步暮见怀元韵》),世态炎凉,现在哪有真正的快
乐;登高见和平景象,便描绘"远寺疏钟千树隔,平湖凉翠万家同"
(《金陵偕童级微女士登清凉山用龚崑竹元韵感赋二首》),一幅安详的金
陵城图景;就算在中秋之时,仍不禁联想到世事,"岂料星移物换,转眼
涛生云灭,海宇不安全"(《水调歌头·中秋感怀和叔由六兄用东坡韵庚
子岁作》)。孙康宜认为:"在明清女性诗词中,最有力的召唤不是出自
'女权主义'的声音,而是发自生命中的偶然感悟。是抒情的需求引导她

们偶然超越了日常生活的局限性，洞察了生命的悲剧性。"① 心怀家国，思致深远，正是因为有着这样的胸怀与才情，家风底蕴的熏陶，必然会在时代风潮中尽一份力量。

清末民初女性文学的发展，必须也只能建立在以往文学历史轨迹之上，而这其中从 16 世纪中期以来男性在女性文学发展中的重要助力作用，一样不能忽略。《剑桥中国文学史》认为"明中期学者对女性作品兴趣浓厚，女性作家也因之逐渐经典化"，而究其原因，则是男性文士"意识到自身之边缘化处境正有类于那些被边缘化的才女"②，因此很多文人开始醉心于搜集女性作品并予以编选，甚至将其当作一种终生职业与人生理想。因此有康万民的《璇玑图诗读法》、田艺蘅的《诗女史》、蓬觉生的《女骚》（1816，九卷），并且打破以往选编体例，表现了女性创作的多元格局。王绯在《空前之际——1851—1930：中国妇女思想与文学发展史论》中将这种闺秀创作称为"来自父亲的礼物"，"礼物之一，是由前清妇教（女教）思想中延伸和发展起来的'父亲'/父权对女子识字教育的重视与强调"，"礼物之二，是清代优游于文学、崇尚妇才的士大夫——边缘文人，亲率'文学娘子军'，大开女子书写时代风气之先，并不惜人力物力编选、品评、刊刻女子文墨"。因此"清代妇女的文学书写，上继明代女子 300 年之文学后劲，下开清代极盛之轨迹，布置出中国封建社会最后的，也是最繁荣的盛宴"③，出现了女性"清代妇人之集，超轶前代，数逾三千"④ 的盛况。

纪健生在《明清安徽妇女文学著述辑考·跋》中提及，"如果重写文学史，出于历史的严肃与公允，其叙事的角度与着眼点的改进，内容的

① 孙康宜：《走向"男女双性"的理想——女性诗人在明清文人中的地位》，载叶舒宪主编《性别诗学》，社会科学文献出版社 1999 年版，第 12 页。

② 孙康宜、宇文所安主编：《剑桥中国文学史（下卷）：1375—1949》，生活·读书·新知三联书店 2013 年版，第 67 页。

③ 王绯：《空前之际——1851—1930：中国妇女思想与文学发展史论》，商务印书馆 2004年版，第 72—73 页。

④ 胡文楷编著，张宏生等增订：《历代妇女著作考》，上海古籍出版社 2008 年版，第1215 页。

纠偏与充实，文学生态的平衡，都应把妇女文学放到应有的位置"①。在清末民初特殊时代背景之下，闺秀群体，这一具有悠久历史和巨大魅力的女性创作同样不容被忽视，她们"中间物"的身份理应得到更深入的考察。她们的身份转型不可避免带有"才女"特色，"就人事而言，则作者成名，大抵有赖于三者。其一名父之女，少秉庭训，有父兄为之提倡，则成就自易。其二才士之妻，闺房唱和，有夫婿为之点缀，则生气易通。其三令子之母，侪辈所尊，有后嗣为之表扬，则流誉自广"②。这种结论确具有一定普遍性。但同时，这批闺秀的人生理想、女性意识、行为方式已经和明清之际的古代闺秀、才女有了很大不同。她们以思想启蒙者的身份，通过报刊这个公共舆论空间的载体进行着温和的思想宣传启蒙教育。本章挖掘的易瑜、姚倚云、吕惠如就是这样一群等待人们去发现的群体。这一群体的"浮出历史地表"也同样具备弥合古代妇女文学和现代女作家群的作用。

---

① 纪健生：《明清安徽妇女文学著述辑考·跋》，《相麓景萝稿》，黄山书社 2013 年版，第395 页。

② 胡文楷：《历代妇女著作考》，商务印书馆 1957 年版，第 100—101 页。

第 四 章

性别媒介：女作家成为社会文化主体之路

朱迪斯·巴特勒在《性别麻烦：女性主义与身份的颠覆》一书中，对于性别的文化建构有这样的看法："性别建构的差异存在于文化与文化之间，以及某一文化之内。性别的文化建构是指，在不同的文化和社会中，性别的概念和行为规范会按照当时当地的习俗被建构起来。"① 如果有人认为对"身份"的讨论应该先于对性别身份的讨论，那他就错了，原因很简单，因为只有依照大家能够理解的辨识性别标准予以性别化，"个别的人"才能被理解。近代的女作家们从出生开始，应该就面临着这样一个困境，她们都很明确地意识到了自己"女"的性别，这种性别的社会属性，也在"被告知"与"自我申述"中被一次又一次地强化了。报刊因此成为一个自我发声的平台，或低回自语，或呐喊疾呼，或冷静自辩，或启蒙宣讲，这些姿态都以文字的样式，并遗留在历史的光屏上。伴随着她们人生的轨迹，书写了个体和时代不同的扇面。

本章讨论了清末民初阶段不同类型的女性报刊和其女性主编的身份建立过程，她们在近代女权运动、留洋风潮、革命浪潮中均是佼佼者，最鲜明的特色就是她们的历史登场都与报刊媒介的主编、宣传、推介相关联。本章从社会性别视角出发，对大众传媒在社会性别特征建构方面发挥的作用进行考察，梳理她们的成长轨迹、发声之途，也因此具有一定的典型意义。在本章中，笔者试图从媒介的三个领域进行研究，即制

---

① ［美］朱迪斯·巴特勒：《性别麻烦：女性主义与身份的颠覆》，宋素凤译，上海三联书店 2009 年版，第 2 页。

作领域、文本领域、对受众的影响。毕竟，"个体是践行一切认同之合法性与理论之有效性的前提，也是贯通'公域'及'私域'，或者家庭生活、政治生活及社会生活的重要线索，是身份构建的最基础单位"①。

第一节　吕碧城的文化"玛丽苏"形象建构

一　何为"玛丽苏"

"玛丽苏"是 Mary Sue 的音译，其原型来自 1974 年葆拉·史密斯（Paula Smith）发表在科幻同人杂志 *Menagerie* 第 2 期的"A Trekkie's Tale"（汉译为《一个迷航小姐的童话》）中的女主人公 Mary Sue（玛丽苏）上尉，葆拉在《星际迷航》的故事基础上构想了原作中并不存在的人物 Mary Sue：她只有十五岁半，是舰队中最年轻的中尉，柯克船长对其一见钟情，斯波克、麦考伊医生对其青睐有加，在一次任务中他们四人被关进监狱，玛丽苏因为是一半的火神而带他们逃离监狱，她驾驶飞船带领同伴安全离开，并因此获得了诺贝尔和平奖、英勇火神令等奖项，她的生日被定为国际假日。同人文的爱好者总结了玛丽苏的九个特征，②并指出"并不是只符合其中一项就被认定为是'玛丽苏'类型同人小说，而至少应该满足美貌绝伦、出身显赫、受异性欢迎、近乎完美、异常幸运这几大基本条件，否则就不能称为'玛丽苏'"③。在玛丽苏的基础上，又出现了"汤姆苏"④（Tom Sue）、"完美苏"⑤ 和"平凡苏"⑥ 等概念，

---

① 赵静蓉：《文化记忆与身份认同》，生活·读书·新知三联书店 2015 年版，第 195 页。

② 玛丽苏必定会有不平凡的身世；必定会有出众的相貌；必定内心极度善良；必定是个什么都擅长的全能；必定很有异性缘；必定身边有很多不如她或比她出众的配角，但各个对女主人公千依百顺或甘拜下风；必定和所有原作主要人物都有互动关系；必定在故事中占有绝对关键的影响力；必定非常幸运。

③ 卢俊颖：《试论同人小说中的"玛丽苏"现象》，硕士学位论文，杭州师范大学，2013 年。

④ 汤姆苏（Tom Sue），也叫"杰克苏"（Jack Sue），是中国同人文爱好者在玛丽苏基础上对男性"玛丽苏"人物的概括，在欧美、日本都没如此表述。

⑤ "完美苏"即前面所说的玛丽苏。

⑥ "平凡苏"往往在现代社会资质平平，但经常通过穿越回特定时代等方式成为"完美苏"。

因此，"苏"不是姓氏，而是一种人物类型，或者是一种情结，在大众文化泛滥的今日，玛丽苏是随着同人文化发展活跃于网络世界的一种文化产物和一种创作心理情结，它的核心特征是完美，心理基础是自恋。

在这其中，文化界又十分注重宣传女性文笔救世的力量。如《名妇鉴》中"斯托传"标题为《一支笔》，突出渲染斯托夫人是如何以一支文学彩笔最终改变了美国黑奴的命运，蒋智由在主编《选报》的《批茶女士传》中也宣扬说，"当十九世纪，美洲有名女子，以一支纤弱之笔力，拔无数沉沦苦海之黑奴，使复返于人类，至今欧美人啧啧称之为女圣者，则批茶女士是也"。① 对女性杰出示范意义的无限推崇，在小说创作中达到了顶峰，这种"玛丽苏"情结不仅仅是创作者对于主人公的回护欣赏，而是一种真实存在的社会氛围。在现实生活中，也确实有这样的"玛丽苏"人物存在，如吕碧城凭借文笔纵横文坛，身居高位，潇洒多金而自由，在其作品中，或顾影自怜，或意气风发，其中都带着一种绝世"玛丽苏"的意味。在小说领域，比较具有代表性的是《女子权》，小说中的女主人公"贞娘"，正是凭借一支妙笔在报刊发表女性解放政见高论而名噪海内外，从而办报纸、兴女权，最终获得自由婚姻。

二　传媒推手：吕碧城"玛丽苏"形象形成

郑逸梅先生在《南社丛谈：历史与人物》中高度评价吕碧城的词作贡献："《近三百年名家词选》，为龙榆生手编，曾把吕碧城的词作为三百年词家的殿军。"② 由此来确立吕碧城三百年才绝古今的标尺。但据笔者所知，清代以来女性的诗词创作量本就巨大，"超轶前代，数逾三千"③。在如此多女性创作中，吕碧城的突出之处何在？在家国遭难、时代巨变中，生命蝼蚁般的渺小和生存的惘惘威胁，是感性的文人最先预知的，吕碧城在《晓珠词》跋文中写道："予慨世事艰虞，家难奇剧，凡有著

① 夏晓虹：《晚清女性与近代中国》，北京大学出版社2004年版，第174—186页。
② 郑逸梅：《南社丛谈：历史与人物》，中华书局2006年版，第159—160页。
③ 胡文楷编著，张宏生等增订：《历代妇女著作考》自序，上海古籍出版社2008年版，第1215页。

作，宜及身而定，随时付梓，庶免身后湮没。"① 这与明清以来女性一直纠结的"才""德"之争，早已不可同日而语。迫于女子"妇学因诗而败礼""闺阁之咏，不宜示外人"的观念，不以才华自夸，甚至焚烧自己诗册的现象在明清屡有发生，例如张宏生、石旻在文章中提到的"黄佩、刘氏等人在临终前，即以为写诗非妇人本分，留置无益，因而将诗册付之一炬"②。近代女性的文学创作进入公共视野如此艰难，吕碧城的观念则具有现代意义上的先驱性：作为有才学的女子，应该及时留下自身文字存在的证明，以文字彰显自身的价值，扬名青史。这种创作心态，既带有变革时期女性对于未知命运的恐惧，但同时也包含着一种急于在混乱的时代"建功立业"的决心。这也正是郑逸梅所评论的，"她胸襟开拓，具有新思想，不甘为寻常闺阁中人"③。

吕碧城的社会成名更是如流星般璀璨。"某年，她只身由旌德赴天津，颇思有所作为，奈一无所遇，旅居舍中，很感无聊，她就撰写一文寄《大公报》。主笔政者英敛之，看到这篇文章，大为赏识，便介绍她和严复相见。严复也觉得她卓荦不群，因留她居住家中，她从严复习逻辑，严复又为之推毂，认识了学部大臣严修，因此她长北洋师范，乃出于严修所举荐。她曾从樊云门游，云门呼之为侄，致碧城信，有：'得手书，知吾侄不以得失为喜愠，巾帼英雄，如天马行空，即论十许年来，以一弱女子，自立于社会，手散万金而不措意，笔扫千人而不自矜，乃老人所深佩者也。'云门的推崇有如此。"④ 吕碧城在社会的成名具有极大的偶然性，出于"无聊"而写文，居然就能获得如英敛之、严复、严修、樊云门的青睐，后来还做了袁世凯的秘书，与袁克文相从甚密。吕碧城的"成名史"，无疑堪称当时的一个"玛丽苏传奇"，带有一种所向披靡、携风卷潮的顺利感。这种认识也变成了一种社会性认识，如唐慧崇在《吕

---

① 吕碧城著，李保民校笺：《吕碧城集》，上海古籍出版社 2015 年版，第 647 页。

② 张宏生、石旻：《古代妇女文学研究的现代起点及其拓展——胡文楷〈历代妇女著作考〉的价值和意义》，载胡文楷编著，张宏生等增订《历代妇女著作考》，上海古籍出版社 2008 年版，第 1212—1213 页。

③ 郑逸梅：《南社丛谈：历史与人物》，中华书局 2006 年版，第 160 页。

④ 郑逸梅：《南社丛谈：历史与人物》，中华书局 2006 年版，第 160 页。

碧城女士往生挽诗》中写："髫龄神慧不羁甚，婆婆示现大智身。（女士早慧，年未及笄即充天津大公报编辑，故项城袁公，一见激赏，叹为女界杰才，授以兴办女学重任。）"①

吕碧城游学欧美，的确是中国知识分子一个世纪以来的重大历史选择，"19 世纪后期到 20 世纪初，中国作为封闭的帝国开始对外有了新目光，一个从地理意义上的走向世界举动，迈开了帝国的蹒跚步伐，也撼动了摇摇欲坠的体质"②。众多知识分子走向世界的过程中，这其中的心灵变化也是剧烈颠簸而感受深刻，"当着眼于知识分子的流动意义，每一趟的举步，都蕴含着新的经验结构与心灵目光"③。"是故，在具备文人性格的知识分子身上，出走与落脚之间，心灵的踪迹无疑可以视为空间化的时间感。时代交替，文人在历史与未来之间回旋，敏锐的现代体验往往是文学生产的动机与动力。而文学发生意义的场所，在于启程、行旅、落迹，每一时间的缝隙都可能是一个现场，文学意义的现场"④，这一点充分解释了女性在女性报刊中所力图塑造的"自我"形象的心理来源。它显性表达着对于时代要求女性成长的愿景，又隐性表述了一种女性对于文化理想的认知，这种认知也必然建立在女性以往的文化背景以及对于身份认同的统一性要求之上。

吕碧城的个人生活带有在大众流行视野中的猎奇特质："放诞风流""擅舞蹈""开海上摩登风气之先"。吕碧城的脾性则敏感、争强好胜、据理力争。"性爱小动物，养着一对芙蓉鸟，每天亲自喂食；又畜一犬，被某西人的汽车所辗伤，她延律师向某西人交涉，并送犬入兽医院，及愈，交涉才罢。约在一九二五年间，襟霞阁主所编某报上载有《李红郊与犬》一文，碧城认为故意影射，诬辱其人格，诉之于法。襟霞阁主避匿吴中，

---

① 唐慧崇：《吕碧城女士往生挽诗》，《佛学月刊》1943 年第 1 期。

② 高嘉谦：《时间与诗的流亡：乙未时期汉文学的离散现代性》，载王德威、季进主编《文学行旅与世界想象》，江苏教育出版社 2007 年版，第 3 页。

③ 高嘉谦：《时间与诗的流亡：乙未时期汉文学的离散现代性》，载王德威、季进主编《文学行旅与世界想象》，江苏教育出版社 2007 年版，第 3 页。

④ 高嘉谦：《时间与诗的流亡：乙未时期汉文学的离散现代性》，载王德威、季进主编《文学行旅与世界想象》，江苏教育出版社 2007 年版，第 3—4 页。

化姓名为沈亚公,她不知其踪迹,便登报究缉,谓:'如得其人,当以所藏慈禧太后亲笔所绘花卉立幅以为酬'。"① 其任性使用金钱的生活作风可见一斑,而襟霞阁主则被逼无奈"终日杜门不出"。

而吕碧城后来只身角逐商场,大获成功从而进入纽约名士交游圈、广泛参与社会活动,建立中国第一个动物保护协会,坚持独身及至皈依佛教。"其处世瑰奇独特,每多类此,须眉丈夫,视之有愧色焉。"② 以至有诗云:"飞将词坛冠众英,天生宿慧启文明。绛帷独拥人争羡,到处咸推吕碧城。"③ 至于吕碧城玛丽苏的魅力更是所遇男性几不能幸免,"当时各界名流纷纷追捧吕碧城,如著名诗人樊增祥、易顺鼎,袁世凯之子袁寒云、李鸿章之子李经羲等"④,追求吕碧城的人很多,据说吕碧城的眼光也非常高,只看上了梁启超与汪精卫,但她又嫌梁启超年纪太大(比吕碧城大9岁),汪精卫年纪太小(与吕碧城同岁)。另外,根据近代天主教史学家方豪先生考证,《大公报》主编英敛之也十分爱慕吕碧城。史学家梁元生先生也在英氏日记中发现了英敛之写给吕碧城的词,"'稽首慈云,洗心法水,乞发慈悲一声。秋水伊人,春风香草,悱恻风情惯写,但无限悃款意,总托诗篇泻'确实情意绵绵"⑤。

三　合谋:吕碧城的社会文化形象建构策略

可见,当时报刊媒介对于吕碧城的宣传,在某种程度上已经从"其文"让渡至"其人、其事",由于明星效应,这种个人轶事、花边新闻,也成为报刊的"看点",这体现了女作家进入公共文化舆论空间后的一种处境,而吕碧城以报刊为媒介、登报究缉的举动,在记叙者看来是一种"为人风格"的表征,其内含的也是社会舆论的"看"视角,而非对吕碧城保护动物立场的同情。作为吕碧城而言,她已经纯熟地使用、利用公

---

① 郑逸梅:《南社丛谈:历史与人物》,中华书局2006年版,第160页。

② 唐慧崇:《吕碧城女士往生挽诗》,《佛学月刊》1943年第1期。

③ 刘纳:《吕碧城》,中国文史出版社1998年版,第11页。

④ 冯雪编著:《大女人》,中国商业出版社2011年版,第191页。

⑤ 张雪松:《世人咸推吕碧城》,《中国民族报》(网络版),http://www.mzb.com.cn/zg-mzb/html/2006-08/15/content_ 20976. htm,2006年8月15日第7版。

共媒介的某些"功能"，达到一解"私人恩怨"的作用，这恐怕也是媒体既"引为笑谈"，又同时和吕达成的一种策略合谋。

不可否认，吕碧城作为近代女性第一人，其词其文表达雄奇、壮怀激越，诗《写怀》"苦海超离渐有期，亚东风气已潜移。待看廿纪争存日，便是娥眉独立时"，以鼓励女性争取独立。《舟过渤海口占选一》"旗翻无色卷长风，万里波涛过眼中。别有奇愁消不尽，楼船高处望辽东"①，叙日俄在中国领土战争之惨烈，一时在社会上引起强烈反响。因其家国抱负是在东西两大文明系统的比较中得出的，因而站位高、格局大。"予去国十年矣，游屐所及，遍于瀛寰，不歆其物质之发展，惟觇其风化之转移。每述见闻，邮传桑梓，良以故邦杌隉，非关民智之不开，实繄民德之沦丧。相习残忍，肆行袄萝，其危险程度，为有史以来所仅见。盖以明末之流寇时代，及法国之恐怖时代，镕为一体。革命而不革心，纵有科学，仅能助虐济恶，欲出乱人治末由也。"② 在吕碧城看来，"物质"的繁盛并不能说明国家的强盛，但"风化""民德"的建设确实需要长时间的过程，所谓"革命而不革心"，那么再伟大的运动收效也是甚微的。这正是鲁迅先生对于国民性的观察："凡是愚弱的国民，即使体格如何健全，如何茁壮，也只能做毫无意义的示众的材料和看客，病死多少是不必以为不幸的。所以我们的第一要著，是在改变他们的精神。"③ 对于女性解放，吕碧城更从进化论论述："有世界必有竞争，而智慧之激发焉，优劣之种判焉，强弱之国别焉。"④ 在此基础上，"女权"的问题就不仅是女性与男性的问题，而是"归宿爱国"，"使四百兆人合为一大群，合力以争与列强，合力以保全我四百兆之种族，合力以保全我二万里之疆

---

①　吕碧城著，李保民校笺：《吕碧城集》，上海古籍出版社 2015 年版，第 254 页。

②　吕碧城：《欧美之光》自序，载吕碧城著，李保民校笺《吕碧城集》，上海古籍出版社 2015 年版，第 620 页。

③　鲁迅：《〈呐喊〉自序》，《鲁迅全集》第 1 卷，人民文学出版社 2005 年版，第 438—439 页。

④　朱国华：《文学场的逻辑：布迪厄的文学观》，《文化研究》第 4 辑，中央编译出版社 2003 年版，第 56 页。

图"①。因此，"志固在与全球争也，非与同族同室之男子争也"②。将女权的争取，从小格局的性别之争、内外之争拔高，从种族生存、外强抗衡的维度去论述，这也可见吕碧城在近代思想格局大变革时代的高站位与大境界。但是究其根本而言，吕碧城的言论却并未能脱康有为、梁启超等人"兴女学""兴母教""强种保国"的主张。

终其一生，吕碧城都始终出现在大众传媒的视野中，正如布迪厄的"场域""资本""惯习"③ 所揭示给我们的，无论是早期"出场"、诗词的发表、"花边逸闻"等小报消息的流传，还是在国外旅居期间的国内报纸、期刊约稿，考察其社会"玛丽苏"的身份，作者自身有意识地利用、大众媒介推手的作用、时代场域的合力使"吕碧城"的形象成为一个鼓动时代妇女依靠"文笔"从而立世、独立、救世的概念性化身。而其扑朔迷离的感情生活、丰富多彩的人生经历更增加了对大众的吸引度。"文学家所打出的艺术旗号甚至他们自身的艺术风格，作为根据文学场的自主逻辑所即兴创作出来的策略，实际上是文学家所据文学场位置及其自身习性的客观反映。"④ 这种范式也确立了一个中国现代女性知识分子"洛神"（玛丽苏）的大众媒介建构方法，在后来的女性知识分子如庐隐、石评梅、林徽因，乃至当下的"杨绛"现象中仍留有余声。

第二节 "雌老虎"还是"英雌"？唐群英的媒介形象

唐群英（1871—1937），字希陶，出生在湖南省一个豪门贵族中。其父振威将军，虽为武将但很注重对子女的教育，唐群英为家中四女，在其父影响下，熟读传统典籍，擅长八股文章，更精通吟诗填词作赋。

---

① 朱国华：《文学场的逻辑：布迪厄的文学观》，《文化研究》第 4 辑，中央编译出版社 2003 年版，第 56 页。

② 吕碧城：《论提倡女学之宗旨》，载吕碧城著，李保民校笺《吕碧城集》，上海古籍出版社 2015 年版，第 457—458 页。

③ 朱国华：《文学场的逻辑：布迪厄的文学观》，《文化研究》第 4 辑，中央编译出版社 2003 年版，第 55 页。

④ 朱国华：《文学场的逻辑：布迪厄的文学观》，《文化研究》第 4 辑，中央编译出版社 2003 年版，第 56 页。

1891 年，20 岁的唐群英嫁给曾国藩的堂弟，婚后与秋瑾相识交好，1897年，26 岁的唐群英经历人生重大打击，爱女与丈夫相继离世，悲痛欲绝的唐群英回归娘家。在经历人生重大变故后，1904 年，33 岁的唐群英东渡扶桑；1905 年，与秋瑾就读于东京青山实践女校；留日时期，唐群英结交众多革命有识之士，1905 年，成为华兴会唯一一位女成员，同年，华兴会重组合并为中国同盟会，唐群英成为第一个女会员；1906 年，唐群英被推举为留日女学生会书记；1907 年，好友秋瑾英勇就义，坚定了唐群英回国从事武装抗争的决心，以期实现好友们未曾完成的革命大业。1911 年，辛亥革命爆发，唐群英与张汉英共同筹划女子北伐队，同年，武昌起义爆发，唐群英与张昭汉先后成立女子后援会和女子北伐队，投身于革命斗争中；1912 年，孙中山任南京临时大总统，在同年召开的庆功会上，唐群英被孙中山授予二等嘉禾勋章，同时被称赞为"不愧是创立民国的巾帼英雄"。1912 年 4 月担任女子参政同盟会会长，并领导系列女子参政运动。1914 年袁世凯复辟帝制打击女权运动，唐群英倾力投诸女性教育事业，共资助创办十所女子学校。1936 年，日寇直入中原，唐群英担忧成疾，次年病逝于家乡。

一　毁誉参半的媒介形象

　　唐群英最名垂史册的莫过于争取女子参政权的系列举动。1912 年 3月 11 日南京临时参议院制定的《临时约法》公布，其中曰"中华民国人民一律平等，无种族、阶级、宗教之区别"，因为没有之前的"男女平等"的规定，引起女界的强烈不满，她们一方面上书孙中山，强烈要求修改约法，一方面以激烈的行动要求参政。3 月 19 日上午 8 时，唐群英率领 20 余女性到参议院要求参政权。3 月 20 日，20 余名女子在议事厅将玻璃窗片捣毁，将议员置于抽屉的议案搜索一空，并以脚踢打警卫。21日早晨，60 余名女子装备武器直入参议院，因为警卫势力单薄，孙中山不得不派禁卫军 200 人前去支援，并允诺彼等再提议请愿书，再讨论约法修改问题，众始散去。

　　整个事件由始至终都受到了《申报》的强烈关注，以《女子以武力要求参政权》详加报道①。从 1912 年 3 月 24 日到 1913 年 5 月 24 日,《申报》发表了大小报道十余篇,其内容全部围绕女性武力争取参政权力。1912 年 2 月 26 日的《申报》刊登《中华民国女界代表上参议院书》,文章以唐群英身份自述,力争男女平等参政,"有疑女子程度不及"者,唐群英回复是由于教育的不平等,一旦"既号称共和,主张平等,则男女之教育,不宜再有分别";对于"世界各国女子参政,均无其例",唐群英更是斥之为"不经之论",认为中国完全可以先开此例,"以做各国之模范乎"。1912 年 3 月 23 日《时报》又刊登《女子参政会上孙中山书》,提出"以重法律,以申女权"的男女平权。1912 年 3 月 2—6 日的《天铎报》刊载《女界参政同盟会记事》,记叙当时女界讨论参政者达"二百余人,男宾参观者八十余人,洵我国四千年来未有之巨观也"。当时演说次第第一位就是唐群英,她"报告开会宗旨,在要求中央政府给还女子参政权"。

随着女界要求难以实现,更发生了女性在参议院的暴力举动,媒介的风向开始发生变化,其标题更用了"国民党干事选举会怪剧""唐群英大闹报馆之祸胎"的字眼。1912 年 6 月 15 日的《民立报》用《英雌又出风头》作为标题,叙述唐群英等要求女子参政权致书参议院。《申报》1912 年 8 月 31 日第二版又以《二十五日之湖广会馆》报道沈佩贞率领女会员阻挠国民党成立大会、唐群英煽宋教仁耳光的事件。

这期间由于发生了郑师道在《长沙日报》上冒登与唐群英的结婚启事,唐群英愤而率众捣毁《长沙日报》事件,该暴力举动最终演变为一场"媒介狂欢"的花边新闻事件,各大报纸争相报道此"奇闻艳事"。《申报》《神州日报》《新闻报》《时报》等多家媒体迅速跟进事件进展,最有意味的是这时候的新闻开始用"闹"字来描述事件,事发当天,1913 年 2 月 26 日,《申报》刊发《唐群英大闹长沙日报》,《新闻报》亦以同名刊发《唐群英大闹长沙日报》,《神州日报》的标题则为《唐群英大闹长沙日报之详闻》,3 月 3 日《申报》刊发《唐群英之雌威》,3 月 30 日《申报》刊发《唐群英大闹长沙日报之结果》,一个"闹""雌

---

① 《女子以武力要求参政权》,《申报》1912 年 3 月 24 日第 2—3 版。

威"，充分显示了新闻通讯隐含的情感态度，隐含的"无理取闹""撒泼"之意昭然若揭。跟风的报道也基本采取同样的口吻，如：3月1日《新闻报》报道《唐群英捣毁长沙报馆》，3月15日《新闻报》又报道《唐群英大闹报馆余波》，《时报》3月30日报道《郑师道与唐群英交涉案》，4月11日《神州日报》报道《唐群英冲打报馆》。

由于该事件最后对簿公堂，3月2日《新闻报》开始以《唐群英与长沙日报之妙讼》为标题，以《文斐之辩口　郑师道之多情　唐群英之晦气》为副标题来博众人眼球，极力为事件增加旖旎色彩，塑造郑师道的"多情形象"，3月5日又刊登《唐群英之对付文斐》，3月6日《申报》刊登《唐群英又欲以手枪饷郑文》。最耸动的是《神州日报》3月5日刊登的《唐群英捣毁长沙报馆之余谈》，副标题赫然为《你两下里调情　可怜我报馆吃了苦》。至此唐群英的争取女权举动，已经迅速被自己的"风月新闻"取代。1936年《新闻汇报》连载笔名"恨石"的小说《巾帼春秋》，就有"佩手枪欲击郑师道　掼纱帽主办唐群英"的演绎之作。

唐群英由"英雌"向"雌老虎"媒介形象的滑落，是一场非常具有时代性的性别媒介举动，而这场对女性的"污名化"所指涉的，正是女权主义经常批判的"刻板印象"，媒介舆论往往会把女性形象塑造为"母老虎"的水浒女性系列，或者是放荡的"妖女"系列，从而将女性规约于男权统治之下。这种刻板印象的出现和成功，实际上证明了媒体主导者在文化上已经占据优势地位。而无论是当时封建政府抑或是后来的军阀政府都没有阻止这类文化形象的建构，则是因为这种刻板印象最后导致的结果——无论是女学还是母教，都是有利于实现保国强种这一符合主导阶级利益的最终目的。女杰、女国民系列形象的塑造就是这一社会功利性的文化符号实现。从这种角度上说，女性刻板印象的塑造是一次媒体与国家权力意志的共谋。

更有意味的是，争取女权的运动在民国初年的遭遇挫折，演化到"五四"时期的以女性解放（实质是结婚自由、恋爱自由、离婚自由）为主要宣传导向。从政治社会角色到仍然是以家庭为主导的位置位移，悄然表现了这种刻板印象是如何被男权意识形态驯化、规约的过程。

二　妇女解放与妇女赋权

以唐群英为代表的女权群体也充分意识到了使用自身喉舌的重要作用。早在 1911 年，我国边疆领土告急，消息传到日本后，唐群英在东京就组织成立了留日女学生会，并任《留日女学会杂志》的主编和发行人，该杂志"以提倡女学、尊重女权、改良婚姻、振兴职业为主旨"①。原本按季度出版，由于国内形势紧张，武昌起义爆发，二期未能如期出版，唐群英归国，实际上《留日女学会杂志》只出版了一期。1912 年女子同盟会运动失败后，唐群英创办《女子白话报》，以此作为捍卫女权的根据地，在《女子白话报简章》中该报就明确表明："本报专为普及女界知识起见，故以至浅之言，引伸至真之理，务求达到男女平权的目的为宗旨。"② 故而该期刊多刊登较为通俗易懂的文字来鼓吹女子参政："女子与男子立于同等之地位，则一切权利义务，本是同样，分毫不能差异的。况且共和宣布，五族一体、男女二界，尚未轩轾，成什么民主政体？所以世界大同，交化日进，女子断不能自安废弃，不同男子争权利，此要求参政权之所由来也。"③ 1912 年，唐群英与张昭汉（字默君）、杨季威、汤国梨等人发起成立神州女界共和协济社（女界协济社）。该社"以联合五族女界，普及教育，研究法政，振兴实业，提倡国货，养成共和国高尚完全女国民，协助国家进步为宗旨。"④ 此外，"她们的目标是促进妇女在教育、工业以及政治知识方面的发展，并采取渐进的改良和方法。她们政纲的关键是要在新成立的民国中实现男性与女性在法律、社会以及政治方面的平等，但是也接受一个观点，即她们在这方面取得的成就应该是逐渐增加的。她们提出，如果妇女不能拥有全面的参政权，那么至少应该给予她们在参议院的观察员地位"⑤。1912 年 11 月复刊的《神州

---

① 张莲波：《辛亥革命时期的妇女社团》，河南大学出版社 2014 年版，第 192 页。

② 衡阳市妇女联合会编：《唐群英史料集萃》，2006 年，第 67—68 页。

③ 李�：《参政权必争之原理》，《女子白话报》1913 年第 9 期。

④ 张莲波：《辛亥革命时期的妇女社团》，河南大学出版社 2014 年版，第 296 页。

⑤ ［澳］李木兰：《性别、政治与民主——近代中国的妇女参政》，方小平译，江苏人民出版社 2014 年版，第 94 页。

女报》则是该协济社的机关刊物，该报以"发挥共和，代表社会言论，导启女界政治及实业思想，鼓吹国民道德与尚武精神"① 为宗旨，刊物得到了孙中山等人的支持，孙中山还为复刊号写了"发达女权""同进文明"的题词。《神州女报》于 1913 年 7 月停刊。

清末民初的知识女性群体为女子参政补给了源源不断的知识动力，其中接受过国外民主观和男女平等思想的留学生群体，成了争取妇女参政的领头军。唐群英的女子参政观点伴随着辛亥革命时期国家这一概念的初次尝试，"从国家出现的那一刻，对抗逻辑就一直蕴含在现代中国的政治生活之中，国族理念衍生出解放与压迫话语，从语言到行动，从理论到实践，民族解放与妇女解放的双轨制，是中国现代政治叙事的重要特征，因此，性别作为一个敏感而极具表征性的界面，与国家、民族、压迫、解放等现代政治命题同时出现了。在阶级对抗以及等级差异相对淡薄的传统中国社会，性别对抗，即父权中心主义的伦理模式成为政治革命发生的爆破点"② 。在辛亥革命胜利后以及现代中国对女性未来走向中，妇女解放与妇女赋权之间并未达成同步关系，唐群英等现代女性，将关注点放在了国家主权与个人主权的统一上，以期重新将女子参政作为国家对女性应有的亏欠，并对这种亏欠进行清算。

（一）共和与平权

辛亥革命的胜利使知识妇女群体察觉到女子参政的可能性，唐群英曾上书参议院表达女子参政的想法："噫嘻！同是人类，何不平等若是之甚欤？兹幸神州光复，专制变为共和，政治革命既举于前，社会革命将踵于后，欲弭社会革命之惨剧，必先求社会之平等；欲求社会之平等，必先求男女之平权；欲求男女之平权，非先予女子以参政权不可。或有疑女子程度不及，不能遽与以参政权者，不知以女子与女子较，其程度固有不及，以女子与男子较，男子之程度，亦不过较女子优者为多，不得谓男子悉优，女子悉劣也。矧男子不以其程度不齐，谓尽无公民参政之资格，独于女子，悉夺其权而不与，是参政与否，只分男女，而不真

---

① 张莲波：《辛亥革命时期的妇女社团》，河南大学出版社 2016 年版，第 293 页。

② 张念：《性别政治与国家：论中国妇女解放》，商务印书馆 2014 年版，第 17—18 页。

系于程度之差异也明矣。"① 从社会平等角度入手，层层论述女子参政的必要性，最后上升到社会文明层面，足可见唐群英对女子参政思想内涵的清晰掌握。

削弱性别差异问题一直是女权运动者思想的主要内涵，故而宪法捍卫的天赋人权中演变的性别平等为唐群英等中国妇女参政运动家们提供了根本性的指导方向。唐群英文章的思辨力与同时期的女性文相比，有过之而无不及。"整体看，这个时期女性论说文主要内容为鼓吹革命、主张男女平权。多为政论文，理论文、史论文较少；时政感强，而思辨较弱。"② 唐群英的论说逻辑清晰，以男女差异为论点，足可见唐群英文中的思辨感是同时期创作类女作家中卓绝的。

唐群英多从国家利益角度入手论述女子参政的必要性。"今又北来久矣，呼号奔走，不惮烦劳。岂不知我国女界程度尚未进于英美之域，参政之目的，此时固不能达到耶？又岂不知我国所谓有参政权之男子此时程度尚不齐一，若复有一部分女子加入其中，政界之纷扰，将盖甚耶？盖人权之伸缩，恒视国家之政体为转移；政体之良否，恒以法律之规定为根本。民国新立，正宜破除前日之积习，伸张固有之民权。然有绝对的可以认许在宪法上永久不移易者，则如人民之参政权是；有不必为特别之限制，以待其将来程度发达齐一，而亦可以许之者，则如现在我国女子参政是。"③ 如若分析民族主义和女权主义，不难发现二者是唐群英等知识妇女争取女子参政的主要立足点。"中国妇女参政运动探讨了政治公民权的性别概念，她们援引民族主义和国家利益不断变化的内涵，因为这样能够符合她们特定目标。在中国妇女参政运动几十年的斗争中，爱国主义和民族主义的不同版本在任何时候都是安全的保护伞、有效的工具以及坚定的信念。"④ 唐群英等近代妇女的参政尝试，同样将爱国主义与民族大义作为女子参政的保护伞，以此来实现女子参政的政治目标。

---

① 衡阳市妇女联合会编：《唐群英史料集萃》，2006年，第48—50页。
② 薛海燕：《近代女性文学研究》，中国社会科学出版社2004年版，第129页。
③ 衡阳市妇女联合会编：《唐群英史料集萃》，2006年，第60—64页。
④ ［澳］李木兰：《性别、政治与民主——近代中国的妇女参政》，方小平译，江苏人民出版社2014年版，第5页。

（二）女性教育与平权

女性自我意识的觉醒是男女平等的基础，通过与男性的"特权"与"优待"相比，女性不断地认识自己、了解自己，因此女性主体意识的觉醒是实现男女平等的核心。唐群英受西方民主思想的影响，从权宪、法律入手，与资产阶级改良派的思想有一定相似之处，杂糅西方人权理论，从而形成自己的男女平等思想体系："亘古今，塞天地，立人极。道乌乎在，曰顺与逆。平等也，自由也，此人类之初生，天所界赋者也。法律也，权宪也，此维持人道之公共主义也。无古今，无中外，合乎此则为豪杰，为英雄，悖乎此则为无权宪，无法律。不自由，不平等，倒行逆施，非所立于今之世也。人也者，对于世界动物之最高者也。故其生也，自呱呱堕地之时，至奄奄垂死之日，无论男女，皆立于平等。"① 唐群英对平等观念的论述，从社会常理论述到国家公理，这种论述的语调较为平和。字句间都隐含着实用性及实践性，多以肯定的口吻强调男女平等是民国新造的基点："窃维民国新造，凡在民国，人民一律平等，固无所用其疑虑，顾理论之优美，究不如事实之光明，侈言高大无当也。乃者平等之声愈高，而平等之实不著，无乃一二欺心冥漠不得真理者为之戾软？ 男子不平等，为人类进步之障碍，久为世人所诟病。今者民国为人类造幸福，破除障碍，开宗明义，即在乎此。"② 作为晚清女性独立的尝试，以男女平等地位先行，于国于女性本身，都具有一定的合理性。

随着女性的多种社会尝试，如女性报刊的创办、女学堂的建立、女子团体的创建及女性活动的开展，对男女平等的认识也更加广泛而具体，越来越多女性的加入，男女平等从最初的家庭伦理间的男女关系，逐步演变出女子救国的新内涵。随着对男女平等的不断探索，以及女子参政运动的高潮与落寞，唐群英逐渐意识到，教育是根本："盖自二离鼓铸洪炉，阴阳变生世界环球之表，民族各分一派，其间斗新奇以演成世界之一舞台者，要不外此脑力之团结以为竞争，故觇国势于今日，恒以教育

---

① 衡阳市妇女联合会编：《唐群英史料集萃》，2006 年，第 66—67 页。
② 衡阳市妇女联合会编：《唐群英史料集萃》，2006 年，第 50—51 页。

之盛衰为隆替。"① 故而要兴女学，就要先兴教育。教育兴，女性才有机会成为女子教育的受益者，她们的思想才得以完备、头脑才可以丰富，才有机会在社会中进行女性角色建构的过程。

唐群英一生共创办了 10 所女子学校，中年后更是为了办学堂散尽家财。经整理，目前可知唐群英参与创办的学校有：1912 年中央女学校、1913 年长沙女子法政学校、1913 年长沙自强女子职业学校、1913 年长沙女子美术学校、1919 年白果红茶亭女校、1922 年湖南女子法政专门学校、1923 年衡山女子高级小学、1924 年长沙复陶女子中学、1925 年岳北女子实业学校以及 1930 年云在庐学堂。

唐群英创办的女子学校，多数为私立，多靠募捐或变卖家财来维持学校的正常运营。通过所办女校的名字，可窥出唐群英的办学理念，她不仅重视文化教育，同样也重视职业技术的提升，如长沙女子法政学校、长沙自强女子职业学校、长沙女子美术学校、湖南女子法政专门学校、岳北女子实业学校。可见唐群英为女学赋予了谋生实践的内涵，以期女子也能同男子一样共同承担改造社会的责任，这种具有实用性的女校在当时女学贫瘠的时代，也属凤毛麟角，无疑开辟了一条兴女学的新道路。

虽在办学的道路上充满荆棘，但唐群英一生对女子教育实践的探索，数量之多、时间之久，堪称近代女子教育发展的第一人，唐群英对待教育的态度同样也浸透着男女平等的气息："况女子程度之不齐，由前此教育之不平等，今我中华民国，既号称共和，主张平等，则男女之教育，不宜再有分别。"② 教育一开始是男性的专属，从父权时代开始，女性较之于男性的地位低下以及社会对女性封建式的束缚，使得女性一直处于被压制状态，更可悲的是，在教育中女性更多也是以男性伴读的身份处于附庸地位，虽然有少数的才女名媛，但与男性更为宽松的社会学习背景相比，也不过是屈指可数，唐群英为教育披上了男女平等的外衣，这无疑为闭塞的女界提供了与所有社会各类群体都能够沟通的基础。

---

① 唐群英：《日本东京成女高等学校师范科毕业纪念文并歌》，衡阳市妇女联合会编：《唐群英史料集萃》，2006 年，第 43 页。

② 衡阳市妇女联合会编：《唐群英史料集萃》，2006 年，第 48—50 页。

女性在自然属性中由于与男性在生物构造上有所不同而被认定成的女性身份，以及在社会属性中所承担的贤妻良母式女性角色，两种属性皆体现出女性缺乏自我价值认知定位，更确切地说，可以理解为在长期的历史发展中女性对自身的能力价值认知并没有突破大众的限制，而被禁锢在大众设定的框架中。唐群英在日本接触到西方男女平等的思想，在初步的自我思想启蒙中，更加意识到认识自己就是解放自己的真谛，故而她的女子教育观点建立在启蒙女性个体意识上："窃惟我震旦，自古为文明开化之国，于女学亦未尝稍有逊步，征之毛诗三百篇，首颂后妃之德，而王化之流行于江汉间者，殆非女教之功，易臻此。迄乎三代以还，此旨浸废，然女师女范昭然于史策者，若班氏、木兰、伏女辈。当时轻视女学，犹能独来独往，卓绝古今，使有以提励之，则其造诣又当何如也？无如积聩不振，女权陵夷，学识幽闭，遂成斯世困屯之形。溯国运盛衰之际，又岂非我辈担负女教责任之时耶？"① 通过对女子教育的肯定，实际上就是女子自我蜕变的过程，从接受教育的女性到成为推动女性教育的领路人，这是一个良性循环，其终将突破传统对女性自身定位的束缚，以一个有独立意识的女性去扮演社会中应该扮演的角色，绝不仅仅是闺阁中的深宅怨女，也不仅仅是贤妻良母型女性角色，取而代之的，是以女性身份去选择所想扮演的女性角色，这是女性自我意识觉醒的必经之路。

清末民初山河飘摇、内忧外患，救亡图存成为知识分子们共同面对的难题。在国难面前，不分男女，每一个国人都应该主动肩负起兴国富民的重任，而教育是兴国之本，所以教育成为如唐群英这类海归知识分子常见的论题："维瞻盛国兮，文物炳麟。历艰越险兮，涉彼重瀛。宝镜初磨兮，形影玲珑。吸收声灵兮，竣我研精。大陆沉沉兮，伊回首而流连。仰荷教育兮，怅有意以难宣。勿负裁成兮，暂勉着乎祖鞭。愿放兹之万丈光芒兮，普照于神州众生沉醉之混沌身前。"② 教育被赋予的爱国属性，是19世纪末20世纪初中国独有的现象，而对男女平等、女子参

---

① 衡阳市妇女联合会编：《唐群英史料集萃》，2006年，第43—44页。
② 衡阳市妇女联合会编：《唐群英史料集萃》，2006年，第43—44页。

政、女子教育的探索与提倡，都引发了时人对女性的关注，唐群英由女子参政斗争到身体力行投身女性教育，用自身的实践走出了女性知识分子的斗争之路。这条道路尽管曲折，但其敢作敢为的豪侠举动、毁誉参半的社会形象，都成为典型的女性文化案例，具有研究价值。

第三节　"贤妻良母主义者"：胡彬夏与《妇女杂志》

胡彬夏，江苏无锡人，祖父胡和梅曾任江苏桃源县教谕，父亲胡壹修和叔父胡雨人是清末民初无锡地区的教育家和水利家。1900年，胡雨人东渡日本考察教育，于1902年创办"胡氏公学"，次年设立女子部，开无锡女学之先河，故胡氏子弟（女）较早便接受到了新式教育。其兄弟胡敦复、胡明复、胡刚复早年均留学美国，并获得博士学位。胡彬夏是最早留学日本、后留学美国的先进知识女性，她由早期的"兴女权"到后期提倡"改良家庭"的理论主张，为我国女性解放和教育事业做出杰出贡献，具有拓荒式意义，胡适赞其"聪慧和蔼，读书多所涉猎，议论甚有见地，为新女界不可多得之人物"①。

一　从留日到留美：胡彬夏结社办刊思想轨迹

甲午战争后，涌现出一股爱国有志青年到日本留学的热潮，胡彬夏是最早一批东渡日本留学的女知识分子，1902年，年仅14岁的胡彬夏入青山实践女校学习，师从日本近代著名女教育家下田歌子，接受近代化的教育。来到日本不久，胡彬夏在与友人的书信中，曾提到欲举一会，"此会之立，非为他故，乃为我中国女学之不振，四千余年我二百兆同胞姊妹，向受一切之苦。今欲救之于幽暗囹圄之中，以免为奴婢为玩具之惨耳。并欲使之有国家之思想，与彼须眉男子并立于世界，及我女子不致为人呼下等动物，得其天赋之权也。且夫天地之有众生，无分强弱，父母之有我辈，无分男女，皆爱之一体，皆有国民之责任。国家之患难，

---

① 曹伯言：《胡适日记全编》（一），安徽教育出版社2001年版，第206页。

皆当肩之，国家之安乐，皆当受之，岂可漠然无关于己"①。早在留学初期，胡彬夏就已具有复女权、兴女学、提倡女子之国民责任的见识。1903 年，胡彬夏"愤女学之衰败，慨女权之摧折"，欲"拯救吾二万万同胞于涂炭之中"，遂与十余名女学生共同发起了爱国女性团体"共爱会"，以"振兴我女学"②"拯救二万万之女子，复其固有之特权，使之各具国家之思想，以得自尽女国民之天职"③ 为宗旨，其目的是"联结团体，研究学问，以谋吾女同胞之公益"。胡彬夏在共爱会时期在《江苏》撰文《祝共爱会之前途》、《论中国之衰弱女子不得辞其罪》和《共爱会同人劝留学启》，其思想主要为以下三点。一是主张复兴女权，提倡男女平等。"女权摧折残弛兮，自我复之，自由废弃堕弛兮，自我举之，今而后女与男平等平权，共享安乐，共肩患难"，提出标志近代中国妇女自求解放的新的男女观念，④"发达其国家之思想，完全吾国民之分子，弃其依赖之性质，养其独立之精神，与男子并存"⑤，提出新的女性观念，"振兴我女学，教育我女子，排斥女子无才为德之谬训，脱去古来酒食是仪之习惯"⑥。二是强调女子之于国家和社会的责任，"中国之衰弱久矣。推原其故，非独男子之罪也……吾中国积弱之故，彼二万万之男子，固不得辞其责，然吾所尤痛心者，乃二万万之女子也……凡我女子，苟人人以中国之患难为己之患难，中国之腐败为我之腐败，抱此思想，达其目的，则中国之兴如反掌而……吾愿我同胞急自奋励，勿放弃其责任"⑦。三是强调兴女学对于兴国救民的重要意义，"教育者，国之本也，必男女皆受教育，而后国可以立，故国之兴亡盛衰，恒视女学为转移，纵观古今中外，未有不若是者也"⑧。并分析女子留学的益处，"自问载以来，虽

---

① 胡彬夏：《胡女士致龚圆常书》，《女学报》1903 年第 2 卷第 3 期。
② 胡彬夏：《祝共爱会之前途》，《江苏》1903 年 3 月 21 日第 6 期。
③ 《日本留学女学生共爱会章程》，《江苏》1903 年 5 月 27 日第 2 期。
④ 朱英：《关于共爱会的几个问题》，《史学月刊》1986 年第 1 期。
⑤ 胡彬夏：《祝共爱会之前途》，《江苏》1903 年 3 月 21 日第 6 期。
⑥ 胡彬夏：《祝共爱会之前途》，《江苏》1903 年 3 月 21 日第 6 期。
⑦ 胡彬夏：《论中国之衰弱女子不得辞其罪》，《江苏》1903 年第 3 期。
⑧ 胡彬夏：《共爱会同人劝留学启》，《江苏》1903 年 9 月 21 日第 6 期。

于一切学问苦无寸进，然自觉陋俗稍除，见闻略广，亦未始未游学之益也"①。

　　除宣传女权思想、主张兴女学外，共爱会还参加了爱国团体活动。1903 年，爆发了由留日中国学生掀起的拒俄运动，"沙俄拒不执行其与清政府签订的《东三省交收条约》中规定的撤军条款，反而提出七项新的无理要求，蓄谋永久霸占东北，因而激起中国人民的强烈反抗"②，留日学生组成拒俄义勇队，共爱会也号召留日女学生踊跃参加，为此，胡彬夏在特别会上呼吁："中国之存亡，即我辈生死关头之所在。我同胞姊妹，既皆久学海外，自必深明其理，不待烦言，今俄祸如是其亚，各国将接踵效尤，我等既知亡国之惨伤，奴隶之羞辱……当必出其所学所能，奋发以救祖国，以援同胞……即至捐躯殒命，誓无所惜。"③。随后，共爱会组织"赤十字社"，并致电上海各女学校大力号召救国救民："国祸急，女生入赤十字社，同义勇队北征。告女学校协助。"④"赤十字社是拒俄运动中的即兴产物，是我国社会数千年来未有之壮举。"⑤ 国内女学生在共爱会的感召下，纷纷成立赤十字社，欲奔赴抗敌前线。虽是爱国运动，但其中却透露出胡彬夏"恢复女权"的思想，将女子同男子置于平等的社会地位，女子同男子一样具有爱国保家的责任和义务，消除性别限制的最大差异和歧视，是胡彬夏在留日期间的主要思想倾向。

　　1907 年，胡彬夏公费赴美留学，先入美国胡桃山女塾（大学预备学堂），继入惠尔斯大学，专研文学、史学，1913 年获学士学位。在历经长达七年的留学生活，以及留美学生界"建设精神"的影响下，⑥ 胡彬夏自身的思想意识发生了巨大转变。其一是对自身婚姻问题进行了实践争取。胡彬夏与丈夫朱庭祺皆留学美国，两人都是留美学生会中的积极分子，

---

① 胡彬夏：《共爱会同人劝留学启》，《江苏》1903 年 9 月 21 日第 6 期。

② 朱英：《关于共爱会的几个问题》，《史学月刊》1986 年第 1 期。

③ 《留学界记事》，《浙江潮》1903 年第 4 期。

④ 《留学界记事》，《浙江潮》1903 年第 4 期。

⑤ 张莲波：《辛亥革命时期的妇女社团》，河南大学出版社 2014 年版，第 17 页。

⑥ 张朋：《从兴女权到改良家庭——清末民初女报人胡彬夏办报活动与身份认同》，《阜阳师范学院学报》（社会科学版）2012 年第 2 期。

都具有报效祖国的壮志，他们"相约为夫妇"，然而此事却遭到了家庭的极力反对，胡彬夏因此暂时"屏诸远方"，以脱离家庭为代价，坚持与朱庭祺结为夫妇。"我本大胆者，明知这段姻缘必有阻碍，而于至亲之前未尝一启口，央求谁何的帮助。只与体仁约，他如有意者，须等我九年。"①胡彬夏在回国后不久便结婚了，其思想和行动开近代女子之新风气。

其二就是对美国家庭教育观念的接收。胡彬夏入胡桃山女塾学习期间，多次带着问题请教校长，了解学校的办学理念和方法，并于其主笔的《留美学生年报》上发表《美国胡桃山女塾之校长》一文，讲述两位校长别氏和绮氏的学识涵养、教学方针以及道德品质，其目的"报告美国女学之内容，以激励国人是也"，同时，胡彬夏也反思早年的激烈言论："记者年幼学浅，才短德薄。今所觉者，每反前之所觉，安知后之所觉，不反今之所觉耶……记者之本意，专以今之所知，今之所觉，今之所见，今之所闻，竭力为国人告。"②胡彬夏还于《复杨君白民论美国女子职业书》一文中，阐述对于女性家庭职责的认知过程："吾师下田氏，日本之著名教育家也，谈吐议论之间，惟有贤母良妻数字，昔为其学生时，年尚幼，不知家政之切要，故每闻其言，即掩耳而走，平时甚重其为人，此时恨之入骨髓，斥之为女中之罪人，及今思之，不禁自笑当时之愚，而服下田氏之见。"③无论是两位校长还是老师下田氏，胡彬夏从她们身上认识到要重视女性教育、家庭及社会责任以及女性道德素养的培养，留美期间思想观念的变化，为她回国后主编《妇女杂志》、提倡"贤妻良母"主张奠定了重要思想和理论基础。

二　主编《妇女杂志》与"贤妻良母主义"的提出

1914年胡彬夏学成归国，于吴江同里丽则女校和上海浦东中学教书。1916年，受商务印书馆延请担任《妇女杂志》主编。1915年12月，《妇女杂志》最后一期刊登胡彬夏任《妇女杂志》主编的广告："敦请朱胡彬

---

① 胡彬夏：《亡弟明复的略传》，《科学》1927年第6期。
② 胡彬夏：《美国胡桃山女塾之校长》，《留美学生年报》1911年第1期。
③ 胡彬夏：《复杨君白民论美国女子职业书》，《教育杂志》1909年第6期。

夏女士主任编辑……学问经验两臻其胜，今出其所学饷我国人，以女界明星放报章异彩，凡研究科学文艺之士，皆宜各手一编。"① 商务印书馆于广告中介绍胡彬夏的留学经历和教育经验，颇有借主编名声而宣传造势的味道。② 对于此段主编生涯，也有不同的声音，据章锡琛日后回忆当年担任《妇女杂志》主编之始末时说："《妇女杂志》，1915 年创刊，也是被罗家伦指名大骂的刊物之一，以前在王尊农主编时，欲借朱胡彬夏的名义。……王尊农去职后，一时找不到人，钱经宇推荐我去充数。我因为这方面毫无研究，不敢轻易担任，经钱经宇一再督促，才勉强应允……"③ 但观察《妇女杂志》第二卷胡彬夏的文章数量以及与读者的互动，其主编的身份基本确定无疑。

《妇女杂志》于第二卷改良体例，"分为社说、学艺门、家政门、记述门、中外大事记、国文范作、文苑、小说、杂俎、余兴十门"④。胡彬夏任职期间，发表十余篇"社说"，主要倾向于女性教育、女性职责以及女性改良家庭论述，将其留美期间所见所学及对于中国女性的期望传达出来，希冀中国女性能够成为"二十世纪之新女子"。"其时，唐群英等领导的女子参政运动惨遭失败，女性报刊中言辞激烈者多遭袁世凯及其后继者查封。1913 年后，女性报刊界掀起一股'复古'潮流，《女子世界》、《香艳杂志》、《妇女鉴》等，一方面再现传统女性形象，主张复兴传统'女德'；另一方面，通过浓丽的闺阁文学和消闲小说，为女性提供消闲伴侣"⑤，贤妻良母风潮再度袭来。"贤妻良母主义"源自梁启超的"兴女学"，"便是以兴女学为造就良母底目的了"⑥，而"兴女学"的最终目的，不外乎"强国保种"。胡彬夏所主张的"贤妻良母主义"与传统

---

① 《妇女杂志大改良广告》，《妇女杂志》1915 年第 12 期。

② 张朋：《从兴女权到改良家庭——清末民初女报人胡彬夏办报活动与身份认同》，《阜阳师范学院学报》（社会科学版）2012 年第 2 期。

③ 章锡琛：《漫谈商务印书馆》，载蔡元培、蒋维乔、庄俞等《商务印书馆九十年（1897—1987）》，商务印书馆 1987 年版。

④ 《妇女杂志大改良广告》，《妇女杂志》1915 年第 12 期。

⑤ 张朋：《从兴女权到改良家庭——清末民初女报人胡彬夏办报活动与身份认同》，《阜阳师范学院学报》（社会科学版）2012 年第 2 期。

⑥ 陈东原：《中国妇女生活史》，商务印书馆 2015 年版，第 248 页。

不同，从女性自身出发，摒弃女性的依附身份，强调女性的独立和解放。胡彬夏上任后，便于第二卷第一号，发表《二十世纪之新女子》，其在美国所结识的三位夫人乃理想中的新女性，她在文章中赞美三位夫人"皆学问高深……皆圆通广达，无所不能……或服务于社会，或尽瘁于家室"，"志愿皆在于致用，为家庭或社会，有所兴作是也"①。可见，胡彬夏所认同的新女性不仅要学问高深，还要为家庭、社会尽自己的职责。

中国的女性"但具慈母之天性，而无教育之能力故也，此在美国为仅有千百家庭之中不得一见者也"②，而美国女性，"无所不能，烹饪也，裁缝也，治家教子也，应酬交际也，著书立说也，集会演讲也。一人而数兼之矣……其由来也渐矣，自幼至长，默修潜养，积聚以成，非一朝一夕所能骤致"③。胡彬夏借两国女性之对比，强调女性接受教育、培养良好习性的重要性，为此，胡彬夏于《妇女杂志》学艺门中，"渐添置天文、地质、森林、矿物、铁路、财政、政治、法律、教育、心理、哲学、文学等科，又新设中外大事记一门"④，拓宽女性学习路径。同时，胡彬夏强调女性教育的重要性，"有教育者有能力，无教育者无能力，其教育愈高，其能力愈大，此非彬夏所臆造，其明鉴即在欧美，愿国人亟图之"⑤，"处理家庭之妇女，最需高等教育"⑥。胡彬夏认为，"二十世纪之新女子，其教育亦必先博后专，夫而后，其学问愈高深，而愈能自谦逊，愈求圆通广达、无所不能，愈欲益世助人，操练其智能"⑦。女性接受教育后，见识增长、眼界拓宽，个人素养迅速提升，继而执掌家庭、服务社会，教育是女性成为"贤妻良母"的基础之基础。

胡彬夏处处以美国家庭为榜样，于《妇女杂志》第二卷第二号《美国家庭》中，比较美国家庭与我国家庭的不同之处。在阐述美国家庭时，

---

① 胡彬夏：《二十世纪之新女子》，《妇女杂志》1916 年第 2 卷第 1 期。
② 胡彬夏：《美国家庭》，《妇女杂志》1916 年第 2 卷第 2 期。
③ 胡彬夏：《二十世纪之新女子》，《妇女杂志》1916 年第 2 卷第 1 期。
④ 胡彬夏：《二十世纪之新女子》，《妇女杂志》1916 年第 2 卷第 1 期。
⑤ 胡彬夏：《基础之基础》，《妇女杂志》1916 年第 2 卷第 8 期。
⑥ 胡彬夏：《二十世纪之新女子》，《妇女杂志》1916 年第 2 卷第 1 期。
⑦ 胡彬夏：《二十世纪之新女子》，《妇女杂志》1916 年第 2 卷第 1 期。

"先述家庭之于主翁，如安乡乐土，次说家庭为子女之健全境地，次言家庭为社会分劳，并为其代表，终论家庭即主妇、主妇即家庭之理由"。反之，我国四种家庭，"其一为最老最大最为整顿之家庭……吾国又有一种家庭，其主要人物为一富贵尊荣之男子……吾国第三类家庭，为一孩儿世界……吾国更有一种家庭，其主妇病弱无能，偷安乐逸"①，女性皆沉溺于"男主外、女主内"式的守旧家庭模式中。针对我国家庭的现状，胡彬夏提出"改良家庭"论，女子应当"视其家庭之污秽，如其自身之污秽；视其家庭之整洁，为其自身之整洁；视其家庭之康乐，为其自身之康乐；视其家庭之贫弱，为其自身之贫弱"，"改良家庭，当为吾妇女今后五十年内最要之职务，而改良家庭，以清洁家庭为始"，"家庭之清洁，能使吾人习惯于清洁；家庭之污秽，能使吾人习惯于污秽。习惯于清洁者，其街道亦清洁；习惯于污秽者，其街道亦污秽"。此外，胡彬夏还认为，家庭建设是国家建设的"基础之基础"，"以彬夏一女子之自力，瞩建国之妙计，以为基础之下尚有其基础，地方自治为建国之基础，而在其基础之基础，非地方自治而为家庭"，因此，"改良家庭，即所以整顿社会。不特此也，亦所以雪国耻、扬国光，出吾民于泥涂之中，登诸于九霄之上也，从此青云白日，不再污染尘滓"。②

　　胡彬夏所提"改良家庭"论，与传统贤妻良母相比，已有巨大进步，"改良家庭"的过程，也是重建女性社会地位的过程。女性和家庭融为一体，家庭是女性获得独立自主身份的象征，"主妇者，家庭之公仆也，而家庭又为其自身之转化"③。《妇女杂志》第二卷第五号《家常宴会》中，胡彬夏叙述自己在除夕夜举办家庭宴会的整个过程，"莫不深思预谋，先筹划于脑中"④。在宴请宾客、整理席面、拟定菜单、使用仆役、调节宴会氛围等方面，详尽展现了女性家庭生活图景，对家庭主妇治家理政具有借鉴意义，"可作与女界商榷之材料也"⑤。既服务于家庭，又有利于社

①　胡彬夏：《美国家庭》，《妇女杂志》1916 年第 2 卷第 2 期。
②　胡彬夏：《何者为吾妇女今后五十年内之职务》，《妇女杂志》1916 第 2 卷第 6 期。
③　胡彬夏：《何者为吾妇女今后五十年内之职务》，《妇女杂志》1916 第 2 卷第 6 期。
④　胡彬夏：《家常宴会》，《妇女杂志》1916 年第 2 卷第 5 期。
⑤　胡彬夏：《家常宴会》，《妇女杂志》1916 年第 2 卷第 5 期。

会的家庭"贤妻良母"，越来越被具有初步觉醒意识的女性所接受。

三　关注家庭教育和儿童教育

自幼接受良好教育的胡彬夏，深知教育对于立人、兴国的重要性，在美国时，也曾撰文《美国胡桃山女塾之校长》，阐明教育对于国家发展进步的必要性："日本崛起，亦重女学，为时亦仅三十余年耳。其程度虽在美国人之下，而在西班牙等国之上矣。由是以说，女子之失学，非独我国也，限于时日，无论若何，振兴若何，发达仍不出幼稚时代。全球万国，谁将有最盛之女学，尚不可知；谁将有最盛之女学，而其女学又为最高最大，则更不可知。我国女学之兴，始自三代。其时，欧美诸国尚为不开化之野蛮，安知所谓女子教育者。我国今日之女学，已从事五六年，若务求实际，并重体德智育，必不为人后。复以道德为教育之中心点，则后此女学之盛，安知不为全球之冠耶？我有四千余年之文化，他国无之，我有二百余兆之人数，他国无之，不鸣则已，鸣则惊人，非记者之夸言，乃记者之愿望也。"①

要想实现教育救国，必须从学前教育着手。为此，胡彬夏借《妇女杂志》这个受众广泛的媒介，强调儿童接受学前教育的重要性，认为"幼稚教育为教育之基础"②。胡彬夏在《妇女杂志》第二卷第三、四号，发表《蒙得梭利教育法》，推崇意大利教育家蒙得梭利的儿童教育法。"蒙得梭利欲于两三岁至七八岁之间，即知识初开活泼好动之际，助孩儿操练其肌肉，使成有秩序的操作行动，并欲助孩儿运用其脑筋，使有能辨别的心思观念。"③蒙得梭利认为在教育儿童的过程中，教师要态度端正、以身作则，"凡为蒙得梭利教师者，除耐苦、慎察、审视如科学家外，亦必乐知人情，重视人类，视小孩如成人，似吾友与其邻母之为人焉"④。在释放儿童天性的同时，要注重价值观的引导。"教师之职务，在

---

① 胡彬夏：《美国胡桃山女塾之校长》，《留美学生年报》1911 年第 1 期。
② 佚名：《会务录要·幼稚教育研究会开会纪事》，《江苏省教育会月报》1919 年第 9 期。
③ 胡彬夏：《蒙得梭利教育法》，《妇女杂志》1916 年第 2 卷第 3 期。
④ 胡彬夏：《蒙得梭利教育法（续）》，《妇女杂志》1916 年第 2 卷第 4 期。

慎察审视儿童之举动，不可抑遏其善者，而必厌恶其不善者。"① "在蒙得梭利学校之儿童，举动必甚自由，一也。蒙得梭利极注重养成独立自主之能力，二也。"② "在蒙得梭利学校之儿童，心思言行，完全自由……儿童之自由范围广矣，除侵害公众安乐，及丑陋卑恶之行为，须禁止外，余悉听其便。教师且须正心诚意，在旁观察之也。"③ 考虑到"蒙得梭利教育法"的理论性质，读者可能"闻其理论，于此犹杳渺无把握"④，胡彬夏又撰《脑筋与肌肉的教育》，对蒙得梭利教育法进行通俗的解释，并用插图辅助理解。胡彬夏认为若能学习运用蒙氏教育法，对我国近代学前教育的发展必然大有裨益。⑤

胡彬夏任《妇女杂志》主编时期的思想延续了留美期间对于女性问题的认知倾向，从兴女权到主张"贤妻良母"，从留学日、美到回国担任杂志主编，胡彬夏思想的巨大变化主要受其留学经历和所处时代的双重影响。留日期间，面对国内的动荡飘摇，受西方天赋人权思想影响的胡彬夏便已主张兴女学、复女权，谋求男女平等的社会身份，并通过共爱会与留日中国学生参与爱国救国运动，其《祝共爱会之前途》《论中国之衰弱女子不得辞其罪》语言慷慨激昂、情绪偾张浓厚，"女国民"的身份让胡彬夏为妇女解放运动摇旗呐喊。目睹美国近代家庭女性的新生活方式，对比国内家庭的落后迂腐，胡彬夏以其"女报人"身份，将所学所思倾注于《妇女杂志》中，力图让每一位家庭女性参与社会、国家的建设。其《二十世纪之新女子》《美国家庭》《何者为吾妇女今后五十年内之职务》，行文温文雅致，语言翔实细腻，极具教育性和启迪性。胡彬夏所提"贤妻良母主义"调和了女性启蒙与民族国家之间的固有矛盾，期望女性摆脱"分利者"的身份牢笼，以"贤妻良母"的身份获得自我及社会认同。

戈公振在《中国报学史》中指出，"女子之服务于报界，我国以裘毓

---

① 胡彬夏：《蒙得梭利教育法（续）》，《妇女杂志》1916 年第 2 卷第 4 期。

② 胡彬夏：《蒙得梭利教育法（续）》，《妇女杂志》1916 年第 2 卷第 4 期。

③ 胡彬夏：《蒙得梭利教育法（续）》，《妇女杂志》1916 年第 2 卷第 4 期。

④ 胡彬夏：《脑筋与肌肉的教育》，《妇女杂志》1916 第 2 卷第 11 期。

⑤ 于书娟、陈春如：《鲜为人知的学前教育先驱——胡彬夏》，《教育评论》2017 年第 2 期。

芳为最早，次之，则为陈撷芬和胡彬夏"①。胡彬夏作为影响广泛的报界女杰，却鲜少被人提及，其"重视女性和儿童教育""贤妻良母""改良家庭"论调也对《妇女杂志》的后续发展带来深远影响。离开《妇女杂志》后，胡彬夏仍活跃在教育界和妇女界：1917 年成立"中华职业教育社"并编辑《留学生季报》；1918 年在上海首创幼儿教育研究会；1920年创办上海妇女会，以研究家庭问题为主；1921 年任中华基督教女青年会第一任会长；1922 年组织发起上海女权运动同盟会。可以说终其一生，胡彬夏都在为妇女的命运和出路摇旗呐喊，《妇女杂志》在胡彬夏主编期间建立了社会文化影响力，其开阔的视野、温和改良的主张、广泛征集聚拢女性作者的努力，都给当时的女性以有力的启蒙。她所倡导的新世纪女性应有的品格，强调女性在国家社会改造中所扮演的重要角色，对女性本身是一种极大的鼓舞。她以丰富的人生阅历担任老牌出版社女性期刊掌门人，这既是对她的肯定，也是对女性媒介人的肯定，女性逐渐走入由男性主导的舆论文化场，这种影响是不可估量的。

第四节　"才媛"的发声地：高剑华与《眉语》

高剑华出生于 1890 年前后，②浙江杭州人，号俪华馆主，其父高保微，曾任奎光阁典籍，"其伯高保康曾任乌程县教谕"③。"高氏一门，商才辈出，其家产之富，在杭州有'高半城'之誉。"④正是对高氏家族商业基因的继承，高剑华抓住了小说创作的市场机遇，叱咤女性小说市场。

一　才媛初长成

高剑华的生平，多记录于其和丈夫许啸天于 1914 年创办的《眉语》

---

① 戈公振：《中国报学史》，生活·读书·新知三联书店 1955 年版，第 130 页。
② 马勤勤：《隐蔽的风景：清末民初女性小说创作研究》，南开大学出版社 2016 年版，第219 页。
③ 马勤勤：《隐蔽的风景：清末民初女性小说创作研究》，南开大学出版社 2016 年版，第214 页。
④ 马勤勤：《隐蔽的风景：清末民初女性小说创作研究》，南开大学出版社 2016 年版，第218 页。

中，从《俪华馆游记》可以得知，高剑华父亲早亡，母亲为维持生计，到宁波某女子小学任教，高剑华随之助教，"未入京时，先随母至甬郡，盖自先君去世，家业凋零，寡母弱弟，度日维艰，故不得不各谋生计，互相辅助，是行也，余母以受女子学校之聘，余亦于是中助教"[①]。可见，高剑华在入京读书前，就已具备一定的学识素养。

1910 年，高剑华就读于杭州女子师范学校，"庚戌之夏，余以暑假归，盖余于春间就读于杭州女子师范学校"。但常常感慨于杭州教学的不足之处，"余生长杭城，于杭校侦访殆遍，终以科学不完全，教授法不良为憾。终尔时不量，自期甚深。谓吾辈以有用之材，受此无谓之教育，不无可惜"。暑假归家时，无意在报纸上发现京华女子师范学堂的招考广告："一日，见案头报纸，其封面有京华女子师范学堂招考告白，乃思北京为全国中枢，告白中亦有为全国表率云云，其必一完全无缺之学校也无疑。此时思慕之心顿起……"高剑华与母亲商量离家求学一事，却遭到拒绝："汝以一荏弱女儿，跋涉数千里外，无亲友足为汝助，其冒险固不待言。脱汝有不幸者，吾何以对汝死父于地下。"后在嫂子的劝说下，母亲同意高剑华外出读书："惟余嫂性至慧，善体人意，平时得姑嫜欢，与相处尤亲爱，每有事相助无难色，姊妹不啻也。至是，遂不惜其悬河之口，掉莲花之舌，进说余母及余兄前。且历言旅学之益，指其弱妹以为证。其妹固肄业于北洋者。余母闻言意动，即允余行矣。"同年次日，高剑华启程入京，经过考试成为京华女子师范学堂学生，"幸而录取，从此吾乃为京师女子师范学校之学生矣"。[②]

1912 年，高剑华由京返杭，与许啸天结婚。[③] 他们的婚后生活，十分恩爱，高剑华在《俪华馆游记·越中风土记》中说道，"今日作征妇，嫁得夫婿是文人，天涯橐笔，形影相随"[④]。许啸天也在《新情书（十首）》

① 高剑华：《俪华馆游记（三）甬上风土记》，《眉语》1914 年 11 月第 1 卷第 2 号。
② 高剑华：《俪华馆游记（一）北京游学记》，《眉语》1914 年 11 月第 1 卷第 1 号。
③ 马勤勤：《隐蔽的风景：清末民初女性小说创作研究》，南开大学出版社 2016 年版，第 219 页。
④ 高剑华：《俪华馆游记·越中风土记》，《眉语》1915 年 1 月第 1 卷第 4 号。

中提到，"相爱不可谓不深"①。1914 年，高氏夫妇创办《眉语》杂志，发行两年；1917 年，高剑华又创办了模仿《眉语》的刊物《闺声》，但仅出一期，仅有两篇白话章回小说《帘影钗光录》和《箫声蝶影录》；1919 年，出版《治家全书》，分图像、传记、诗文、婚姻、交际、家政、医药、妊娠、育儿、烹调、工艺、美术、园艺、蓄养、法律、游戏，共十六篇；1936 年，高剑华主编《红袖添香室丛书》，共计六册；此外，高剑华还编过多部唐人诗选，如《李太白诗选》《杜工部诗选》《白香山诗选》《韩昌黎诗选》《李义山诗选》（上海群学社，1930—1932 年），并以白话做注；与许啸天合编《畜植与生产》《交际与娱乐》《医药与卫生》《修养与法律》《性爱与结婚》《家计与簿记》（上海明华书局，1936年），主持现代百科家庭生活丛书的出版工作。1948 年，许啸天遭遇车祸身亡，高剑华据说曾在上海妇联工作，卒年不详。

二　倡导消闲娱乐的妇女文学

1898 年在上海兴起了一股小报热，李伯元、吴趼人作为文艺小报主笔活跃于报界，李伯元创办的《游戏报》、吴趼人主笔的《消闲报》《采风报》大获成功，在报刊上连载小说成为文化市场的一种营销手段，由此形成了文学消费市场。自 1898 年起，报刊上连载长篇小说渐成风气。1914 年 11 月，高剑华与丈夫许啸天共同创办《眉语》杂志。《眉语》荟萃了一群女性作家，她们分别是马嗣梅、梁桂珠、梁桂琴、顾纫茝、柳佩瑜、许毓华、孙清未、姚淑孟、谢幼楹。"从这个意义上说，《眉语》开辟了女性独立创作小说的时代。"②在《眉语》1914 年第一卷第一号刊登了办刊宣言：

> 花前扑蝶宜于春；槛畔招凉宜于夏；倚帷望月宜于秋；围炉品茗宜于冬。璇闺姐妹以职业之暇，聚钗光鬓影能及时行乐者，亦解

---

① 许啸天：《新情书（十首）》，《眉语》1915 年 2 月第 1 卷第 4 号。
② 沈燕：《20 世纪初女性小说杂志〈眉语〉及其女性小说作者》，《德州学院学报》2004年第 3 期。

人也。然而踏青纳凉赏月话雪，寂寂相对，是亦不可以无伴。本社
乃集多数才媛，辑此杂志，而以许啸天夫人高剑华女士主笔政。锦
心绣口，句香意雅，虽曰游戏文章、荒唐演述，然谲谏微讽，潜移
默化于消闲之余，亦未始无感化之功也，每当月子弯时，是本杂志
诞生之期，爰名之曰《眉语》，亦雅人韵士花前月下之良伴也。质之
囚鸾凤之可怜虫，以谓何如？质诸莺嗔燕咤之女志士，又以谓何如？
尚祈明眼人有以教之，幸甚幸甚！此布。

　　由此可见，《眉语》系女性消闲娱乐的杂志，高剑华的编辑策略，则
是女作家的身体写作标签，颇为类似当代曾红极一时的"美女写作"。
《眉语》第一号至第三号分别刊登了十位女作家的照片，并在"《申报》
上打出的广告屡次特意标明'闺秀之说部月刊'（《申报》1914 年 11 月
15 日）、'闺秀之作'（《申报》1914 年 12 月 15 日）、'闺阁著作之说部'
（《申报》1915 年 2 月 18 日）"①。以女性作家和"闺秀说部"为《眉语》
的卖点。《眉语》创刊时就在《申报》上打广告："'第一号出版不到 20
天就再版重印'（《申报》1914 年 12 月 5 日）；第三号销到了五千多份
（《眉语》第三号'快到眉语上来登告白'）；'本杂志发行仅两月，而销
售已万册'（《申报》1915 年 1 月 17 日）；'本杂志自第一号起，已一律
重印万册，免致有售缺不齐之虑'（《申报》1915 年 6 月 1 日）；'本杂志
发行已一年，销数达万册'（《申报》1915 年 12 月 14 日）；到《眉语》
第十六号出版时，第一、二号竟然出到了第五版（《申报》1916 年 3 月
22 日）。"②虽然其广告有夸张成分，但并不是完全脱离事实，《眉语》杂
志受到了广泛的欢迎，是非常成功的商业性杂志。在不到两年的时间里，
《眉语》有多期重复再版，"广告费一度飙升至 60 元'天价'"③。鲁迅曾
提到《眉语》杂志："月刊杂志《眉语》出现的时候，是这鸳鸯胡蝶式

---

　　① 广告版，《申报》，1914 年 11 月 15 日、1915 年 2 月 18 日。
　　② 郭浩帆：《民初小说期刊〈眉语〉刊行情况考述——以〈申报〉广告为中心》，《学术
论坛》2015 年第 1 期。
　　③ 马勤勤：《隐蔽的风景：清末民初女性小说创作研究》，南开大学出版社 2016 年版，第
222 页。

文学的极盛时期。后来《眉语》虽遭禁止，势力却并不消退，直待《新青年》盛行起来，这才受了打击。"① 在 1916 年农历四月禁刊后，其影响也一直存在。

高剑华在《眉语》杂志上发表的小说篇目见表 4—1。

表 4—1　　　　高剑华在《眉语》杂志上发表的小说篇目

时间	发表信息	篇名	类型
1914 年 10 月	第 1 卷第 1 号	婉娜小传 （高剑华意译）	白话短篇小说
1915 年 11 月	第 1 卷第 2 号	处士魂	文言短篇小说
1915 年 12 月	第 1 卷第 3 号	春去儿家	白话短篇小说
1915 年 1 月	第 1 卷第 4 号	裸体美人语	文言短篇小说
1915 年 4 月	第 1 卷第 7 号	刘郎胜阮郎	文言短篇小说
1915 年 6 月	第 1 卷第 9 号	绣鞋埋愁录	白话短篇小说
1915 年 7 月	第 1 卷第 10 号	蝶影	白话短篇小说
1915 年 9 月	第 1 卷第 12 号	裙带封诰	白话短篇小说
1915 年 12 月至 1916 年 6 月	第 1 卷第 13—18 号	梅雪争春记	文言长篇小说
1915 年 11 月	第 1 卷第 14 号	卖解女儿	白话短篇小说

三　调和：高剑华小说的风格探析

在高剑华的十部小说作品中，仅有一部长篇，其余皆为短篇，其中三篇为描绘外国风俗人情的小说。高剑华的小说创作，体现出了极为明显的近代女性文学创作的"过渡性"特征，特别是结合《眉语》的办刊宗旨，新与旧的调和色彩更为明确。"民初是女性小说的起步阶段，又是中国小说的转型期。这双重因素使女性小说的艺术探索呈现出一定的无序状态，同时又在无序探索中得到了一些创获。"②

（一）主流话语与传统文化的调和

高剑华在描绘男女爱情的同时，试图塑造符合时代的"新女性"形

---

① 鲁迅：《上海文艺之一瞥》，载《鲁迅全集》（四），人民文学出版社 1973 年版，第 281 页。

② 薛海燕：《近代女性文学研究》，中国社会科学出版社 2004 年版，第 227 页。

象。在《卖解女儿》中，就试图以传奇的写法，塑造陈氏的"女侠"形象。陈氏母女原是靠针黹谋生，怎料庙里的和尚却要强行掳走二人，陈母无奈之下撞墙而亡，陈氏被掳走，豪侠林琼将其救下，二人结为夫妇。林琼犯事被流放，陈氏与女儿靓儿靠卖解为生，遇恶霸殷公子，设计谋从其手下脱身，后又遇殷老爷将二人困住，书吏严碧岩将母女二人解救，靓儿与严碧岩私定终身。

小说描绘了三代人的不同爱情选择，塑造了一代比一代新的女性形象。第一代陈母恪守封建礼教守贞观，"无如众寡不敌，我母亲便一头撞死在墙上"；第二代陈氏嫁与救命恩人，"可是你虽救了我，我已无家可归，如今想来，无可报覆……此后惟有勤谨肃恭为工子执巾侍栉，纵使粉身碎骨，也是甘心情愿"，出现了典型的"以身报恩"的传统婚嫁观；到第三代靓儿的私定终身，"亲父说到，女儿终身大事，原要父母做主的，如今我有一个私愿，不如沿途卖技回南，如果有敌得我过的我便嫁他，不然我情愿老死空闺，再不嫁人了，陈氏夫妇，也没计么说的"①，展现出三代女性的不同风貌。"女性作家从生活出发所塑造的这些社会下层女性形象显得可亲可敬，闪耀着勇敢、智慧和自我牺牲的光辉"②，女性对于自由和爱情的追求逐渐表露出来。

同时，女性豪侠果敢、仗剑江湖的气质进一步凸显，《卖解女儿》中林琼教妻子陈氏学剑，"闲着没有事做，也教陈小姐学剑"；在被流放前嘱托陈氏，今后要教女儿学剑，"倘生女儿，也要一样看待，教他学剑"③。《裙带封诰》的女主人公九儿，也是习得一身武艺，"那九姑娘虽生得同娇花带雨弱柳扶风一般人物，比较起来却是无件不能，什么泅水哩，竞走哩，以及绳悬走壁之类，天天教大武学着，大武也觉得着实好玩，便一件件的跟他学了"④。两部作品中女性尚武形象的塑造，打破了女性的传统"深闺"形象，强化了言情小说中女主人公的地位。

---

① 高剑华：《卖解女儿》，《眉语》1915年第1卷第14号。
② 郭延礼、郭蓁：《中国女性文学研究（1900—1919）》，山东教育出版社2016年版，第135页。
③ 高剑华：《卖解女儿》，《眉语》1915年第1卷第14号。
④ 高剑华：《裙带封诰》，《眉语》1915年第1卷第12号。

　　高剑华所塑造的这类女侠形象，"与近代国族建构中关注尚武精神有关，也与在民族危亡面前担当女国民义务、争做女豪杰、女英雄的政治理想有内在的联系"①。民初，辛亥女杰唐群英组建女子后援会和女子北伐队，与两百多位女战士勠力同心，奋勇征战；在攻打南京时，唐群英化身"双枪女将"，运筹帷幄，精心布局，为南京战役的胜利开启了关键性的一环，推进了辛亥革命的胜利。南社成员柳亚子也为"花木兰"作传，"中国第一女豪杰、女军人家之徽号，乃不得不谨上花木兰"②。女杰、英雄的形象促成了高剑华《眉语》中"女侠"人物的诞生。但是，与国族框架下"女杰"产生的社会肌理不同，《眉语》中的女主人公，大多陷于市井生活的不幸和命运不公中，那种舍生取义、殒身献国的女性并不多见。反而是凭借女侠之名，最终获得婚姻圆满、功业有成的通俗团圆观念占据了上风。王德威在评价《儿女英雄传》中的"侠女十三妹"何玉凤从女侠突然转变为贤妻良母时说："快意恩仇的侠女以及温柔恭顺的贤妻——中国男性文人借想象营造的女性两极……""何玉凤惊人的脱胎换骨，也应重新审察，权且不论她最终服从的道德信条的内容如何。要紧的是，惟有对这一道德信条俯首帖耳者，方能获致英雄真谛。何玉凤必须历经内心煎熬，方才能学习成为真正的英雄。这一修习过程，以及随之而来的思想的彻底的转变，将重复出现在中国现代小说许多女性任务的历险中。"③高剑华的短篇小说《卖解女儿》《裙带封诰》就是这样一类小说，从"女杰"到"女侠"的内涵的滑落，一方面体现了从严肃文学向通俗文学调和的倾向，另一方面也反映了作家高剑华对于女性所应承担的社会功能认知上的偏差。

　　（二）爱情与情色的调和

　　高剑华新旧思想的调和特征，使作品中的主人公既向往着自由的恋爱，又保留着旧式传统思想。《绣鞋埋愁录》的开头，便说道"书生自古多情，多情必有愿，此愿即欲得一美人"，而"我"是一个"虽说世代书

---

　　①　郭延礼、郭蓁：《中国女性文学研究（1900—1919）》，山东教育出版社 2016 年版，第 123 页。

　　②　丁初我主编：《女子世界》（常熟女子世界社编辑）1904 年第 1 期。

　　③　王德威：《被压抑的现代性——晚清小说新论》，北京大学出版社 2005 年版，第 179 页。

香，从不拿这个去沽名钓誉谎骗功名的"，反而重视"工商学、实业论"，新旧思想杂糅于一身。"我"由一只小巧精致的"绣鞋"，进而缘识父亲的学生蘅芬，对其心生爱慕。见不到蘅芬，便把对蘅芬的思念倾注到其绣鞋中，"我便偷空把那只鞋子取出来，权当见他一般，也和他说一回，笑一回，亲密一回"。全文以"绣鞋"为线索，结尾处也提到"我"对"金莲"的情有独钟："跷起那只又尖又软的小脚儿，到整整的封了我一个穿鞋御史呢。"对金莲尤物的把玩喜爱，体现的是传统文人偏狭的"物化"女性倾向，"受鸳鸯蝴蝶派影响的高剑华自然脱离不了消闲娱乐、趋向庸俗的窠臼"①；同时，高剑华的某些作品中带有着明显的"商品化"特征，自然迎合了市民对于通俗文学"俗""艳"的市场需求。

　　女主人公的现实举动与作家给予的爱情圆满结局，更多的带有一种猎奇、窥探写法，情节描摹也往往比较"香艳"，游走在情色边缘，满足普通市民对于言情小说的感官需求。

　　例如，《绣鞋埋愁录》中，"我"因保护心爱之人蘅芬，想要替其顶罪，在囚车中向蘅芬表露心意，作者写道：

　　　　我告看官，自从初见了蘅娘，直到如今，虽说是凄凉困苦、哭哭啼啼，我却得着了美人的真情。一般的也和他亲了几个吻，舐干了他的泪珠儿，也算是人生在世第一件苦中的乐事了，可怜这蘅儿知道我爱他，心中安顿了好些，再加了风尘劳顿，并且两人挤着略觉温暖，便安心乐意的睡着了，看他那张春风和煦的脸上，罩着满脸忧愁，又是可爱，又是伤心，不知不觉滴下泪来，滴在他脸上他并不知道，我暗想这样个女孩儿，倒平白地给人家陷害了，这时天色渐渐转亮了，我只能硬了心肠，将蘅娘轻轻放下，又和他亲了几个吻。②

---

　　①　沈燕：《20世纪初女性小说杂志〈眉语〉及其女性小说作者》，《德州学院学报》2004年第3期。

　　②　高剑华：《绣鞋埋愁录》，《眉语》1915年第1卷第9号。

真凶自首，在"我"和衡芬被释放后，"我"既得美人，又无须受罪，心中自是喜不胜收，在这里，作者又写道：

> 我从此以后便是人世上最得意、最快乐的人了，虽说病着闭上眼睛，便做那安闲美满的梦，张开眼睛便见我那蘅儿又温柔、又美丽，坐在旁边，还时时刻刻问寒嘘暖，知心着意的看护我，我见他这样，真是快乐极了，要和他亲吻，他却扭转头儿不肯，我道咱们同在囚车里的时候，真是忘形了，蘅儿听了，羞脸通红的啐道，那些事还想他呢。①

高剑华的小说作品中，大多突破男女之大防，在行文中不乏男女之间肢体接触或露骨情话的描写。《蝶影》描写巴理士和茉莉重遇时，在去往教堂的路上，"便偷偷的和他亲了几个吻，那部马车在晓色苍茫中向前直奔，车中二人唧唧哝哝正在情话呢"②。《刘郎胜阮郎》中，描绘了斐立对古伦娜的大段告白：

> 吾亲爱之古伦娜，汝于暗中呼我名，我固在是，以我之灵魂躯命悉已受卿驱遣，卿即低声，我固闻之如天召。以我之尘俗，得亲色笑，亦云幸矣，更何复有他念！无如卿之天姿，感人至深，吾之相思，魂梦中久久未能忘却。今以一语问卿，卿其审度而答我，以我之蠢蠢，后此一生，能否为女郎永远之奴隶也？③

《裸体美人语》的女主人公薛眉仙认为"人生贵自由，衣食游息，纯任睹自然可耳"，其父平生同样"学识富硕而终身不入名场……生平以真率教人，毋作伪、毋趋势、毋逐名利"。家庭环境的熏陶，使薛眉仙天性烂漫，远离尘世；表妹霞婧"喜弄脂粉，着红罗衫子，艳腻醉人"，嫁与

---

①　高剑华：《绣鞋埋愁录》，《眉语》1915 年第 1 卷第 9 号。
②　高剑华：《蝶影》，《眉语》1915 年第 1 卷第 10 号。
③　高剑华：《刘郎胜阮郎》，《眉语》1915 年第 1 卷第 7 号。

贵婿，"豪华门第，礼节严谨，而霞妹乃习之一肌一容，都加修饰"，出游时"环珮铿锵，俾仆如云一步一趋，转不得自由……"二人代表着两种截然不同的女性。薛眉仙生性自由、貌美却不加修饰；霞婧艳丽动人，嫁与权贵夫婿后生活更加奢侈，依附于男性，绝无主见可言。霞婧还用繁华生活诱导薛眉仙嫁入怡亲王府，并劝薛眉仙"假颜色于王以固宠"，对此，薛眉仙"大不为然，盖同属同类，义无尊卑。且人之相爱，贵爱于心。苟依爱彼者，蓄于心可也，何必矫为颜色以自堕于娼妓之行……盖依无意于此也"①。可见，薛眉仙鄙弃霞婧的求宠行为，厌恶"男尊女卑"的传统纲常。王府生活颇多限制，最为烦琐乃随侍皇后，陪皇后游园时，得知皇后亦不自由、礼数更繁，"是行守作监都无安适处"。偶然间于丛花中发现一"裸体美人"，薛眉仙称其"一丝不挂、俗不可耐"，而裸体美人却认为：

> 脂粉污人，衣饰拘体，世间万恶莫大于饰，伪君子以伪道德为饰，淫荡儿以衣履为饰，饰则失其本性，重于客气，而机械心盛，返真无日矣，吾悲世人之险诈欺饰也，吾避之唯恐不速，吾居此留吾天然之皎洁，养吾天性之浑朴，无取乎繁文华饰，而吾心神之美趣浓郁，当无上终此者矣。②

在裸体美人的点化下，薛眉仙终于醒悟，装饰使人失去本性，应追求自然之趣，遂随裸体美人归于山林中。

（三）以译代作：中与西的调和

郭延礼在《二十世纪第一个二十年近代女性翻译家群体的脱颖》一文中挖掘了中国第一代女翻译家的产生。20世纪初叶的翻译文学在中国历史舞台上塑造了一批与中国传统伦理相异的鲜活的女性形象。③ 1896年《时务报》刊载的翻译侦探小说打开了中国翻译小说的大门，林纾

---

① 高剑华：《裸体美人语》，《眉语》1915年第1卷第4号。
② 高剑华：《裸体美人语》，《眉语》1915年第1卷第4号。
③ 罗列：《女性形象与女权话语——20世纪初叶中国西方文学女性形象译介研究》，四川辞书出版社2008年版，第21页。

翻译的《巴黎茶花女遗事》开启了 20 世纪翻译文学的序幕，译者是二度创作者，在翻译过程中会根据读者、文化、习惯等需要进行转译和加工，翻译小说成为小说家们进行创作的又一途径。在近代女性文学创作中，与翻译息息相关的是，这一时期出现了"以译代作"的写作现象。"她们对模拟—学习西方小说有一种特别的感情冲动和审美需求。她们大多读过一定数量的西方文学原著。当她们进行创作时，以前读过的西方小说中的故事情节、人物形象，乃至文化背景、环境描写的片段/碎片就进入了她们的思维活动。经过她们的移植、过滤和改造，生成一种新的文本，并表现出本土化的特点和审美情趣。对这类新生成的小说文本，女作者们既不署原著作者的名字，也不注明谁是译者，而直接把它视为自己的小说创作。这种文学现象称为女性小说创作中的'以译代作'。"①

高剑华创作的三部小说《蝶影》《刘郎胜阮郎》《梅雪争春记》就是这方面的代表作。首先小说姓名均为西方姓氏，《蝶影》中的巴理士、茉莉、波拉治，《刘郎胜阮郎》中的古伦娜与斐立、康纳士利，虽然小说名充满了中国文化的诗情画意，演绎的却是西方人物的故事。从文本而言，高剑华热衷"始乱终弃"的中国故事，如《蝶影》中文人巴理士结识卖花姑娘茉莉，心生爱意，茉莉是一个出身传统家庭的天真女孩，卖花时大家说她生得美丽，她却误以为有人恨她，所以嘲笑她。"女郎道：'他们不恨我，为什么我走过人家面前他们都嘲笑我，还听得他们说我长得狠美丽，先生难道我生得美貌了，就算得罪了他们，所以人人都惹得着我。'"② 在出于私心的巴理士的帮助下，茉莉到技术院学习跳舞，后被人称为"巴黎之白牡丹"，但她却被波拉治所吸引，"从此茉莉的脑中便深深的印了波拉治子爵的小影，他想这个人又美貌又聪明，两个眼睛更加电光一般，看他那一声长叹的时候，明明为了自己，也在那里柔肠百结，怎不叫人魂消心醉呢"③。茉莉不顾一切地离开

---

① 郭延礼、郭蓁：《中国女性文学研究（1900—1919）》，山东教育出版社 2016 年版，第 10—11 页。

② 高剑华：《蝶影》，《眉语》1915 年第 1 卷第 10 号。

③ 高剑华：《蝶影》，《眉语》1915 年第 1 卷第 10 号。

巴理士，想要与波拉治共度余生，无奈波拉治是贵族出身，很快就厌倦了茉莉这个乡村女子，抛下茉莉独自离开了。被抛弃的茉莉十分憎恨波拉治："恨不得立刻马上去投河寻个自尽，再不然就披上黑袍子，去做了女冠子，替巴理士念念经，也替自己忏悔忏悔。"① 最终，洗尽铅华的茉莉再次回到巴理士身边。

与传统的男性对女性"始乱终弃"不同，这部小说的女性毫不留情地抛弃了正直的巴理士，似乎上演了女不坏男不爱的戏码。《刘郎胜阮郎》的情节与《蝶影》类似，女主人公古伦娜与工匠斐立相爱，但古伦娜却被康纳士利用花言巧语和金钱蛊惑，古伦娜希望过上富奢生活，"后此一生永永为富家妇，以丈夫之金钱，可易翠钿华服，厕身于交际场中，愉乐可知矣"②，她抛弃了家人和斐立，随康纳士而去，却发现康纳士的富贵生活全靠偷盗得来，她痛苦至极，康纳士也以性命逼迫古伦娜去偷盗，"尔既为吾所得，当听吾令，否则尔亦不得生也，言时出其手枪曰：'去否尔决之'"③，无奈之下，古伦娜只能遵其命令。斐立一直没有放弃寻找古伦娜，他化身为歌人马铁而达再次见到古伦娜。此时古伦娜痛心疾首，向斐立道悔意，"吾事何能告汝，凡诸恶果均我自取，嗟乎，世间安有大度如君者，吾自觉羞惭已极，更有何面目以见君"④。最终斐立帮助古伦娜处理盗窃一事，二人回到乡村。

女主人公自身的懦弱和错误的选择是造成她们爱情悲剧的原因之一，《蝶影》中的茉莉和《刘郎胜阮郎》中的古伦娜本拥有美满的爱情，却受到诱惑离开真心相待之人，企图追求更加理想的生活，茉莉惨遭抛弃，古伦娜被逼为盗，受尽欺凌，最终她们觉悟，回到了爱人身边。茉莉和古伦娜这类女性形象俱是有独立社会身份的女作家的主动性选择，这种无法抗拒诱惑、经历剧烈心理冲突的女性形象在以往的创作中是为人所不齿的，在中国近代文学史中是很独特的。传统的女性形象或是贤妻良母、才女和小家碧玉，而在市民小说中，诞生了一种充满风情的、放纵

---

① 高剑华：《蝶影》，《眉语》1915 年第 1 卷第 10 号。
② 高剑华：《刘郎胜阮郎》，《眉语》1915 年第 1 卷第 7 号。
③ 高剑华：《刘郎胜阮郎》，《眉语》1915 年第 1 卷第 7 号。
④ 高剑华：《刘郎胜阮郎》，《眉语》1915 年第 1 卷第 7 号。

自身欲望的女性，她们在受到情感冲击后，转而放手去追寻新的情感。高剑华通过小说把这类独特女性形象塑造得相对丰满。

《梅雪争春记》是高剑华创作的唯一一部长篇小说（未完结），讲述了以美国为背景的两代人的爱情故事。莲娘与爱唐纳克司自由相爱，私定终生。莲娘的父亲因赌博负债累累，把莲娘输给了商人杜律恩，莲娘与杜律恩成婚后，生下一对女儿，名为梅珠和雪玉。莲娘在游玩时偶遇爱唐，二人旧情复燃。怎料杜律恩发现莲娘与爱唐的私情，多次谋害爱唐，莲娘也郁郁而终。故事戏剧性地继续展开，爱唐的儿子穹恩与梅珠情投意合，偏偏雪玉也爱上穹恩。杜律恩开始疯狂报复穹恩，雪玉成为其帮手。杜律恩和雪玉多次谋害穹恩未果，想出一招李代桃僵之计，她扮成梅珠的模样接近穹恩，后雪玉被识破，穹恩带梅珠逃脱。杜律恩再次展开了对穹恩的侦探和追杀，故事并未结束。

小说的叙述在这里出现了有意味的立场转换，仿佛借由译作带来了批判的立场，既热情赞颂欧洲的女子享自由权，又批评了当代旧中国女性丧失社会地位的状态。

> 梅珠和雪玉已有二十一岁了，却是成人之年。照例做父母到了这时都要交还子女自由权的了。从此无论何事，父母都没有干涉的分儿，只得做个旁听罢了。比不得那个老大糊涂的支那国，凭你做子女的活了一千岁，也还在父母的势力之下。那女子更加可笑，有了父母，还有翁姑，有了翁姑，还有丈夫。嗳，这样看来，竟比世界上的三等奴隶还不如呢，那欧洲女子却是不然的。（第四章）①

小说中虽然雪玉与梅珠相比是反面人物，但面对爱情，她却毫不退让，在明知姐姐梅珠与穹恩相爱的情况下，依旧大胆追爱，对自由恋爱的认识大胆脱俗：

---

① 高剑华：《梅雪争春记》，《眉语》1915 年第 1 卷第 13—18 号。

雪玉道："世间未婚男子如公共品物，既无一定归宿，那里禁得人人爱他？你既说是你的丈夫，你却并无律师证婚，又不得父亲许可。"（第十一章）①

高剑华的作品中，《蝶影》《刘郎胜阮郎》《梅雪争春记》皆为"以译代作"的小说，三部小说都是以外国民俗风貌为背景，主人公也多为外国名字，但在题目和内容上却采用了中国化的叙事风格和模式。这实际上是将中国的故事和所稀释的外国故事的内涵之间形成了文本对立的独特模式，从题目到内容，给读者一种跨越式的体验。关于这一点，不仅在《眉语》中有所体现，早期《妇女杂志》中也有此类风格的作品。"女性小说中'以译代作'的出现，既是中国女性文学在转型的语境中新文体诞生初期的一种文学产物，又是在中西文化交流与碰撞中女性作家积极、主动地学习西方文学的一种书写方式，值得我们关注。"② 特别有意思的是，这种以译代作中，作者高剑华经常以异域议论者身份登场，既传承了通俗小说中常用的"说书人"手法，又巧妙地借此立场发表妇女解放言论，潜移默化启蒙之功彰显。

"民初女性小说的作家阵容和作品数量，直接开启了女性小说创作行为群体性和职业性的先声。"③ 高剑华是晚清至"五四""浮出历史地表"之间过渡时期的女作家，但相较于"五四"以后现代女作家的性别主体意识和自觉的独立书写品格，高剑华这类"浮出"前期的女作家还不具备上述条件，但她作为商业期刊的主创人，游走于市民女性读者和女性知识群体之间，这种"调和"之功不可没。也藉由《眉语》，更多女性发表作品，一起形成了20世纪最初十年的女性写作小高潮。这一时期很多女性作家是在《眉语》及其同类型刊物如《礼拜六》《香艳杂志》《七

---

① 高剑华：《梅雪争春记》，《眉语》1915 年第 1 卷第 13—18 号。

② 郭延礼、郭蓁：《中国女性文学研究（1900—1919）》，山东教育出版社 2016 年版，第 11 页。

③ 薛海燕：《近代女性文学研究》，中国社会科学出版社 2004 年版，第 216 页。

襄》《小说时报》《申报》副刊等发表作品的,① 正是这些商业报刊给女作家们提供了广阔的发表平台和丰厚的稿费，鼓励女作家大胆创作，为女作家走上文坛奠定了基础。

---

① 中国近代女性小说作者有很多高产者，如幻影女士在《礼拜六》发表小说 16 篇、刘韵琴发表 15 篇、吕韵清发表 14 篇、毛秀英发表 13 篇、黄静英发表 9 篇。载鲁毅、薛海燕主编《中国近代女性文学大系·小说卷》，齐鲁书社 2021 年版。注：是笔者所做数量统计，并非原文。

第 五 章

文本的声音：女权小说的自我表征

　　尽管文化身份理论更多被认为是一种后殖民主义理论或者跨文化研究方法，但理论的出现总是伴随着其在历史上多种时期现象表征的一致性。英国伯明翰学派著名学者乔治·拉伦（Jorge Larrain）认为："无论侵略、殖民还是其他派生的交往形式，只要不同文化的碰撞中存在着冲突和不对称，文化身份的问题就会出现。"① "在相对独立、繁荣和稳定的环境里，通常不会产生文化身份的问题。身份要成为问题，需要有个动荡和危机的时期，既有的方式受到威胁。这种动荡和危机的产生源于其他文化的形成，或与其他文化有关时，更加如此。"② 中国并非第一次面对全球化趋势加剧而试图建构自身文化身份，当我们将目光遥放至一百五十余年之前，当晚清庞大的封建帝国面对列强的瓜分之时，众多知识分子也是站在中西文化两端，试图在古今存变、保种图强的立场上进行一场民族意义上的文化自强。从这个意义层面而言，身份，不仅带有固定化自我认知和社会评价，更是一个动态的具有主观能动性的"认同"过程。当众多知识分子在古今、中西的历史维度上进行文化身份的上下求索时，同一时间段的女性则面临了更多的问题。在男性启蒙下，她们已经觉醒并试图冲破历史因袭的樊篱，在社会上大有作为，而这一过程则历经了多次倒退。近代第一批精英女知识分子的历史出场就这样既肩

---

① ［英］乔治·拉伦：《意识形态与文化身份：现代性和第三世界的在场》，戴从容译，上海教育出版社2005年版，第194页。

② ［英］乔治·拉伦：《意识形态与文化身份：现代性和第三世界的在场》，戴从容译，上海教育出版社2005年版，第194—195页。

负着历史变革中的重担、不可避免地成为历史中的"中间物"。

　　"梁启超意识到文学的价值和意义，希冀以文学实现新国救民之理想。"① 从 1902 年梁启超创办《新小说》提出"小说界革命"开始，小说逐步从文学的边缘提升至中心地位，特别是小说被赋予了重要的社会改革价值，梁启超在《论小说与群治之关系》一文中提出："欲新一国之民，不可不先新一国之小说。……何以故？小说有不可思议之力支配人道故。"② 尽管晚清时期的"小说界革命"并未充分奠定小说的地位，但"同特定历史阶段社会政治、文化、教育、传播等领域发生的种种变革"，特别是民初"政体变化带来相对宽松的社会环境，文化意识形态趋于包容，加之商业资本的推动，促使小说界革命的后续社会效应得到显现，小说禁忌的'闸门'终被开启"。③ 在维新话语体系的"强种保国"④ 引起女性解放运动的初殇之后，对于近代中国女性解放运动起到巨大推动作用的就是"女权"⑤ 观念的翻译和传播，因此也出现了一批女权小说。

---

　　① 关爱和：《梁启超与文学界革命》，《中国社会科学》2006 年第 5 期。

　　② 梁启超：《论小说与群治之关系》，《饮冰室文集》第 3 册，北京日报出版社 2020 年版，第 105 页。

　　③ 乔以钢、宋声泉：《近代中国小说兴起新论》，《中国社会科学》2015 年第 2 期。

　　④ 1897 年，梁启超在《时务报》发表《论女学》一文，其中提出女学、母教、胎教是与女性解放相关的论述。他指出，女性应接受教育，"使其人而知有万古，有五洲，与夫生人所以相处之道，万国所以强弱之理，则其心也，方忧天下悯众生之不暇，而必无余力以计较于家人妇子事也"。教育不仅可以提高女性自身的学识素养，有助于家庭和睦，还可以进行母教和胎教："孩提之童，母亲于父，其性情嗜好，惟妇人能因势而利导之。以故母教善者，其子之成立也易，不善者，其子之成立也难。""为人母者，通于学本，达于教法，则孩童十岁以前，于一切学问之浅理，与夫立志立身之道，皆可以粗有所知矣。"女性强健体魄也是为了"保种"："令国中妇人一律习体操，以为必如是，然后所生之子，肤革充盈，筋力强壮也。此亦女学堂中一大义也。……故妇学为保种之权舆也。"由此可知，梁启超的女性论都是围绕"强国保种"展开的，其最终目的是通过女性改良自身，生育教养优良儿童，使国家富强："今之前识之士，忧天下者则有三大事：曰保国，曰保种，曰保教。国乌乎保？必使其国强，而后能保也。种乌乎保？必使其种进，而后能保也。"

　　⑤ "女权"一词最早在中国出现，是在 1900 年《清议报》第 38 号登载的《男女交际论》中，其序言中提到"（福泽）先生喜言女权"（参见乔以钢等《中国现代文学文化现象与性别》，南开大学出版社 2012 年版，第 4 页）。同年，"《清议报》第 47 号译介的石川半山的《论女权之渐盛》提到西方各国越来越重视女权，虽然女性还没有参政，不过女性的受教育程度比较高，一些女性走入职场等，并以'女权'一词来概括这些情形"（参见马君武《斯宾塞女权篇》，载莫世祥编《马君武集》，《辛亥革命百年纪念文库》，华中师范大学出版社 2011 年版，第 15 页）。

阿英的《晚清小说史》中提到的有 20 种：如颐琐的《黄绣球》、静观子的《六月霜》、思绮斋的《女子权》《中国新女豪》、王妙如的《女狱花》（又名《红闺泪》《闺阁豪杰谈》）、南武静观自得斋主人的《中国之女铜像》、称天启的《天足引》、陶报癖的《小足捐》、吕侠人的《惨女界》、吕侠的《中国女侦探》、南浦蕙珠女士的《最近女界现形记》等，但大部分作品已经散失，只有《黄绣球》《六月霜》《女子权》《女狱花》《小足捐》还能见到。此外，还有海天独啸子的《女娲石》、蹉跎子的《最新女界鬼蜮记》、绩溪问渔女史的《侠义佳人》、毛乃庸的《中国十二女杰演义》、佚名的《娘子军》等 6 部，以及被阿英列入"种族革命小说"里的《自由结婚》和《东欧女豪杰》等。女权小说文本成为可供解读的巨大弹性空间，王妙如、邵振华，以及大量散见于各种报刊的女性中、短篇创作①的写作者们都用笔墨文章在争女权求平等，并大胆地采用小说文体，亲自署名甚至自登照片昭示女权者身份，因此成为糅合政治、文化等多重文化意蕴的复杂综合体。本章就从多部女权小说出发，剖析过渡时代的小说性别写作状态，以及女作家独特的性别写作立场。

第一节　《女狱花》：中国女权意识复杂化的关键一步

女作家王妙如②的《女狱花》，出版于 1904 年，是一部提倡女权的小说。钱塘俞佩兰序说，王妙如"以咏絮之才，生花之笔，菩萨之心肠，豪杰之手段"创作出《女狱花》，称其"非但思想之新奇，体裁之完备，

---

①　小说领域，经过学者考证的女性写作者有：王妙如、邵振华、黄翠凝、吕逸、幻影女士、黄静英、杨令茀、秀英女士、徐赋灵、曾兰、陈翠娜、刘韵琴（参见郭延礼《20 世纪初中国女性小说家群体论》，《中山大学学报》2011 年第 2 期）；易瑜、林德育、高君珊、伍孟纯、伍季真（参见杜若松《近代女性期刊性别叙事研究》，中国社会科学出版社 2016 年版，第 227—228 页）；汪艺馨、汪芸馨、汪桂馨、敏娴、华壁、若芸（参见薛海燕《近代女性文学研究》，中国社会科学出版社 2004 年版，第 213 页）。此外还有大量女性写作者，因为缺乏考证依据而湮没于史料。

②　王妙如（1878—1904），23 岁时与罗景仁结婚，婚后不到四年便去世，著有《小桃源》传奇、《女狱花》小说、唱和集诗词，罗景仁将其得意之作《女狱花》自费出版，并在每一章节后添加评语。

且殷殷提倡女界革命之事，先从破坏后归建立。呜呼，沧海中之慈航耶，地狱中之明灯耶，吾愿同胞姊妹香花迎奉之"①。王妙如则自叙创作动机为："近日女界黑暗已至极点，自恨弱躯多病，不能如我佛释迦亲入地狱，普救众生，只得以秃笔残墨为棒喝之具。"② 在《女狱花》中王妙如塑造了两个女杰：沙雪梅与许平权，通过这两位女性对于革命的认识和实践途径，探索了妇女参与社会革命的策略和方法问题，"虽然革命之事，先从激烈，后归平和……惟此书立意将革命之事，源源本本历道其详"③。

　　沙雪梅幼时习武，自身"艳如桃李，却冷若冰霜，另有一种凛凛气概"。因其出众的拳术，加之早前读书较少，故雪梅"日则教人拳棒，夜则挑灯读书"④。婚后，丈夫则用传统的封建礼教观念约束雪梅："我们诗礼人家，不比寻常小户，做女子的应该坐在深闺刺绣，岂可在外闲走？……你不看见书上说'女子十年不出闺门'与那三从七出的道理么？"雪梅极度厌恶丈夫的说教，在《斯宾塞女权篇》的启迪下，茅塞顿开，想要争取女性的自由权利，这也反映了兴女学对于女性自我觉醒的重要作用，就像叶女士序揭示的那样："盖由女学不兴，女权不振故也"，而女界之衰弱的原因则在于"岂专制之压力至于极点，女界之奴性亦至于极点耶！"⑤ 沙雪梅在西学的启蒙下，自身权利意识得到了初步觉醒："我自从嫁了过来，这个呆物，即叫我涂脂粉，戴耳环，缠小足，我虽未曾依他，也不知闹了多少口舌。近日越发摆出男人架子，连出外走也要他管起来。咳！我想出工钱雇来的下人，一月中也要走出数次，今我连这点儿自由权也没有，真把我当作买来的奴才样呢……我又不是你买来的奴才，一切举动受你压制，亏你说这话时羞也不羞。你说从今以后不

---

　　① 俞佩兰：《女狱花·俞女士序》，《中国近代小说大系》，百花洲文艺出版社 1993 年版，第 705 页。

　　② 王妙如：《女狱花》，《中国近代小说大系》，百花洲文艺出版社 1993 年版，第 710 页。

　　③ 罗景仁：《女狱花·跋》，《中国近代小说大系》，百花洲文艺出版社 1993 年版，第 760 页。

　　④ 王妙如：《女狱花》，《中国近代小说大系》，百花洲文艺出版社 1993 年版，第 710 页。

　　⑤ 叶女士：《女狱花·叶女士序》，《中国近代小说大系》，百花洲文艺出版社 1993 年版，第 703—704 页。

准我再出门，我明天偏偏再出去，看你这么样？"① 雪梅称丈夫这类事事管束女子的男性为"男贼"，在丈夫疑心其不忠之后一气之下打死了丈夫，遂到官府自首入狱。狱中的雪梅听闻女犯们都是因丈夫陷害等原因入狱，为众多女性愤懑不平，女权主张进一步上升到暴力革命。"你不晓的这男人，正是我们千世冤家百世愁，只可以杀，不可以嫁的。"并批判男女地位不平等，"然男人与妻子不对，还可另娶一个，俗名叫做两头大，又可以买妾宿娼，解解忧闷……男贼待我们，何尝有一些配偶之礼，直当我们作宣淫的器具，造子的家伙，不出工钱的管家婆，随意戏弄的顽耍物"，号召女性们杀尽男贼，"我劝众位，同心立誓，从此后，手执钢刀九十九，杀尽男贼方罢手"。

在看尽天下男贼做尽的肮脏事后，雪梅决心组建"革命党"："妹妹想组织一党，将男贼尽行杀死，胯下求降的，叫他服事女人，做些龌龊的事业。国内种种权利，尽归我们女子掌握……我们女子虽皆醉生梦死，住在女狱里二千余年，然其中岂无惊天动地的女豪杰么？你想文章有班婕妤、谢道韫，孝行有缇萦、曹娥，韬略有木兰、梁红玉、唐赛儿，剑侠有红线、聂隐娘、公孙大娘，此外有名豪杰，我也不能尽说。可见我们女子，并非尽染陋习，一无振兴气象。一声革命，恐有如铜山西崩，洛钟东应，罗裙儿为旗，红粉儿为城。顷刻之间，尽是漫天盖地的娘子军了。"② 雪梅即便是生病昏迷中，也大声说道："难道杀了一个男贼，就罢了么？我欲将你们男贼的头，堆成第二个泰山；将你（的）们男贼的血，造成第二条黄河。"③ 雪梅认为唯有率先进行革命，女子才可自由解放，"此刻不要革命，则重重束缚与牛马无异，还成一个人吗？"④ 最终以"女界革命党首领沙雪梅因大事不成，同其友张柳娟等七十余人自焚而死"⑤，宣布失败而告终。

---

① 王妙如：《女狱花》，《中国近代小说大系》，百花洲文艺出版社 1993 年版，第 726 页。
② 王妙如：《女狱花》，《中国近代小说大系》，百花洲文艺出版社 1993 年版，第 740—741 页。
③ 王妙如：《女狱花》，《中国近代小说大系》，百花洲文艺出版社 1993 年版，第 735 页。
④ 王妙如：《女狱花》，《中国近代小说大系》，百花洲文艺出版社 1993 年版，第 750 页。
⑤ 王妙如：《女狱花》，《中国近代小说大系》，百花洲文艺出版社 1993 年版，第 750 页。

　　与沙雪梅的暴力革命形成鲜明对比的是许平权的温和改良主张，尽管两人的目标一致，都要解放女性、恢复女权，但手段与方式却迥然不同。沙雪梅声称要"杀尽男贼方罢手"，许平权则强调"不施教育，决不能革命"，但是，在她心中，显然更加倾向平和、稳健的改革方式，她认为"兴女学"，在思想道德和知识水平上达到和男子相同的程度，才是女性真正获得"平权"的途径："今女子竟能自食其力，若男人犹行野蛮手段，无难与他各分疆域，强权是无处逞的。"①　因此，小说中二人的结局也截然相反——沙雪梅革命失败，最后与党人自焚而死；许平权则东渡日本师范学习，学成归国后，创办了女子学校，在她的努力下，十几年后女界大昌，"女子状态很是文明，与前时大不相同。做男子的，亦大半敬爱女子"②。

　　在许平权身上，王妙如倾注了自己对解放女性、恢复女权等诸问题的看法与理解。王德威对这篇小说的解读，认为王妙如通过不同的女性主义视点，努力建构一个更为复杂的性别概念。比如在对沙雪梅的暴力问题上，王妙如对沙雪梅的做法也给予部分肯定，她说："且革命之事，无不先从猛烈，后归平和，今日时势，正宜赖他一棒一喝的手段，唤醒女子痴梦，将来平和革命，亦很得其利益。"③　听闻沙雪梅革命失败的消息，她又一次感叹道："咳！沙雪梅、张柳娟诸人，虽手段过于激烈，妹妹早逆料其不能成功，但此等人在内地运动运动，亦不可少。今既先后丧亡，恐女界又要黑暗了。"④　"王妙如似乎在问，倘若侠的真谛在于抗争邪恶，匡正不平，那么，为什么勇武的女子不能更进一步，向加诸自己身上的恶性宣战？即使这意味着抛弃男性中心的价值，又有何不可？"⑤作者将两个女革命者——沙雪梅和许平权作为妇女运动的代理人，前者

---

　　①　王妙如：《女狱花》，《中国近代小说大系》，百花洲文艺出版社 1993 年版，第 743、758 页。

　　②　王妙如：《女狱花》，《中国近代小说大系》，百花洲文艺出版社 1993 年版，第 743、758 页。

　　③　王妙如：《女狱花》，《中国近代小说大系》，百花洲文艺出版社 1993 年版，第 750 页。

　　④　王妙如：《女狱花》，《中国近代小说大系》，百花洲文艺出版社 1993 年版，第 750 页。

　　⑤　［美］王德威：《被压抑的现代性——晚清小说新论》，宋伟杰译，北京大学出版社 2005 年版，第 192 页。

更激进，后者则力主性别之间的妥协，"沙雪梅和许平权在寻求新的女性定位时，相互讨论而意见不和，是中国女权意识复杂化的关键一步"①，女权问题的深化和复杂化，也正是通过两种平行的女权者形象的建构得到了更丰富的展现。

"女作家王妙如打算建立一个更复杂的性别认同，她的写作与那些同样也关注女性身体遭遇的男作家不同。虽然她也采用政治小说的类型，这本是男性的特权地带，然而她没有简单地重复男人的语言。她在描述政治小说所强调的一些与民族、国家和革命有关的大事件时，对女性的身体和真实状况常常感到不安。在叙述中，她总是将妇女运动的理由与女性身体所忍受的痛苦联系在一起，揭示缠足和疾病等带给妇女身体的痛苦。她极力反对父权制所界定的'女性气质'，认为这种强加在女性身上的'女性气质'，不仅异化了她们的心灵，而且扭曲了她们的身体。"②

许平权的种种女性理论，都显示出她对女性身体的极大重视。比如，她在对女性未来的设想中，提到女性应该创造出各种避孕之法，避免生育子女的苦痛。这种重视女性身体物质性的一面，把女性看成一个真实的存在，而不只是借用女性身体（国母的概念）来传达更大的国家—民族话语。由此我们可以看到女作家王妙如的女性写作的独特之处：她的女性话语策略是把女性的物质化的身体变成一个可争辩的领域，在这一领域中寻找女性的独立性和主体性。

第二节 《女子权》与《侠义佳人》的乌托邦创作

在对近代女性作者的创作考察中，对于女权小说出现往往与"女国民"③争取独立、权利的运动链接在一起。不过，文学作品的多义性恰恰

---

① ［美］王德威：《被压抑的现代性——晚清小说新论》，宋伟杰译，北京大学出版社 2005 年版，第 192 页。

② ［美］刘剑梅：《革命与情爱——二十世纪中国小说史中的女性身体与主题重述》，上海三联书店 2009 年版，第 295 页。

③ 乔以钢、刘堃：《"女国民"的兴起：近代中国女性主体身份与文学实践》，《南开学报》（哲学社会科学版）2008 年第 4 期。

在于可以从不同的角度进行解读，对于女性在男性启蒙下的争取平权、独立与解放的解读视角往往也因此忽略了女性作者小说中隐秘的创作心理与欲望描述，而这种复杂迂回的表现方式，往往也一同被遮蔽了。弗洛伊德在《梦的解析》中提出一个观点——梦的实质是欲望的满足，他认为"梦不是毫无意义、杂乱无章的乱弹琴，而是完整的精神现象，是心灵的高级错综复杂活动的产物。它们完全可以与清醒状态下的精神活动连接起来"[1]。同时，弗洛伊德又对文学作品的创作目的、实质和心理源做了关于创作与白日梦的关系的对比分析，提出了一种幻想活动。"这种幻想活动其目的是在幻想中实现其未能满足的愿望；这种幻想实现于作家的观念作用的三个阶段（过去、现在和未来）的联络上，作为幻想动力的愿望则贯彻于始终；作家的写作技巧只在于通过转化及其伪装来掩盖自己的自我中心倾向，并提供纯形式的乐趣。"[2]"我们在幻想中创造了一个与未来相联系的场景来表现愿望满足的情况。心理活动如此创造出来的东西叫做白日梦或者是幻想，其根源在于刺激其产生的事件和某段经历的记忆。"[3]纵观女权小说的产生和发展，其文本创作体现了非常明确的白日梦特征，这也被很多研究者认为是近代文学发展过程中很重要的"乌托邦"文学创作。

一　所谓女性白日梦

所谓女性白日梦，可谓女权刚刚萌芽时期的女性心理症候。女性作者借助文字作"梦幻"的书写和发泄，从而来中和现实生活中的压力和自身的焦虑感，从梦中得到喘息的机会，"梦幻"也就成为晚清女性精神世界的"避风港"。在近代女性期刊《妇女杂志》一卷6号到10号，连载了近代湖南女学先锋易瑜的小说《鬌龄梦影》，在给哥哥易顺鼎的家信中，易瑜称："妹近撰有《鬌龄梦影》一编，刊入商务印书馆《妇女杂志》第六、七卷小说栏内。中叙儿时之情事，并述二大人之言行及兄幼

---

①　［奥］弗洛伊德：《梦的解析》，周艳红、胡惠君译，北京理工大学出版社2009年版，第20页。

②　车文博编：《弗洛伊德文集》，长春出版社2004年版，第65页。

③　车文博编：《弗洛伊德文集》，长春出版社2004年版，第65页。

年陷贼事。中多遗忘，文字亦欠典雅，而该馆则颇欢迎，屡促完稿。"①
究其内容，无非是回忆自身青少年时期的求学经历、女性所经历的裹脚
之痛，以及其兄长被太平天国军掳去，后来只身逃跑的传奇旧事。但处
在一个变革的年代，作为近代名人"诗歌王子"易顺鼎的家族成员备受
瞩目。易瑜大兴女学、身先士卒的开郡县兴办女校风气之先，也是近代
著名的女诗人，可以说她本人的社会活动是丰富而繁忙的，文学恰恰给
她提供了这样一个场所，用"梦影"的形式得以休憩，从家庭的和睦、
双亲的慈爱、童年少年的无忧无虑的闺中生活中得到慰藉的力量。而变
乱的年代、满族的出身与皇朝的湮没、身世的飘零、兄长的处世选
择……这些现实的压力在梦境中得以排遣释放。

　　同时，"梦幻"作为人类普遍的生理与精神现象，某些情况下可以成
为传统女性缓解情欲压抑的渠道。一些传统女性创作，也偶尔会利用
"梦幻"的这种特点，流露出被压抑的情感欲望。② 吕碧城在散文《横滨
梦影录》中，曾记述自己的船舶途经日本横滨时，偶遇一少年接待，此
少年"衣欧式礼服，配金章，缀以红绸小结"，相貌可谓英俊潇洒、"仪
止楚楚"，但因其"倭国"身份，众女宾都对少年有所回避，吕碧城却在
其"此别未必重逢，请一握为幸"的恳请下，与之握手，"赛德尔女士睨
余辗然，余亦匿笑，遂踉跄出"。赛德尔女士的笑与吕碧城的"匿笑"均
表达了女性之间的一种"默契"和对于敏感女性感情心理的把握。不久，
吕碧城居然梦到少年寄来一巨箱文具、颜料等物，遭到了母亲的呵斥
"滥交若此"，并且"一一掷之于地"。吕碧城"格格莫致一词"，"窘迫"
间，才觉南柯一梦，后听闻横滨大地震，想必少年已经遇难。早已"渐
忘此人"的吕碧城心中对少年仍然留下了好感，潜意识间异性的暧昧情
愫借由梦境得到倾诉，虽然吕碧城后来文章解释为"佛法"，但其词作
《浣溪沙》表达了真实的情感："残雪皑皑晓日红，寒山颜色旧时同。断

---

　　① 初国卿：《中国近现代女性期刊述略》，《中国近现代女性期刊汇编》（一），线装书局
2006年版，第1页。

　　② 李萱：《现代中国女性小说的梦幻书写》，人民出版社2016年版，第45页。

魂何处问飞蓬。地转天旋千万劫，人间只此一回逢。当时何似莫匆匆。"①

　　以上可以理解为"白日梦"狭义的梦境解读，而宽泛来说，白日梦更多体现在女性对于仅在文字中才能得偿所愿、一蹴而就的社会身份实现上。从心理学角度来说，身份认同表示了一个丰富的语义系统，拉普朗什和彭大利斯就认为"视为整体的身份认同绝非一个有机统一的体系，与超自我的中介共存的需求是变化纷繁的，有矛盾冲突，又无序混乱的一样，理想的自我身份认同是由身份认同和并不一定和谐的文化理想组成"②。"女权"伴随着"天赋人权"的西方话语进入中国，其经过维新派的功利性改造，把女性改造作为社会改造的基础，这种文化理想必然通过一系列女性故事加以具化。这就是女性乌托邦小说的心理基础。

二　"未来完成式"与"过去未来时"

　　《女子权》是思绮斋（1907 年）所著的长篇女权小说，极具乌托邦③幻想色彩，作者开篇即指出创作目的为"深慨中国二百兆妇女久屈于男子专制之下，极盼望他能自振拔，渐渐的脱了男子羁勒，进于自由地步。纵明知这事难于登天，不能于吾身亲见，然奢望所存，姑设一理想的境界，以为我国二百兆女同胞导其先路，也未始不是小说家应尽的义务"④。

----

①　吕碧城：《横滨梦影录》，载吕碧城著，李保民校笺《吕碧城集》，上海古籍出版社 2015 年版，第 457 页。

②　［英］斯图亚特·霍尔、保罗·杜盖伊：《文化身份问题研究》，庞璃译，河南大学出版社 2010 年版，第 4 页。

③　"乌托邦"（Utopia）源于希腊文，意为"乌有之乡"，16 世纪英国空想社会主义奠基人托马斯·莫尔出版了《关于最完美的国家制度和乌托邦新岛的既有益又有趣的金书》，简称《乌托邦》。该书描绘了在一个叫作"乌托邦"的岛上，人们过着没有剥削压迫、人人自由平等的理想生活，后来，"乌托邦"一词成为"空想"的同义语，《乌托邦》是欧洲第一部空想社会主义的著作。"乌托邦"概念自 19 世纪末传入中国。最早译入中国的乌托邦小说是美国作家爱德华·贝拉米在 1888 年出版的《回顾》（*Looking Backward*）。1891 年，英国在华传教士李提摩太将《回顾》引入中国，1891 年 12 月至 1892 年 4 月在《万国公报》初刊，名为《回头看纪略》；1894 年上海广学会出版节译本，更名为《百年一觉》；1898 年《中国官音白话报》刊出，名为《百年一觉》；1904 年《绣像小说》刊出，名为《回头看》；1905 年，商务印书馆《说部丛书》出版此书。乌托邦小说不断地刊载和出版，可以看出其对这一时期文化界的巨大影响。

④　思绮斋：《女子权》，《中国近代小说大系》，百花洲文艺出版社 1993 年版。

作者采用了叙述"未来式"① 的写作方法，将时间跳转至 1940 年："话说中国当西历一千九百四十年间，朝廷早已实行立宪，一般也入了万国同盟会，所有主权国体也极其完全。"② 王德威谈到梁启超《新中国未来记》的一个叙事特征是"未来完成式叙述"，"这种叙述方式让作者不去处理未来将可能会发生的事，而直接假设未来已经发生了的事"③，《女子权》就是这样假设中国已经越过了受帝国主义侵略的殖民地历史，此时中国已经实行立宪，各州自治，百姓安居乐业，大力发展教育，女性无缠足、无买卖奴婢，但言论、出版、信仰、婚姻自由的权利，女性仍未获得。在这样的一个由性别造成权利差异的社会背景下，作者塑造出了复女权的女界第一人——女主人公"贞娘"，描绘了贞娘通过办报刊、办女工艺厂、演讲、做女翻译等一系列的努力，最终实现女性的自由和解放。但吊诡的是，女权的实现多为依靠贵人相助和皇后玉成，一切都显得顺理成章，缺乏真实性，与现实脱轨，极具乌托邦白日梦色彩。白露在《中国女性主义思想史中的妇女问题》中认为，在中国女性主义妇女史中，还有"过去未来时"这样一种语态，"过去未来时是一种词语结构，用来强调被包含在现在时刻（或过去中的现在时刻）那个隐蔽的或预期的未来。过去未来时在女性主义思想史中极为有用的一个原因，就是在于他表现了过去的异质性"④。在《女子权》中，乌托邦的幻想成分使中国社会制度发生变革，为妇女解放和小说主人公的行为提供了合理性的背景，但是整体叙述的时态，又体现着"过去未来时"，即使在中国立宪的未来，女性的各项社会文化权利仍然是缺失的。

贞娘自幼入女学堂学习，不仅在学业上颇有造诣，还十分擅长体育，可谓文武皆通型女才，中学毕业后，获得了到北京高等女学堂学习的资

---

① 刘钊：《清末小说女性形象的社会性别意识与乌托邦想象——以〈女子世界〉小说创作为例》，《南开学报》（哲学社会科学版）2012 年第 6 期。

② 思绮斋：《女子权》，《中国近代小说大系》，百花洲文艺出版社 1993 年版，第 7 页。

③ ［美］王德威：《被压抑的现代性——晚清小说新论》，宋伟杰译，北京大学出版社 2005 年版，第 344 页。

④ ［美］汤尼·白露：《中国女性主义思想史中的妇女问题》，沈齐齐译，上海人民出版社 2012 年版，第 3 页。

格。其首篇恢复女权的论说，使其一举成名，她创办报馆的过程也异常顺利，很快便筹集到资金，而报馆仅月余便声名大噪："便是《女子国民报》第一天出版的日期。这一日之中，共送阅了报纸三十余万张。不料一礼拜之后，这国民报的名誉居然大噪，远近寄函订购的纷至沓来……又过了月余，这国民报的影响，便渐渐的及于全国社会。各省的女学堂及各种女工厂，竟新增了三千数百所。那女学界中创议恢复女权的，纷纷不绝。此项报纸，每日竟增销至五十余万张……"①

为争取女子自由权，贞娘继而到国外进行演说，各国女留学生也寄来公禀，要求恢复女权。贞娘出国考察国外女工情形，欲设传习所、改良女工，恰巧有热心公益的林寡妇出资赞助，"农工商部大臣以为林寡妇肯捐如此巨款，为此古今未有之义举，实所创见。便奏请破除陈例，特封林寡妇为一品夫人，并赏给御书匾额一方，着直省督抚建坊于女工总传习所门前，以垂不朽"②；贞娘又幸而成为内廷供职的女翻译，为她进行女权运动进一步提供了便利条件，虽年纪最小，但英文最好，又有留洋经历，皇后让其推荐外文报纸，贞娘自然可以借此机会，潜意识地向皇后灌输女权观，"次日，便向《国民报》馆中取了几种纽约寄售的华字报，携进宫中，呈与皇后。那几种华字报，都是以提倡女权为宗旨的。皇后看了，觉得有味，便命贞娘按日呈上。自此女权之说，不觉深入脑筋"③。

小说结尾，女权终于逐步恢复，其原因竟是因为公使夫人没有向皇后行礼，皇后威严受辱，身为女性的皇后没有受到尊重，有损皇家颜面，上下议院遂通过女权暂定章程，"原来上议院中的议员，半是皇亲国戚。这时闻得皇后受了外人侮辱，恐再执前议，于自己有不便了。便有多数人立刻改了方针，拟出几条暂时试办的章程来"④。为表彰贞娘，于纽约为其铸就铜像，代表着新女性的出现和贞娘女权运动的成功。

"晚清乌托邦文学表现为'公理至上'精神和英雄主义的救世情怀的

---

① 思绮斋：《女子权》，《中国近代小说大系》，百花洲文艺出版社 1993 年版，第 27 页。
② 思绮斋：《女子权》，《中国近代小说大系》，百花洲文艺出版社 1993 年版，第 66 页。
③ 思绮斋：《女子权》，《中国近代小说大系》，百花洲文艺出版社 1993 年版，第 69 页。
④ 思绮斋：《女子权》，《中国近代小说大系》，百花洲文艺出版社 1993 年版，第 72 页。

结合，时代呼唤着一种能回狂澜于既倒、扶大厦之将倾的非凡人物。"①
贞娘的出现，恰恰与风雨飘摇的晚清社会相契合。之所以热衷于创作带
有想象和梦幻意义的乌托邦小说，是由于"注定了晚清小说因缺乏生活
素材而几乎不可能以现实为模板进行创作"②，因此，作家们采用乌托邦
式的写作方式，寄寓政治理想，倾诉现实压力，"借助文字作'梦幻'般
的纾解和发泄，'梦幻'也就成为了晚清女性精神世界的'避风港'"③，
其"反映了女权运动在清末由思想文化运动到现实层面推进这一过渡时
期的困境，虽然有对女权简单化的理解、逃避现实的倾向，但确起到了
鼓动民气的作用"④。因此，清末小说中的乌托邦构想的意义不在于其实
现了小说家们的幻想，而是对改变现实起到的一股强大冲击力。"要是没
有关于另外时代的乌托邦，人类将仍然生活在洞穴中，困苦不堪，赤身
露体。正是乌托邦人描摹出了第一个城市的轮廓……从极其丰富的梦想
中形成了有益的现实。乌托邦是所有进步的原则，以及进入美好未来的
尝试。"⑤ 处在分岔路口的近代中国社会，对未来充满着无限期待，人们
希望逃离这个充斥着硝烟、压迫、剥削、歧视的社会，女性面对重重困
境的"黑暗之狱"，"白日梦"似乎就是一剂良药。

但是，我们仍然要警惕在乌托邦无限美好、无限顺畅的"女权之路"
背后的媒介陷阱。当女性沉溺于"白日梦"不可自拔时，或者简单相信
只用一个"女权大旗"，就能解决妇女解放面临的一切问题时，这是阻碍
还是鼓励了女性斗争的勇气呢?

三 反乌托邦的《侠义佳人》

也正是在这个角度上，女性作家邵振华的小说《侠义佳人》更应该
受到重视，《侠义佳人》对女权革命中可能面临的困境进行了较为开阔的

---

① 耿传明：《清末民初"乌托邦"文学综论》，《中国社会科学》2008 年第 4 期。
② 冯鸽：《清末新小说中的"女豪杰"》，《中山大学学报》（社会科学版）2009 年第 2 期。
③ 杜若松：《清末民初女性写作的身份表征探讨》，《首都师范大学学报》（社会科学版）
2018 年第 2 期。
④ 周乐诗：《清末小说中的女权乌托邦》，《社会科学辑刊》2011 年第 1 期。
⑤ 姚建斌：《乌托邦文学论纲》，《文艺理论与批评》2004 年第 2 期。

全景展示，特别是众多参与女权的典型形象，各有不同、异彩纷呈，具备了"反乌托邦"的特质。

作品开篇以山东济南府金村的落后、黑暗的社会生活为切入点，刻画了父母之命的婚姻关系中婆媳、姑嫂间的不和、崇尚"金莲"的社会风气以及村上先生的愚昧无知，女性在面对天足、新服饰、新思想时，表现出的是茫然、拒绝和惶恐的举止和心理。中国女子晓光会会员华涧泉和孟亚卿传输先进思想的激烈演讲也并没有使这些"与世隔绝"的女性发生实质性的改变。

> 再说羊氏出去之后，孟亚卿对王兰道："兰姊，将才他们说的，好笑不好笑？还有那个男人家说的话，更加叫人可笑可鄙。"华涧泉道："你初次出来阅历，所以，视为诧异。我前两次在浙江，遇见的也是愚顽到极处。不过比起今天所遇，似乎好点。"王兰道："浙江到底开通的早，不比我们敝省，真是闭塞极了。"华涧泉道："不必客气，愚暗之人，何省无之？"孟亚卿道："女界这么黑暗，我国怎么能强？男女何能平权？"村上大娘道："你说黑暗么？"亚卿甚是诧异，他这么个粗婆子，倒懂得黑暗。又听他说道："你去看看别家，那才黑暗呢。这屋里，新糊的窗，又是粉莲纸，雪白的照了满屋子里亮，小姐们还嫌黑暗么？"亚卿方知他听错了话，不由的好笑起了。①

作品形象描绘了普通农村女性群体对晓光会宣传女权活动的懵懂，"此时外间已哄传张保家来了洋鬼子，大家都要来见见世面，登时来了什么毛大嫂、毛二嫂，王大娘、王四娘，还有好些老太婆，小闺女，挤了一屋子。然大家究竟有点怕洋鬼子，不敢开口说话，因此屋里人虽多，却没声音"②。晓光会的男女平等、宣传演讲，对普通女性大众而言，是

---

① 问渔女史（邵振华）：《侠义佳人》，《中国近代小说大系》，百花洲文艺出版社1993年版，第560页。
② 问渔女史（邵振华）：《侠义佳人》，《中国近代小说大系》，百花洲文艺出版社1993年版，第119页。

一种身份上的恐惧，这种恐惧甚至和"洋鬼子"画上了等号。"洋鬼子"在这里等同于穿着打扮、言谈举止的"异类"，不单是对华夏与西方的简单比较，更深层次的是一种强大的传统文化心理造成的恐慌。而晓光会成员要面对的也不仅仅是缠足、被压迫的现状，还有迷信"老鼠仙"的强大乡村封建思想和伦理道德体系。小说细致描摹乡村妇女对于新思想的种种插科打诨、谐音错用，极具喜剧效果，反讽色彩也更浓厚。

女作家邵振华的用意不在于具体的某一个英雄人物，这从她的人物塑造中就可以看得出来，全文有名有姓的女性多达五十余人，她从重点女性人物拓展到人物群像，从既有的城市女权运动推移至乡村的女权启蒙，而主体几乎全是女性，这在近代女性文学史上是绝无仅有的。小说以地理位置为线索，将中国南方各地串连起来，以典型的事例和矛盾冲突描摹未拨云见日的整个女性生活状态，采用以小见大的方式放大女性问题，在视野上十分契合近代社会现实生活，将近代城乡女性生活由外到内深刻而细致地展现出来。

"西化的都市比乡村更容易接受男女平等的思想，形成对女性有利的发展环境。"① 与城市社会风气开化相对应的是小城市和乡村的社会生活各方面的落后和保守。以梧城及其乡下桐乡为例：在饮食方面，梧城一带，每家每户都有臭卤甏，食之极易患瘟疫等疾病。剑尘劝乡下妇人不要再吃臭卤，臭卤是腐烂变质的东西，其中的细菌和微生物会随呼吸进入脏腑，进而生发瘟疫，但妇人却不相信并且拒绝剑尘的提议：

> 那妇人道："人死是有数的，臭卤哪会吃死人？生来要死，就是不吃臭卤，也要死。……我不信，这都是医生造的谣言。我们常吃臭卤泡的菜，从没有生过瘟疫。"②

此外，桐乡的妇人们极其迷信风水。她们认为只要给蚕吃足了叶，

---

① 周乐诗：《清末小说和现代女性形象的形成》，《妇女研究论丛》2012 年第 2 期。
② 问渔女史（邵振华）：《侠义佳人》，《中国近代小说大系》，百花洲文艺出版社 1993 年版，第 503 页。

产量的多少全凭运气；芷芬所提养蚕的房子要合适，也被妇人误以为是房子的风水屋运要合适，芷芬遂对妇人们普及科学知识，并由此道出中国衰弱的原因：

> 芷芬道："中国人越过越懒，大家都思想靠人，没有人可靠的，就想靠风水，靠菩萨，靠运气，从不想靠自家的本事，靠自家的智慧，靠自家的志气，所以越过越颓败，人人懒惰起来。"①

迪民见蚕量高产的杭嘉湖三地的人们十分迷信，于是想要办蚕学馆，请居住于梧城的孟澹如进行管理，派教习和学生进行演说，宣传科学的养蚕方法，打破梧城的落后风气。"别的迷信且不管他，这是这养蚕的迷信，我很替他们发愁。照这样下去，怎么不江河日下？"②

桐乡的妇人们还十分相信算命和菩萨，认为其非常灵验，具有预知的能力。义士颜如荣为帮邻居追赶强盗，不幸受伤身亡，剑尘对其称赞："这样义侠的人，真是难得。谁说我们中国无热血勇士，但勇士不出在民间，而出在乡间可为叹耳。"③但其妻子曾替颜义士算命，说其将有血脓之灾，认为颜义士之死即算命先生所说。芷芬则与其辩驳，揭露算命先生的虚假。而所谓菩萨的显灵，更是由庙里的和尚假扮的："菩萨的灵不灵，全看庙里的和尚伶不伶？和尚伶，菩萨就灵；和尚笨，菩萨就不灵。"④芷芬指出，中国人迷信的缘由在于"不学"：

> 人之不能无迷信，犹如人之不能无嗜欲，人无嗜欲是难得的，无迷信心亦是难得的。人若不学，迷信心就流入荒妄一方面，而倚

---

① 问渔女史（邵振华）：《侠义佳人》，《中国近代小说大系》，百花洲文艺出版社1993年版，第505页。

② 问渔女史（邵振华）：《侠义佳人》，《中国近代小说大系》，百花洲文艺出版社1993年版，第514页。

③ 问渔女史（邵振华）：《侠义佳人》，《中国近代小说大系》，百花洲文艺出版社1993年版，第602页。

④ 问渔女史（邵振华）：《侠义佳人》，《中国近代小说大系》，百花洲文艺出版社1993年版，第508页。

赖心就从荒妄里头来。若能教之以学，虽不能去其迷信，却可以匡其荒妄。犹如有学问的人，虽不能止其嗜欲，尚可补其邪思。我以为现在中国，说教人不要迷信，尚非其时。只能诱其去倚赖的迷信，而入于自修的迷信，或者能振作精神。①

上海开化的社会风气为迪民创办晓光会提供了先决社会条件。但女学事业在乡村并不容易成功，江阴的白慧琴即是办女学失败的典型一例。白慧琴自幼出洋读书，"胸中满灌热血，立意想扶助女界"②，回乡后见江阴只有男学堂，没有女学堂，立志开办女学堂以开通风气。无奈江阴地区的风俗封建顽固，慧琴艰辛创办的女学堂最终因教习带头赌博而关闭。与迪民不同，慧琴的女学堂首先缺乏开放的社会环境的支持，江阴的封闭落后，让慧琴想要"开班"都十分困难。其次，教习的懈怠、学生的不团结也是学堂倒闭的原因，由此可见，环境、财力、人力、物力资源是办学必不可少的条件，资源条件的极其匮乏以及外界的干扰终会使女学堂走向衰落，城乡社会风气的开放程度、女性的思想意识是否进步，都会直接影响女学堂的兴衰。女学的兴办还要时刻警惕某些貌新实旧、虚伪市侩人物的阴暗伎俩。晓光会的扩大，需要更多新女性的加入，但是如张振亚的骄傲自负、狂妄自大，木本的虚伪狡诈、铤而走险都成为女学进一步发展的阻碍，如果不是主人公孟迪民及其助手田蓉生智勇双全和宽宏大量，恐怕女学会很快走向末路。这些对于女权运动早期失败案例的小说演绎，弥补了历来对于女权运动的误解，即女权的发生与壮大由媒介的传播和启蒙新知领导者而获得成功，女权运动的"精英化"特质，受众阶层的忽略和中国复杂的社会环境，都有可能造成以国族话语为框架的女权运动走入困局。

小说通过晓光会对于诸多女子的救助，还描绘了各种由"新"出发，却仍堕入"旧"的女性命运。自由恋爱、结婚的柳飞琼即为典型一例。

---

① 问渔女史（邵振华）：《侠义佳人》，《中国近代小说大系》，百花洲文艺出版社1993年版，第513页。

② 问渔女史（邵振华）：《侠义佳人》，《中国近代小说大系》，百花洲文艺出版社1993年版，第287页。

柳飞琼与楚孟实在苏州自由结婚，"依了新法，不用聘物，只买了一个上好钻石戒指"①。婚后二人相爱相伴，但时间越久，楚孟实的本性愈加暴露，他不仅瞒着飞琼买了新姨娘，还将飞琼和孩子骗回湖南老家，当飞琼踏进家门的那一刻，仿佛坠入人间地狱。楚孟实从未向飞琼透露，家中已有正妻。在这场自认为冲破"父母之命媒妁之言"的自由婚的背后，实则是一场彻彻底底的婚姻欺骗。楚孟实正妻苟氏因楚不在家中，本就横行霸道，如今又来了一个带着孩子的妾，更是将愤怒全部发泄于飞琼身上。飞琼和孩子不仅日日寒衣缩食，还要受着苟氏的打骂，遍体鳞伤，手无寸铁的飞琼甚至差点被婆婆牛氏卖掉再次做小妾，从一个受过教育的知识女性沦为任人宰割的卑微妾室，无不体现出女性地位的卑微。幸而飞琼的妹妹咏絮发现姐姐失联，请同学马怜吾找寻飞琼音讯，最终在迪民、飞白等人的帮助下，飞琼离开楚家，与楚孟实离婚，到迪民的幼稚园做手工教习。飞琼的经历绝不是偶然和个案，她代表着千千万万个受封建家庭迫害的女性，同时，这一情节也揭示出盲目追求自由的女性，可能会成为悲剧。

对于旧制度下的女性悲剧，作品也进行了展示。晓光会的会长孟迪民"自幼有爱物之心，好学不倦，志向宏远，一味爱人利物，不同凡女，专爱衣裳首饰的可比"②。迪民眼界开阔，且有家中资金扶持，因此晓光会的开办一举成功，又在徐家汇造了许多洋房，以备开设女学堂之用，但他却不得不放下手中公务，回家处理母亲、兄嫂、妻妾的家庭矛盾。在这场婆媳、夫妻、妻妾之间的斗争中，以妾（彩儿）落荒而逃、兄长（翼云）幡然醒悟为"战争"的终点。作为妻子的智民，深知这种社会制度的腐朽落后，崇尚一夫一妻制：

　　中国这种风气，真是可杀，怎么男人就应该讨几个小老婆？讨了小老婆不算数，还不许正妻说话，正妻如果稍微说两句话，不光

①　问渔女史（邵振华）：《侠义佳人》，《中国近代小说大系》，百花洲文艺出版社 1993 年版，第 411 页。

②　问渔女史（邵振华）：《侠义佳人》，《中国近代小说大系》，百花洲文艺出版社 1993 年版，第 163 页。

是丈夫说妻子不贤，连翁姑、亲戚、旁人也说是大妇不贤，不能容人。还有那些不三不四的人，说什么争风抢男人，这种人就应该打他几千个巴掌才好。男女的爱情，是天生就的，一男一妇才能够爱情专一。男子既不愿意女的有外夫：女子自然也是不愿意男的有小妻，除非女子无情，才肯让男人弄什么偏房侧室，如果有情，哪个不愿意一夫一妇，齐眉到老呢？还有那奴隶性的女人，讨男人喜欢，博旁人称誉，替丈夫讨小老婆，买通房，好叫人家赞他贤惠，他自家心中不知含了多少酸水，面上还装无限欢容，这种人真是依赖人的奴隶性质，若我孟智民岂肯做这等事？①

　　此外，传统大家庭中，没有"晋升"为妾的丫头，依旧是最底层的人，无任何人格和自由可言，甚至一不留神就成为家庭斗争的牺牲品。她们多因贫困、还债而出卖自身的自由权和劳动权，对手握卖身契的主人唯命是从，只为支配唯一能够支配的——自己的性命。江家的丫头秋鸿代表着万千仆役身份的底层人士，因买不到主人想吃的甲鱼，日日被烙铁烫伤，秋鸿无法忍受这种不公平的酷刑带来的身体和精神的双重折磨，选择吃生烟自尽，幸而得迪民施救。但在这样的家庭中，秋鸿难以逃脱继续被虐待的命运。

　　对比《女子权》与《侠义佳人》，尽管《侠义佳人》也有着人物塑造上的主角光环，带有乌托邦主人公气质，但统观全篇，让人明显体会到女权小说由不同性别写作立场带来的差异效应。《女子权》对贞娘严守男女交往之大防的描写，仍然暗合着传统文化伦理和对女性的内在道德规约。而《侠义佳人》对于女性争取自由、社会权利所遭遇的各种社会攻讦和现实问题的全景式展现，正是女性"乌托邦"走下神坛的现实之作，从这个意义上说，邵振华用文学语言在回应着女权运动中众多清醒者的声音，她们一起汇聚成女性的力量，融入社会文化潮流中。

---

　　① 问渔女史（邵振华）：《侠义佳人》，《中国近代小说大系》，百花洲文艺出版社1993年版，第224页。

第三节 《女娲石》与厌男/厌女症

"一种偏见可以存在很长时间，直到这种偏见有了名字。"① 赋予这种偏见以名字的，即从古至今流传下来、经久不衰的"厌女症"。该术语在英语中从 17 世纪上半叶沿用至今，其词源学词根来自古希腊文和拉丁文。王先霈、王又平在《文学批评术语词典》中将其定义为："厌女症（misogyny）：指女性主义批评批判男性中心文学时常用的术语，指歪曲、贬低妇女形象，把一切罪过都归诸女人的情绪或主题。"② 美国学者埃琳·肖沃特在《女性主义文学批评的革命》一书中这样界定"厌女症"："即在文学作品中把妇女描绘成天使或怪物的模式化形象、在古典和通俗的男性文学中对妇女进行文学虐待或文本骚扰以及把妇女排除在文学之外的事实。"③ 凯特·米利特在《性的政治》中指出文学中的厌女现象产生的原因："在男权制社会的所有艺术形式中，厌女文学宣传男性敌意最直截了当，其目的是强化男女两性各自的地位。"④ 从广义上来说，厌女症即指父权制社会下对全部女性的憎恨和蔑视。与传统社会中站在厌女立场对立面的，是清末女作家的笔下很快便诞生了一种与父权文本"厌女症"异质同构的"厌男症"心理症候。最具代表性的就是小说《女娲石》。

《女娲石》是海天独啸子创作的一部带有科幻色彩的女权小说，目前并没有证据证实作者的性别为女，其异彩纷呈的内容、奇思妙想的科幻气息，让这部小说当时大受欢迎。全篇共十六回，分为甲、乙两册，分别于 1904 年、1905 年出版。开篇即卧虎浪士为小说撰序，每章回结束后并加以评点，序中以问答口吻道出海天独啸子写作小说之原因："我国山

---

① 沈睿：《假装浪漫——一个女人的成长史以及她看世界的方式》，文汇出版社 2016 年版，第 240 页。

② 王先霈、王又平主编：《文学批评术语词典》，上海文艺出版社 1999 年版，第 609 页。

③ ［美］埃琳·肖沃特：《女性主义文学批评的革命》，载王政、杜芳琴编《社会性别研究选译》，生活·读书·新知三联书店 1998 年版，第 134 页。

④ ［美］凯特·米利特：《性的政治》，钟良明译，社会科学文献出版社 1999 年版，第 53 页。

河秀丽，富于柔美之观，人民思想多以妇女为中心。故社会改革以男子难，而以妇女易。妇女一变，而全国皆变矣。虽然，欲求妇女之改革，则不得不输其武侠之思想，增其最新之智识。此二者，皆小说操其能事，而以戏曲、歌本为之后殿，庶几其普及乎！"① 作者又将我国与世界之妇女现状进行比对，号召女性革命，"今世界之教育、经济，皆女子占其优势。各国妇女势力方膨胀于政治界，而我国之太太小姐，此时亦不可不出现于世。各国革命变法皆有妇女一席，我国今日亦不可不有阴性之干预。是二者，则以世界之观感，而密接于我国家"②。最后，作者吐露出欲于小说中构筑一女性王国，"予将欲遍搜妇女之人材，如英俊者、武俊者、伶俐者、诙谐者、文学者、教育者，撮而成之，为意泡中之一女子国"③。由此，作者展开了以女主人公金瑶瑟为故事中心的传奇叙述。

金瑶瑟是女子改造会领袖，留学美洲时，见国内国势日非，率同学回国于官场和妓院运作一番，力图唤醒无所作为的亡国奴隶。"妓院"中的金瑶瑟以出奇的歌喉、舞袖，声名大噪，得到了为胡太后献曲的机会，金瑶瑟留在太后身边，后展开刺杀，可惜两次均未成功，随后，金瑶瑟一路逃亡，进入女性团体天香院，名为妓院，实为女革命党聚集地，瑶瑟在这里见识到了许多现代科技设备，学习到天香院的规矩"四灭三守"，而随瑶瑟一同来到天香院的女仆凤葵则展现了女性的"雄化"特征，凤葵身材高壮、面貌丑陋、口吐污言、武力示人，完全没有女性的生理特征，因其破戒，最后离开天香院，来到不忌酒色的春融党。随后，瑶瑟来到白十字社，她见识到能"洗涤污浊"的洗脑院，将人的脑筋洗涤干净后放回脑中，人也就变得洁白无污秽。在这里，瑶瑟与人比试手枪，尽显女性英姿。最后，瑶瑟遇到专杀男性的魏三娘，与几位好友小酌共饮，畅谈未来。

---

① 卧虎浪士：《女娲石叙》，见海天独啸子《女娲石》，《中国近代小说大系》，百花洲文艺出版社 1991 年版，第 1 页。

② 卧虎浪士：《女娲石叙》，见海天独啸子《女娲石》，《中国近代小说大系》，百花洲文艺出版社 1991 年版，第 1 页。

③ 卧虎浪士：《女娲石叙》，见海天独啸子《女娲石》，《中国近代小说大系》，百花洲文艺出版社 1991 年版，第 1 页。

在这部充满奇幻色彩和极端女权主义的乌托邦作品中，"女权"成为新瓶旧酒的工具，以夸张、变形的手法，承载了当时社会对女权的种种误读，以及夸张、变形的理解与阐释。《女娲石》标注"闺秀救国小说"，小说提出了"国女"一词，指代能够拯救时代和国家的新女性形象，"我国今日之国民，方为幼稚时代，则我国今日之国女，亦不得不为诞生时代"①。以"国"字头衔冠于女前，体现了政治革命下的性别革命特征。第七回秦夫人对金瑶瑟侍女凤葵的身份就进行过这样的论断："秦夫人道：'凤葵，你这身体是谁的？'凤葵大声答道：'我这身体，天生的，娘养的，自己受用的，问他则甚？'说罢，满堂大笑。秦夫人也笑道：'凤葵，你说错了。你须知道你的身体，先前是你自己的，到了今日，便是党中的，国家的，自己没有权柄了。'""国女"② 这一对女性身份的命名，打破了"妻子""母亲"的传统称谓，将女性的社会身份与民族国家命运紧密相连，女性不再是某某的妻子、女儿、母亲，而是初次拥有了女性性别社会身份的、与男性共同担负起共建国族大业的女国民。"解放'身体'必须依赖于民族国家的建立，依赖于一个同束缚/压抑'身体'的传统帝国相异而又能抵御西方列强入侵的新国度的出现；而作为健全的现代'国民'，'身体'的解放也是基本的前提，当然，这个解放要被搁置在民族国家建构所能控制的范围之内。"③

小说中以金瑶瑟身骑"电马"，引领读者经历了各类女性团体的游历与观瞻，这些女性团体都带有强烈的厌男倾向，反抗政府的昏庸无序，企图建立新的女性王国。小说中出现了三个女性团体——花血党、春融党和白十字社。第一个女性团体花血党，党规为"四灭三守"。"四灭"为灭四贼，分别为一内贼、二外贼、三上贼、四下贼："我国伦理，最重家庭。有了一些三纲五常，便压制得妇女丝毫不能自由。所以我党中人，第一要绝夫妇之爱，割儿女之情，这名叫灭内贼；外字是对世界上国际

①　海天独啸子：《女娲石》，《中国近代小说大系》，百花洲文艺出版社1991年版，"序"。

②　海天独啸子：《女娲石》，《中国近代小说大系》，百花洲文艺出版社1991年版，第3页。

③　董丽敏：《民族国家、本土性与妇女解放运动：以晚清为中心的考察》，《南开学报》2008年第4期。

种族讲的。我党第一要斩尽奴根，最忌的是媚外，最重的是自尊独立。这名叫灭外贼；上字是指人类地位讲的。我国最尊敬的是君父，便是民贼独夫，专制暴虐，也要服服帖帖，做个死奴忠鬼，这是我党中最切齿的。所以我党中人，遇着民贼独夫，不共戴天，定要赢个他生我死方罢。这名叫灭上贼；这下字是指人身部位讲的，人生有了个生殖器，便是胶胶黏黏，处处都现出个情字，容易把个爱国身体堕落情窟，冷却为国的念头。所以我党中人，务要绝情遏欲，不近浊秽雄物，这便名叫灭下贼。"① 所谓"三守"："第一，世界暗权明势都归我妇女掌中，守着这天然权力，是我女子分内事。第二，世界上男子是附属品，女子是主人翁，守着这天然主人资格，是我女子分内事。第三，女子是文明先觉，一切文化都从女子开创，守着这天然先觉资格，是我女子分内事。"② 花血党让女性从道德伦理到身体情欲都断绝得干干净净，甚至直接幻想女性成为世界的主宰，凌驾于男子之上，但内里逻辑却依然是男/女、女/男截然对立与压迫/统治的二元关系，是对男性社会的一种"拟像"，王德威就评论说："这些女科学家和女革命党极似一组男性，只不过拥有女性的生理生殖能力罢了"③，反映的仍旧是男权制社会根深蒂固的陈腐观念。

　　第二个女性团体是春融党，该党"不忌酒色，不惜身体，专要一般国女，喜舍肉身，在花天酒地演说文明因缘。设有百大妓院三千勾栏，勾引得一般痴狂学生，腐败官场，无不消魂摄魄，乐为之死"。④ 该党与保持清规戒律、断绝男女情欲的花血党截然相反，通过牺牲女性的身体来实现对男性的报复。在这里，女性以牺牲肉体为前提换取自由身份，成为"情色"的符码。"在 20 世纪初的中国，女性的身体被普遍地赋予了政治意义和价值，但是它在形式上依然保持了古老的悲剧性——女性

---

　　① 海天独啸子：《女娲石》，《中国近代小说大系》，百花洲文艺出版社 1991 年版，第 30 页。

　　② 海天独啸子：《女娲石》，《中国近代小说大系》，百花洲文艺出版社 1991 年版，第 30—31 页。

　　③ ［美］王德威：《被压抑的现代性——晚清小说新论》，宋伟杰译，北京大学出版社 2005 年版，第 326 页。

　　④ 海天独啸子：《女娲石》，《中国近代小说大系》，百花洲文艺出版社 1991 年版，第 40 页。

靠出卖自己的身体而获得某种'崇高的'利益，女性的身体始终是一种可供交换、牺牲的资源。"① 这不禁让人联想何震怒斥的"上海之初，不过一娼妓汇萃之所耳。有识者视若濮上桑间，特其地陬，江海之冲为官绅所必经，由是冶游者日益众。厥后新党萃居于上海，乃假开通女子之名，以兴女学。然新党者以自由二字为护符者也，上海者，又中国法律礼俗所不加之地也。由是新党之好淫者，必借婚姻自由为名，而纵其淫欲。女子稍受教育者，亦揭自由二字以为标，视旁淫诸事，不复引为可羞。由是无娼妓之名，而有娼妓之实"。② 这里特指"学生群体"也隐含着当时社会对于女学生形象的种种"误读"，甚至出现清末民初的《切口·娼妓·粤妓》"自由女，女学生也"的秘语。对于女学生的种种意淫与诋毁也成为当时黑幕小说描写的风月花边。③ 这种舆论氛围中催生的海天独啸子的"春融党"，以"春"来"消融"男权社会的罪恶与压制，无异于火上浇油，满足的无非是男性的意淫与情色潜意识罢了。

第三个女性团体叫白十字社，该党以"洗脑院"闻名，通过科幻的方式，以医学手段解决中国人头脑中的各种恶劣思想，通过洗涤"脑筋"的方式，洗涤污垢，拨乱反正，"大凡人的脑筋，在初生时候，洁白如玉，嫩腻如浆，固无善恶亦无智愚。到身体长育时候，受种种内因，感种种外触，结构不同，机关亦异"④。"洗脑机"这一戏剧性、科幻性的隐喻，折射的正是20世纪启蒙主义的热潮，让女性成为豪杰之"公脑"，虽不无极端夸张的幻想，却在一定程度上昭示了人的大脑（精神）对于改变国民性的重要性和必要性。因此，小说检测金瑶瑟的大脑是"脑筋洁白无垢"，以此来印证她就是"爱种族爱国家为民报仇的女豪杰"。托克维尔曾认为革命时代盛行的是一种"抽象的文学政治"，之所以形成和传播义学化的政治思维，是因为"看不到医治具体社会病的药方，因此很容易形成非此即彼的思维"。"改头换脑"的女杰带动女界变革的救国

---

① 刘慧英：《女权、启蒙与民族国家话语》，人民文学出版社2013年版，第91—92页。

② 志达：《男盗女娼之上海》，《天义》1907年第5期。

③ 黄湘金：《史事与传奇——清末民初小说内外的女学生》，北京大学出版社2016年版，第213页。

④ 海天独啸子：《女娲石》，《中国近代小说大系》，百花洲文艺出版社1991年版，第46页。

模式，公然将英雄视为"灵药芡方"，体现了以一人之力普度众生的"简单化""生硬化"的革命策略。

类似的简单粗暴的人物还有凤葵、魏氏姊妹。这几个人物都来源于《水浒传》中的绿林好汉。凤葵是金瑶瑟的侍女，从凤葵的名字来看，"凤"字是女性化名字，而"葵"字是男性化名字，两个字组成了一个生理性别为女性而心理/社会性别为男性的人物。小说中的凤葵是一个不同于传统女性、具有雌雄同体特征的女性，她的外表酷似男性，"又黑又肥，年纪不过二八……竟似一个壮士"①，性格上"虽刚侠好义，却喜生事"②。她与金瑶瑟到客栈住店，因洋人来此，店主让其移到下房；结账时因洋人未走，店主拒绝结账并辱骂她，凤葵遂将店主揍了一顿："凤葵听了，一把无明业火直从心起，大踏步抢到店主身前，一个嘴巴，将店主打翻在地，将身子一跳，骑在店主身上。拿着拳头骂道：'娘贼！看见欧洲人便是你的爹爹，反要拍着异种的马屁来压老娘。第一件该打。'说罢，往下一拳，打得店主唇破齿落，满口流血……打得店主头开皮裂，血流满面……'死奴才！你不提起洋大人，老娘倒饶了你的狗命。你说洋大人，偏生勾起老娘的气，老娘与你一拳送终罢。'"③凤葵拳打店主这段描写将其雄化的男性特征尽数展现，与《水浒传》中"鲁提辖拳打镇关西"的情节有着巧妙的相似性，卧虎浪士也在文末评点："写凤葵确是《水浒传》中李逵、鲁智深之流，一味天真，一味血性，真个令人拜服要死。"④凤葵的粗鄙化、性倒错行为，表达了女性另一种试图进入男权社会的策略——雄化，于是这种英雌更具有荒诞意味，当女性试图争取"女权"时，所用的手段，只能是去效仿父系文化体系中的男性英雄，她们本身毫无话语可言。魏三娘及其两位姐姐虽没有加入任何革命组织，却也是主张"杀男"的女豪："咱们三个姊妹，立定主意，做些天理人情，专门搜杀野猪，不许世界有半个男子。所以三人分头行事，大姊专

① 海天独啸子：《女娲石》，《中国近代小说大系》，百花洲文艺出版社 1991 年版，第 16—17 页。
② 海天独啸子：《女娲石》，《中国近代小说大系》，百花洲文艺出版社 1991 年版，第 17 页。
③ 海天独啸子：《女娲石》，《中国近代小说大系》，百花洲文艺出版社 1991 年版，第 18 页。
④ 海天独啸子：《女娲石》，《中国近代小说大系》，百花洲文艺出版社 1991 年版，第 19 页。

在山野，截杀路男；次姊专在城市，盗杀居男；止有咱最不肖，止在古渡野泊，诱杀舟男。"① 从魏三娘摆渡的歌声中也可以看出她极度厌男："擒贼须擒王，杀人须杀男，入刀须没柄，抽刀须见肠。"②

小说一面塑造"断情绝爱"的"国女"，一面又在文本行进中不断强化"妖女"内涵。"妖女"原指祸乱朝政的红颜祸水，背负着政治失败和国家覆灭的"罪名"，她们往往身不由己，又无法左右自己的命运，成为权力战争下最无辜的牺牲品。"正因为女子地位低下，没有社会地位，进而成为代罪羔羊。"③《女娲石》中所提"妖女"，与传统意义上完全不同，"妖女"又称为"革命女妖"，专指这些革命派实行暗杀的女子，小说中提到女性刺杀官宦："竟有民间妖女，倡说民权自由，私谋刺杀慈圣。幸以列圣在天之灵，事虽已发，而人尚逃网。又有妖女多人，于本月二十日，同时刺死大臣七人。四人现已正法，余者尚属在逃。昨据妖女口供，有女魁八十余人，诱惑民间女子，聚众立会，蔓延各省，私谋起事。"④ 此外，如有女子不遵从丈夫意愿，便被扣上"妖女"的帽子："那知他听了那些女妖说的什么男女平等一些臭话，骂我是奴隶，又骂我是八股守节鬼。你听这样口气，不是女妖是谁？"⑤ 可见，"妖女"称谓所表现的，完全是一种男权立场，她们是男性所憎恶的、与男性对抗甚至揭露男性罪行的女性，她们之所以被男性如此厌恶，是因为她们的举动破坏了社会伦理秩序。

甚至争取女权的女性，身上也带着妖媚、妖娆之气。小说多次描摹金瑶瑟与秦夫人的外貌姣好富于诱惑力，而断情绝爱的立场更增添了男性的"窥视欲"与"占有欲"，即使普罗大众，对于女权者，也是一样。大量情色化的女性身体与蔑视、践踏的男性立场，解构了文本貌似"新""奇"的内容。

表面上看，《女娲石》中女性团体众多，女性高唱爱国和革命，宣扬

① 海天独啸子：《女娲石》，《中国近代小说大系》，百花洲文艺出版社 1991 年版，第 68 页。

② 海天独啸子：《女娲石》，《中国近代小说大系》，百花洲文艺出版社 1991 年版，第 67 页。

③ 孙桂燕：《清末民初女权思想研究》，中国社会科学出版社 2013 年版，第 37 页。

④ 海天独啸子：《女娲石》，《中国近代小说大系》，百花洲文艺出版社 1991 年版，第 21 页。

⑤ 海天独啸子：《女娲石》，《中国近代小说大系》，百花洲文艺出版社 1991 年版，第 22 页。

着女性至上的伦理观念，但小说中却夹杂着大量对于女性的歧视，仍然将女性作为"玩物、性工具"，在作者的笔下，女性心甘情愿的用身体作为救国的砝码，① 男权社会对女性的轻视和玩弄统统流露出来，女性成为"救国救民"的牺牲品，表现出了厌女症候，都是人们将国家的兴衰、成败强加在女性身上的一种寄托。在女性身上承载了过多的期望，女性由祸国之"红颜祸水"到救国之"女国民"，成为对女性祸国/救国论的一种想象性虚构。

性别是各种社会关系交汇时权力展现的场域，与女性文学的创作息息相关的是女性与社会性别制度、作家的性别在社会中的地位、性别因素在决定作品成功方面的影响、文学形象的社会性别价值、读者的性别社会规定性及区位选择的性别倾向等问题。同时通过前面的讨论，我们也发现政治中的性别也是一种文化实践。自清末以来，男性立场的救国论述不断整编妇女进入救国序列，各种性别再现一直处于中国革命宣传的中心，一方面将性别（妇女）描述成为一个等待被改造的集体，另一方面又将妇女视作符号，采取身体政治的换喻，通过妇女这个符号具体化中国国族的衰弱、瘫痪。从这个角度上说，《女娲石》带有鲜明的男权色彩，"厌男"症候、"厌女"症候的出现就是一场时代的病痛。"如果将'阉割'理解为一些东西有必要割舍掉、由此一个社会——象征性的秩序才得以建立，即正式被阉割的东西，使得男权社会构建为一个同质化联盟。"② "国女""妖女"的形象出现，正是中国男性知识分子试图寻找国族的永恒不变本质和道德纯正性的落脚处，在妇女的精神及身体上形成一个重要的象征。但是这一时段的女作家创作打破了这一局面，《女狱花》《侠义佳人》《女娲石》等作品以鲜明的性别写作形态出现，她们丰富的创作向人们展示，"女性"不仅仅是激进的女性主义意义上的与"男性"相对立的生物体，而且更是能与社会、国家、民族甚至是男性群

---

① 柯惠铃：《近代中国革命运动中的妇女（1900—1920）》，山西教育出版社 2012 年版，第 87 页。

② ［法］朱丽娅·克里斯蒂娃：《中国妇女》，赵靓译，同济大学出版社 2010 年版，第 79 页。

体产生互动、协商的社会性存在。在这个层面上，应该说，晚清以来的"女性"体现了一种调和/超越个人/群体、男性/女性二元对立的复杂性，它是在这些结构之中而不是之外来呈现自己的。[①] 被启蒙起来的女性群体，在精英女性知识分子的话语引导下，筚路蓝缕，清醒开掘，从而不断确立自身的身份定位，这也是中国女性文学运动逐步走向成熟的标志。

---

① 董丽敏：《性别、语境与书写的政治》，人民文学出版社 2012 年版，第 19 页。

第 六 章

东渡与西学：留日女学群体的域外镜像

知识女性在清末民初的格局变迁中扮演着特殊的角色，她们在男性启蒙者的引导和帮助下通过书籍和报刊开始了解西方文明社会，逐渐对先进的生产力和相对健全的女权思想产生向往之情，在比照中进而反观自身，也日渐清晰地认识到国内女性的生存困境和权利的缺失状态。在努力重新塑造和定位"自我"的过程中，西方社会和西方女界就成为她们参照并为之奋斗的预设目标。一部分女性有机会留学海外沐染文明，她们自身的思想状态、现实选择和文化身份发生剧烈变动，她们不仅通过近现代报刊的平台反馈信息给国内女伴，同时，这些完成于特定时期、特殊地点的作品进而又促成一种循环式的"镜像意识"，使她们成为国内女界争相学习、观摩的"偶像"，这种文化传导之功，对于中国妇女解放运动意义重大，它意味着中国女性开始塑造自身，成为社会文化主体。

在兴女学的过程中，留日女学蔚为大观。除了为大众所熟知的"近代女性第一人"秋瑾，留日女性群体还可以开列一个长长的名单：林宗素、刘青霞、陈撷芬、燕斌、唐群英、何香凝、何震、胡彬夏，等等。据《女子世界》1905年驻日本东京调查员称："据最近调查，中国女子在东京者百人许，而其著名者共三十人，就中长于英文者有吴弱男女士及陈撷芬女士一流。长于汉文者，有秋瑾女士、林宗素女士一流。长于几何代数学者，有陈光璇女士、黄振坤女士一流。长于音乐者有潘英女士一流。"① 本章就从这些典型女性入手，以她们的留日结社、办报、著

---

① 驻日本东京调查员：《外国特别调查》，《女子世界》1905 年第 3 期。

述入手，剖析她们的社会文化身份转型之"旅"。

第一节　负笈东渡的时代大潮

一　女子留学日本的时代风潮

徐天啸在《神州女子新史（正续编）》中高度赞扬中国女性："吾国女子之有雄魂，有毅魄，有冒险进取之至性，有救国利民之热肠者。"[①]这里用"冒险进取"来形容清末女性留日活动，并不夸张。女学在中国的发展举步维艰，女子出国求学更是难上加难，所以最早的女子留学生多是以伴读身份随父兄或丈夫出国。"19世纪末20世纪初，沿海江浙闽粤诸省，伴读女子出国者时而有之。也许是因为沿海诸省交通方便，经济发达，女子教育比中国绝大部分地区要好，风气也不太保守的缘故吧，伴读女子留学也较多出现在沿海诸省。也许是浙江省这一特点更为突出，加之与日本的地理位置最近，中日贸易往来较多，所以伴读女子留学最早出现在浙江省，而且是前往日本留学。"[②] 但是很快，这一局面就发生了变化，当局发现了留日对于改善国力的重要作用，张之洞曾在《劝学篇》中肯定了留学选择，认为东洋优之于西洋："至游学之国，西洋不如东洋。"[③] 此外，其更详尽分析了东渡于西洋的便利条件："一、路近省费，可多遣；一、去华近，易考察；一、东文近于中文，易通晓；一、西学甚繁，凡西学不切要者，东人已删节而酌改乞中东情势，风俗相近，易仿行，事半功倍无过于此。"[④] 在留学救国思潮的推动下，东西各界都倡导女子留日。"1903年后，清政府陆续采取了废科举、办学堂、奖励留学、成立学部等措施，对女子留学的发展也有促进作用。1905年地方政府官费派遣女子留学就在当时的大形势下合乎情理地出现了。清政府不仅派遣女子留学，还派遣女子出国考察。"[⑤] 于是女性留日逐渐在

---

① 徐天啸：《神州女子新史（正续编）》，神州图书局1913年版，第57页。
② 孙石月：《中国近代女子留学史》，中国和平出版社1995年版，第62页。
③ 张之洞：《劝学篇》，上海书店出版社2002年版，第37页。
④ 张之洞：《劝学篇》，上海书店出版社2002年版，第38页。
⑤ 孙石月：《中国近代女子留学史》，中国和平出版社1995年版，第62页。

国内形成气候，女子留日人数不断增多。"据不完全统计：1907 年，仅东京一地，就有近百名中国女子留学生。其中多数是自费。1908 年中国留日女学生总数为 126 名，1909 年 149 名，1910 年 125 名。"①

中国的留日热潮出现不仅仅是由某一方面推动，如若仔细分析中国的留日思潮，可发现其中不仅有中国人自醒救亡图存的原因，更有日本自身拉拢的原因融合。当时日本有意联合亚洲国家对抗欧洲的政治战略，日本政府在政策上也偏向中国留日学生。日本军界大臣福岛安正、宇都宫太郎等先后来到中国，积极游说张之洞、袁世凯、军春煊等晚清地方大员，历陈派遣学生去日本游学的必要性。矢野文雄还曾致函清政府总理衙门，表示愿意负担两百名中国留学生的学习经费。② 另外，除了有日本政府的拉力之外，在众多留学国家中，日本成为中国知识分子的首选国家离不开日本本身的明治维新改革；在改革前，处在江户时代的日本就存有一定的教育基础，出现了适用于上层社会及平民百姓的两种教育机构，其中藩校与寺子院都有接收女子入学的历史。藩校主要培养女子封建道德知识，关注女子家政技能的培养；寺子院除了培养基本的生存技能之外，还提供基本的学习技能培训，如读书、识字等，随着寺子院不断地发展，适用于女性学习的课程也在不断增加，如插花等休闲文艺课程。"如果男生的就学率为 100% 的话，女生就学率排名前三的地方分别是东京（88.7%）、京都（74.5%）、大阪（53.4%）。"③ 明治维新后，《学制令》实施，女子教育进一步发展完善，日本有足够的实践经验与理论基础来接收中国留日女学生，当时日本一些教育者如下田歌子、嘉纳治五郎等积极宣传日本留学教育，甚至几度来华进行招募，下田歌子创办的实践女子学校可以说是中国女留学生的聚集地。在中西方各界人士合力下，留学日本的规模达到了空前盛况，以女留学生为最突出。

---

① 周一川：《清末留日学生中的女性》，《历史研究》1989 年第 6 期。

② 孙石月：《中国近代女子留学史》，中国和平出版社 1995 年版，第 69 页。

③ ［日］松田智子：《近代女子教育史的一种考察：关于江户时代末期的女子教育》，《奈良学园大学纪要》2015 年第 3 期，第 131 页。

二　留日女学生群体的结社与办刊活动

东渡人数的不断增加，留日女学生的人数也在不断增多，她们出于团结、宣传、组织社会活动的需要，成立了一系列社团。比较有代表性的是共爱会、中国留日女学生会、女子复权会、赤十字社等。

共爱会成立于 1903 年 4 月 8 日，发起人为胡彬夏，影响力最大。当时，留学日本的中国女学生有十余人，"愤女学之衰败，慨无权之摧折"，欲"拯救吾二万万同胞于涂炭之中"，于是她们决定"联结团体，研究学问，以谋吾同胞之公益"①，成立共爱会，并制定了《日本留学女学生共爱会章程》。《章程》规定："本会以拯救二万万之女子，复其固有之特权，使之各具国家之思想，以得自尽女国民之天职为宗旨。"同年 11 月，该会重定《共爱会改订章程》，又将宗旨改为"本会以振兴女学、恢复女权、尽国民之天职为宗旨"。② 共爱会的成员有林宗素、胡彬夏、龚圆常、方君笄、曹汝锦等十余人。该会自成立后一直没有建立领导机构，其实际负责人是胡彬夏。共爱会规定，每月开会两次，以讨论妇女教育及其他有关妇女权益的问题。规定会员要努力宣传妇女教育、男女平等以及妇女爱国等问题，每月写出有关论文一二篇，登报发表，以便扩大影响。这批女学生的讨论奠定了妇女自身争取权利的思想基础，仅发表在《江苏》杂志上的论文就有：龚圆常的《男女平权说》、胡彬夏的《论中国之衰弱女子不得辞其罪》、方君笄的《兴女学以复女权说》、何香凝的《敬告我同胞姊妹》、王莲的《支那女权愤言》等数篇。此外，她们还在报刊上发表文告，宣传女子到日本留学的优越性，号召中国女子到日本留学，并组织了轰轰烈烈的拒俄运动，但拒俄运动后该会活动陷入低潮。1904年女革命家秋瑾到日本留学。不久，她联合了林宗素、陈撷芬等 10 余位留日女学生，于 11 月间在中国留学生会馆召开会议，改组共爱会，重新制订了《章程》，选举了领导机构，公举陈撷芬为会长、潘英为书记，秋瑾亲任招待，使得已成立一年的共爱会组织健全起来。秋瑾号召中国妇

①　胡彬夏：《祝共爱会之前途》，《江苏》1903 年第 6 期。
②　《日本留学女学生共爱会章程》，《女学报》1903 年第 4 期。

女到日本留学，学习先进思想，开展革命活动。1906 年初秋瑾归国后，共爱会的组织便不再活动了。

继共爱会之后，留日女学生又成立了"中国留日女学生会"。留日女学生李元不断联络留日女学生，直到 1906 年 9 月 23 日，中国留日女学生会在日本成立，留日女学生们在历史意义上第一次大规模地聚集团结在了一起。谈社英在其所著《中国妇女运动通史》中对"留日女学生会"的成立有较详细的记载："其时在日留学女同志约百余人，初未团结，自丙午年（清光绪三十二年）暑假时，鄂人李元在女子第一高等学校肄业，查，征求得 70 余同志之赞同，组织一留日女学生会。于是草拟章程，于西历九月间，在中国留学生会馆举行第一次大会，公举黄华为庶务（即会长），杨庄为书记，会方成立正待发表，忽黄华等因事辞职，遂于西历 11 月又开第二次大会，补选庶务李元，书记燕斌、唐群英，会计汪平，学务陈德馨、吴亚男，招待龚圆常、胡蕴庄，弹正王昌国、李瑛等负责。复修改章程，并发成立通告书。"① 通告书阐明其"革散沙性质""务为我女同胞除奴隶之徽号"的统一女留学生界、争取女权的办社宗旨，该会还创办了机关刊物《留日女学生会杂志》，由唐群英担任编辑。

1907 年 6 月，何震在日本东京成立女子复权会，机关刊物是《天义》。该组织宗旨是"竭尽对妇女界之天职，力挽数千年重男轻女之颓风"，而办法就是"一是以暴力制服男子，二是对甘受压抑之女子给予关切。对世界之办法有二：一是暴力摧毁社会，二是反对统治者和资本家"②。日本著名的女权主义者福田英子主编《世界妇人》第十三号时，评论其简章为："不愧为支那人，虽有不少奇怪的地方和不敢轻易赞同的地方，不管怎样，此种壮大之意气，到底日本人中少见。"③ 何震说得很清楚，成立女子复权会就是要从男子手中夺回女子故有之权，破男女阶级，实现男女绝对平等。由此看出，女子复权会是一个有宗旨、有纲领、

① 谈社英：《中国妇女运动通史》，上海书店 1936 年版，第 12—13 页。
② 中华全国妇女联合会妇女运动历史研究室：《中国妇女运动历史资料（1840—1918）》，中国妇女出版社 1991 年版，第 212—213 页。
③ 转引自刘慧英《从女权主义到无政府主义——何震的隐现与〈天义〉的变迁》，《中国现代文学研究丛刊》2006 年第 2 期。

有目标的女权主义组织。

此外，留日女学生还成立了赤十字社（1903 年）、"留日女学会"（1911 年）。留日女学生们为扩大主张，积极办刊办报，比较有代表性的是《女学报》《中国新女界杂志》《天义》《留日女学生会杂志》。

1903 年 7 月，震惊一时的"苏报案"发生，主编陈范携其女陈撷芬等家眷逃亡日本。在日期间，陈撷芬参加了留日女学生组织的"'欲结二万万大团体于一致，通全国女界声息于朝夕，为女界之总机关'，'为文明之先导'，使广大女性'速进于光明世界'"① 的共爱会，并与秋瑾一起改组了共爱会，陈撷芬因卓越的才华被推举为会长。1903 年 11 月，《女学报》第四期在日本东京编印。

燕斌主办的《中国新女界杂志》，主要撰稿人皆为留日学生，共发行六期。该刊 1907 年 2 月在东京创刊，于 1907 年 5 月停刊，虽创办时间较短，但该杂志较之于同期杂志，无论是受欢迎度、出版量、连载期数都位列第一，除在日本销售外，也在亚洲地区销售。《中国新女界杂志》刊载了多篇白话文创作，其中的遣词造句对文化程度不一的清末女子都不会造成阅读困扰，显示了启蒙立场；此外，该杂志中多篇文章撰稿人为留学生，显现了鲜明的留学生视角，通过刊登多篇欧美、日本女子爱国事迹，起到启蒙、培育家国意识的作用。

何震主办的《天义》是一份以妇女问题为主论题的期刊，但由于何震对无政府主义的追寻，导致《天义》中无政府主义与女权主义渐渐失去平衡，最后《天义》以无政府主义的身份定格在历史的洪流中。《天义》创刊时间不足一年，总共出版了 19 卷，虽主要宣扬无政府主义，但关注点较之于男性无政府主义者有根本上的不同，何震多以封建伦理"三纲五常"对女性的压迫为基础，从而上升到"无形之大盗，政府是也"的无政府主义主张。② 《天义》言辞犀利、视角敏锐，多带有攻击语气，其论述也较少用白话文，所刊登文章多含有丰厚的国学知识。

---

① 陈文联、胡颖珑：《论 20 世纪初年的女子社团》，《南昌航空大学学报》（社会科学版）2014 年第 2 期。

② 夏晓虹编：《中国近代思想家文库·金天翮　吕碧城　秋瑾　何震卷》，中国人民大学出版社 2015 年版，第 142 页。

唐群英主办的《留日女学生会杂志》原按季度出版，但由于国内武昌起义爆发，形势严峻，实际上该杂志只出版了一期。该杂志以提倡女学、尊重女权、改良婚姻、振兴职业为主旨，也以"救国、独立"为己任，主要栏目设有：图画、诗词、论说、译著、科学、小说、白话、文苑、笔记、来稿，该杂志创刊时担负起了宣传革命培养女战士的责任，故而文章的主题色彩多偏向肯定民主革命，为革命创造声势。

三 "异"的双重镜像

通过梳理留日女学生的报刊史料，我们可以发现这样一个现象："从长远的观点看，留学不仅为中国人打开了一扇窗口，开辟了一条新路，更重要的是为中国人危机中的精神世界找到了一片极具生机和活力的新的思想源泉，使他们终于有可能在牢牢禁锢自己的强劲文化传统之外看到另一种人类智慧的闪光，在自以为天经地义的生存方式之外看到完全不同的另一种活法，使他们第一次真正能以一种不同以往的正常心态来对待'中央帝国'之外的世界。"① 负笈留日的女性中，有相当数量的女性在欣赏异域自然美景、感受异国人民苦乐的同时又从事文学创作、报刊编撰与革命活动，海外的生活不仅使她们有机会超越狭窄的活动空间，而且可以开拓创作视野，大大增长见识，使她们成为进步女性中的佼佼者。对于国内知识女性来说，她们大多认为"现在海禁大开，万国为邻，西洋文明国家妇女的地位，责任能力，生活情况，以及对国家与社会的贡献，无一不超越我国妇女"②。留日女性群体通过报刊媒介，传播日本、欧美女界新思想、新动态，促进了国内妇女解放事业的发展，这期间所表现出的种种立场和态度的变化是耐人寻味的，其所显示的恰恰是一种意识形态的转换，是女性跨入社会文化空间、建构文化身份的重要一步。

（一）凌欧驾美赌精神③：对比与反观

清末开始，国人开眼看世界，严复、梁启超、康有为争相向国人描

① 郑春：《留学背景与中国现代文学》，山东教育出版社2002年版，"导言"，第1页。
② 傅岩：《妇女的新生活》，南京正中书局1935年版，第2页。
③ 木兰同乡：《恭贺新年》，《中国新女界杂志》1907年第2期。

摹一个先进世界的图景。明治维新以来的日本国力日强，特别是"庚子国难"甲午海战，让中国意识到倭夷外族已经发展壮大，这种对比、观照心态既复杂又疼痛。据此展开的留学日本活动必然是一个充满了对比、观照两国优缺点的过程。燕斌感慨道："日本维新以前，一切文明，悉得自中国。昔尊孔教，影响与其社会者甚大，即以男女位置而言，刚柔尊卑内外之说，盖亦甚强。今欧化主义，盛行已四十年女子教育，范围日广。浸浸有普及之势，较之中国，可谓盛矣。"①

弱势的地位，使得对于日本的观察更多地是一种意识到自身差距进而发奋图强的认识。单士厘女士在《癸卯旅行记》中谈道："日本之所以立于今日世界，由免亡而跻于列强者，惟有教育故。……无国民安得有人材？无国民且不成一社会！中国前途，晨鸡未唱，观彼教育观，不胜感慨。"② 伴随着留日女学生群体的大量涌入，对照日本女性的生存状态、社会权利、求学就业、婚姻嫁娶，留日女学生群体纷纷感慨差异巨大。

《中国妇人会第二次报告并答同志之厚望者》中就讲道："我们会里人，多有到过日本的，也有将他们爱国妇人会的情形，约略说出。哎呀，若说着爱国妇人会的势力，只怕我们中国现在同胞们的程度，还隔着得远呢！"③ 陈撷芬则在文章《做学生的快乐》中阐发日本女学生"有许多有趣的地方，所以先演说出来与诸位姊妹晓得晓得，日本从前女学也是不讲究，比我们中国还不如，后来他国里行了新法，女学就一年年的振兴，现在遍处都是女学堂"④。由此，对中国的女性发出号召："诸位姊妹倘然个个都拿脚放大了，进了学堂，愿意到上海学堂自己本国的更好，倘然到日本来留学也好，不到几个日，就可以改变一个样子，改变的样子，就是从枯憔改到有精神，从描花改到有气势。"⑤

胡彬夏回忆自身留学日本经历，论述说："从忆昔去国二年，自日本

① 炼石：《留日见闻琐谈》，《中国新女界杂志》1907 年第 2 期。
② 钱单士厘：《癸卯旅行记·归潜记》，湖南人民出版社 1981 年版，第 10 页。
③ 《敝帚千金》第 16 册，转引自张莲波《辛亥革命时期的妇女社团》，河南大学出版社 2016 年版，第 76 页。
④ 楚南女子：《做学生的快乐》，《女学报》1903 年第 4 期。
⑤ 楚南女子：《做学生的快乐》，《女学报》1903 年第 4 期。

归，甫抵码头，陡觉一阵臭气，不可须臾耐。旋又赴美，七载游离生涯，饱吸新鲜空气，归后卜居沪上，称为清洁之地。然每出而归，必致头昏心烦，俗所谓发痧是已。尝自恨曰：何不为青山之鸟，而必为浊国之人！因念他国之人本与我无情无义，而一入吾境即嗅恶气，无怪鄙夷吾人，谓我污秽，不可接近。而盛言日本风景之美，其人民之巧，无他，日本较清洁故也。或谓日本之可爱，其山水为之，然中国非无好山水，糟蹋之极，反觉神州大陆不及岛屿之为玲珑精巧。设吾街道平正阔大，家庭清洁整齐，则虽仍为专制政体，无铁道轮舟，人亦能重视我，谓我虽墨守旧法，而却有文化。今则虽有文化，人不之信，比我于亡国之犹太人，思之愤否。"① 对于国家不强进而带来的生活感受，已经使胡彬夏怒而呵为"浊国之人"，进而联系山水、街道、家庭环境均与日本构成鲜明对比。

燕斌（笔名炼石）在主办的《中国新女界杂志》上持续性发表《留日见闻琐谈》《留日女学学界近事记》《日本妇人之政治运动》等多篇记述日本女界新动态、留日女学界新举措方面的通讯、记事，从多侧面宣传日本女学的先进。

《留日见闻琐谈》分条列项，列举日本女子较中国女子的文明之处，涉及女性身体、法律、卫生、婚姻、生活习性各个方面：

（甲）举国女界，自古无缠足恶习，故血气疏畅、身体强壮、子多健。

（乙）女子未受小学校教育者其少，故能独立营业，不必全赖男子。

（丙）于法律上，妇人虽尚受夫之保护，不为平等，然凌辱虐待之事，则已乌有。

（丁）女子自小学校起，即以爱国思想，输入脑筋。故儿童幼时，得直接受母之感化，而国民之基础以立。

（戊）女界既知爱国，故遇国家多事时，能合群以报国。如日俄

---

① 彬夏：《何者为吾妇女今后五十年内之职务》，《妇女杂志》1916 年第 2 卷第 6 期。

战争时，笃志看护妇会、爱国妇人会等团体之功绩是已

（己）女界皆尚洁净，知卫生、喜沐浴、时运动、饮食淡泊、治事勤俭，故其疾病少，家道齐。

（庚）夫死妻可再婚，社会不以为耻，法律不以为禁，故户口日增人无废材。

（辛）举国无惰妇，无丐女，自贵族以至平民，无博赌烟酒诸嗜好，耗弃光阴。

（壬）俗忌早婚，早聘之事尤少男女非学年以后，有所成就，不得嫁娶，故无发育不完之害，生子健全。

（癸）妇女行止，极为自由，与中国深居绣阁，键之闭之，视如一种奇宝，不许稍一现形者大异，即任意往来交际场里，亦莫之禁。①

正是看到了日本女学的昌盛和可供学习之处，几乎所有留日女学生都写文倡导国内女性积极留学。1903 年发刊于日本东京的《江苏》第二期"女学文丛"就刊载了陈彦安的《劝女子留学说》，指出："不登山者不知泰岱之高，不赴海者不知沧溟之深，我中国女子日居深闺，耳无所闻、目无所见，故外国之如何强盛，中国之如何衰弱，女学之如何不振，皆毫不相关。……区区三岛之日本，维新以来仅三十余年，国中之女子，诵读之声无间。……日本与我国，道路相隔仅一东海，文字相同、资费又廉，以日本之女学而敷入我国，最为相符。"② 第四期刊载何香凝的《敬告我同胞姊妹》鼓励众多女界同胞"湔出旧习、灌输新知，游学外国，成己成人"。③ 这其中最知名的是秋瑾的《留学日本秋女士瑾致湖南第一女学堂书》："东洋女学之兴，日见其盛，人人皆执一艺以谋身，上可以扶助父母，下可以助夫教子，使男女无坐食之人，其国焉能不强也？我诸姊妹如有此志，非游学日本不可；如愿来妹处，俱可照拂一切。"④

---

① 炼石：《留日见闻琐谈》，《中国新女界杂志》1907 年第 2 期。
② 陈彦安：《劝女子留学说》，《江苏》1903 年第 2 期。
③ 何香凝：《敬告我同胞姊妹》，《江苏》1903 年第 4 期。
④ 秋瑾：《留学日本秋女士瑾致湖南第一女学堂书》，《女子世界》1905 年第 1 期。

还有《致吕碧城书》，宣传共爱会宗旨，并提出"倘愿来东留者，或电达横滨山丁町一百五十一番地陈撷芬，或东京中涩谷实践女学校秋瑾"，更希望吕碧城借助知名的社会地位，帮助推介，"寄呈章程三十张，望不妥处删改，并请推广如何？"文章在1905年《女子世界》第一期发表，也是要借助《女子世界》在当时女界重要的舆论喉舌的作用加以宣传。留日女学生在《中国新女界杂志》《天义》《留日女学生会杂志》上反复刊登各种团体章程、阐明宗旨，甚至以晓白的文字记录女学生的日常起居、学业课表、后勤伙食，都是为了吸引广大女性同胞勇敢走出国门。

（二）独在异乡为异客：调适与反观

留日女学报刊刊载的诸多文章，在将日本经验言说给女性读者的过程中扮演着重要角色，为女性读者提供了生动的日本文化生活图像。特别是女性细腻敏感的感知能力，不但能从细微处感受差异，行旅游子的"异国过客"之愁，也在中西对照中有所体现。

《中国新女界杂志》1907年第3期刊载了成女学校的张汉英在日本过除夕的日记：

共百数十人，周围绕座，如盘龙势。有顷，下女呈银丝细面，及雨前茶。琴子先生歌太平歌曲，高唱入云，令人心醉；曲终，饮茶食面毕，琴子先生携一篮，内盛橘柚，令歌一曲者，赐一枚，无论东西谱调，各随其意。于是弦歌之声，达于户外，余亦歌古诗一章：爆竹声中遍岁除，春风送暖入屠苏。千门万户曈胧日，咸把新桃换旧符。舍监笑曰：桃符古俗，相传为驱神逐鬼而设，用之埃及朝鲜印度则可，盖其国内，遍地皆活鬼也；若敝国自维新以来，每逢度岁，谁家家门前，皆插植物而已，以贵国声名文物之邦，此等迷信，急宜改革。余闻而失色，因急信口复歌一曲曰：岁云暮兮暗断肠，吸取文明兮归故乡，花放自由兮种四方。一时拍掌之声盈耳，少顷，会散。时计针已达十二点，遂自归寄宿舍。一灯寂寞，万籁无声，遥忆宗那，依然醉梦，时局逼人，悲感交作，低徊叹息，亦不知其忧之所从来矣。①

弱国子民的诗歌，尚且受到"舍监"的善意提醒为"迷信"，虽然张汉英急忙改口，并以才学根底将歌词改为"吸取文明兮归故乡，花放自由兮种四方"，但这忧愁的心境和悲凉，让她"悲感交作，低徊叹息"。乐黛云认为："人，几乎不可能脱离自身的处境和文化框架，关于'异域'和'他者'的研究也往往决定于研究者自身及其所在国的处境和条件。当所在国比较强大，研究者对自己的处境较为自满自足的时候，他们在'异域'寻求的往往是与自身相同的东西。以证实自己所认同的事物或原则的正确性和普遍性，也就是将'异域'的一切纳入'本地'的意识形态。当所在国暴露出诸多矛盾，研究者本身也有许多不满时，他们就往往将自己的理想寄托于'异域'，把'异域'构造为自己的乌托邦。如果从意识形态到乌托邦联成一道光谱，那么，可以说所有'异域'和'他者'的研究都存在于这一光谱的某一层面。"② 在张汉英的笔下，这种"异"的感觉被曲折、委婉地表现出来，"亦不知其忧之所从来矣"，可能是时局逼人，也可能是将乌托邦异乡作故乡的伤怀，髫龄少女的敏感心绪在这篇优美的日记文字中得以展示。

众多女性初到日本的复杂心境需要调试，这也从另一个侧面解释了为何众多女性社团匆匆成立而又无疾而终，很多人的留学之旅非常短暂，即使如秋瑾也是两次去日，因各种原因回国，燕斌也在文章中记叙"初到东京，日本学校，既不能入，又没有专为中国女生，特设的完全豫备学校，所以从前初来留学的，多系在校外学习日语。以致延稽岁月，日久仍无所成，且有因在外豫备，极难完全，遂仅学音乐手工数月，安于小成便即归国的"③。前文所提的张汉英，文章发出之时，"月前他因事回国去了"④。

---

① 炼石：《留日女学学界近事记（续第二期)》，《中国新女界杂志》1907 年第 3 期。

② 乐黛云：《关于"异"的研究·序》，载顾彬讲演《关于"异"的研究》，曹卫东编译，北京大学出版社 1997 年版，第 1 页。

③ 炼石：《留日女学学界近事记（续第二期)》，《中国新女界杂志》1907 年第 3 期。

④ 炼石：《留日女学学界近事记（续第二期)》，《中国新女界杂志》1907 年第 3 期。

这些报刊文字，向我们打开了历史真实的一角，当众多女留学生一面以欧风美雨海上来、凌欧驾美赌精神而鼓舞激励自身的时候，她们的精神世界也遭遇了重大的变化，经历了复杂的心路历程，这些都是女性借助文字平台展现自我，从而出现性别写作的开始。

另外，这些负笈东渡的女学子，很快就成长起来，并对日本的发展与欧美进行比较，从先前一味歌颂的"学生"心态，进行了调整。当她们在接受梁启超、康有为等男性启蒙者的引导和帮助，接受"兴女学""倡母教""废缠足"来确认自身的处境，将西方文明社会进行乌托邦的想象后，逐渐对先进的生产力和相对健全的女权思想产生向往之情，在比照中进而反观自身，也日渐清晰地认识到国内女性的生存困境和权利的缺失状态。在努力重新塑造和定位"自我"的过程中，西方社会和西方女界就成为她们参照并为之奋斗的目标。一部分女性留学海外沐染文明，她们自身的思想状态、现实选择和文化身份发生剧烈变动，这种预设值与现实的差异，日本镜像与欧美镜像的差异，又促使她们进一步地调试、反观与言说，从这个角度上说，她们又一次变成了"异者"，"'异'也表示用自己的价值标准去衡量自己所不了解的人、事、地点等"①。

她们敏锐地发现，日本女性的政治权利不伸、家庭地位不振，并非女权强盛之国。"日本维新四十年，两挫强国称霸东方，可谓文明之报矣。然其女国民于政治上无丝毫独立之人格，学者恒言曰：国家文明程度之深浅，视乎女权之广狭。则日本尚未得为文明乎"，"所缺点者，惟其妇女，于政治思想，极为薄弱；于权利问题，并未研究。甘让男子操政界之特权，独处于不平等之地位。毫不为怪，此欧美女界，所以独擅其光荣；而东洋诸国历史上，终遗此最可耻之缺点也。奉告女同胞，吾辈此后求学之方针，其物质上的学问，及日本之美俗，如前所举之十条不妨近取诸东洋以医痼疾；而精神上的教育，则断宜以欧美为师；而锻冶以最纯洁高尚之理想，使相化合。另造出一种新文明，则吾女界庶由

---

① ［德］顾彬讲演：《关于"异"的研究》，曹卫东编译，北京大学出版社1997年版，第1页。

家族的妇人地位，进而为国家主义的妇人，更进而为世界主义的妇人矣"①。

不仅如此，一些尖锐之士如何震，对日本"贤妻良母"的女学培养宗旨进行了猛烈抨击：

> 日本某报论己国女学校之词曰："女校教育之目的，岂果在于使之作良妻贤母乎？今日本帝国二百万之男子，不啻得文部省之承认，而公然开设娼妓养成所；又不啻得文部省之承认，而为生殖器养成所之经营。"夫此言岂专为日本发哉！自今以往，上海之俗，必渐与日本相同。②

对于日本伦理"三纲五常"的深刻观察，让何震更是发展了对日本社会制度的批判：

> 三纲之说，发于中国，而日本被其毒。然日本之崇三纲，则较中国为尤甚。吾尝观于日本皇孙之出游，道旁观者，皆脱冠致敬。又闻日本各学校，均给以天皇像，阖校之人，供之若神，若遗此像，即服重刑。故某校遇灾，其校长因入取天皇像，致遭火灾而死，于此知日人笃于忠君。又观于日本家族之间，其夫偶出，妻必跪送于门；夫妻同居，妻必侧席而坐；夫若宴宾，则妻侍席侧，与奴隶同，于此知日人笃于尊夫。惟父子一伦，则较中国无差异。
>
> 自革命之报出版于美洲，于国人忠君思想，痛加排斥，而后君为臣纲之说破。自平民新闻，以蹴父母之说，登入报章，而后父为子纲之说破。自妇人新论诸报出，提倡解放女子，而后夫为妻纲之说破。自哲学馆讲师，以为善恶凭目的而定，不必问其手段之若何，而昔时腐败之论，均不克自持，以是知天下无一定之纲常。虽以日本专制之毒，犹有醒迷之一日，则天下岂有不可易之理哉。乃日本

---

① 炼石：《日本妇人之政治运动》，《中国新女界杂志》1907 年第 2 期。
② 志达：《男盗女娼之上海》，《天义》1907 年第 5 期。

政府，于排斥三纲之人，禁之甚力。夫此举果何为哉，如日当实行三纲，则为君之人，当躬亲大政，不复从事荒淫厘正官闱，不复使之淫泆，岂必执三纲之说，以为愚弄人民之具耶。

呜乎！三纲之国。呜乎！三纲之国民。[①]

可以说，留日女学生群体的兴起与繁盛，基本是在 20 世纪的初始年代，她们迅速走完了日本明治维新以来的女学之路，而她们伸张"女权"的道路显然远远超出了日本女学的范围，突入更加广阔的女子参政权的争取中去了。中国留日女学生无不是抱着"取经"的心态东渡日本的，她们自身结社成团、积极拒俄、光复共和，进而投入轰轰烈烈的社会制度革命的洪流中，以社会制度变革去希求女权胜利，这种理路，在日本得到了清晰的展现。日本的异域文化，成为促发、催醒她们奋起的"场域"，她们的报刊发声，也成为后来政治举动的思路厘清路径。联系辛亥时期的女权运动，秋瑾、唐群英、林宗素、何香凝等一大批女革命家的出现，她们共通的求学经历、人生选择、政治主张，都是在这样的场域中产生的。在下面几节中，我们将分别从不同报刊入手，去解读这些精英女士的精神之旅。

第二节　独立之声：陈撷芬与《女学报》

1883 年，陈撷芬（原籍湖南衡山）出生在江苏阳湖一个资产阶级改良派知识分子家庭。1889 年，因其父陈范任江西省铅山县知县，陈伴之到江西定居。1894 年，陈范罢官退居上海，陈撷芬也进入教会学校中西女塾就读。陈撷芬自幼读书习文，师从潘兰史，有"三十里坑落处，比将桃更何如？衣冠多少和戎辈，可有闲情读此书"[②] 的佳作，后来在其父主办的《苏报》上，陈撷芬的小品文、诗作等常见于报端。陈撷芬在上海定居时，是上海爱国女学校第一批学生，这些新式教育的环境为陈撷

---

① 志达：《不平哉万国平和会》，《天义》1907 年第 4 期。
② 郑逸梅：《艺林散叶》，中华书局 2005 年版，第 76 页。

芬提供了开眼看世界的机会。陈撷芬的办报过程，是接受男性知识分子
（其父亲）启蒙的典型个例，章士钊评价《苏报》道："查清末革命史
中，内地报纸以放言革命自甘灭亡者，《苏报》实为孤证。此既属前此所
无，后此亦不能再有一。"① 《苏报》鲜明的革新立场可见一斑。早期的
家庭教育和学校教育催生了陈撷芬思想的变化，其父办《苏报》将救国
理想媒介化、舆论化的实践方式影响了她自身的身份定位，这种家学渊
源和现实文化选择都造就了陈撷芬第一批中国女报人的身份。

一　《女报》与《女学报》始末

1899 年冬，在上海新马路华安里，陈撷芬创刊主编了《女报》，这份
刊物本来是随着《苏报》附送的，仅送六期就停刊。1902 年 5 月 8 日
《女报》续出，月刊，期数重起，由《苏报》馆代为发行。1903 年 2 月
27 日改名为《女学报》，编号为第二年第一期，定价每册大洋一角五分，
全年十一册全订者一元五角，邮税照加。编辑地为上海新马路华安里女
学报馆，发行所为上海二马路的苏报馆，印刷地是上海四马路胡家宅的
文明书局。虽然编辑者初意是"全年十一册"的月刊，但是实际上却经
常拖刊，1903 年一共出版了 4 期。由于"苏报案"② 发，陈撷芬 1903 年
逃亡日本，在东京出版了第 4 期，③ 第四期的发行所改为上海国民日日报
馆，印刷人为野口安治，印刷地（原文为印刷所）为日本东京市牛込区，
内地代派所有 11 处，主要有上海文明书局、广智书庄，杭州白话报馆，
南京明达书庄等。

该刊物由陈撷芬担任主笔，撰稿最多，其他撰稿人还有：湘言、陈
嘉秀、陈超等。刊物主要分为：论说、演说、尺素、新闻、女界近史、
同声集、谐译、杂俎、词翰、译件、专件、最新眉语等栏目。其中演说
栏目最具特色，废缠足、提倡女学、婚姻自由、女子团结这些主题，都

---

① 傅国涌：《风雨百年"苏报案"》，《书屋》2003 年第 10 期。

② 苏报案，1903 年 6 月，清政府勾结帝国主义在华势力逮捕革命派章炳麟，并且查封了
《苏报》，案发的 6 月 30 日，陈范之子陈仲彝与办事员钱宝仁在新马路女学报馆被捕。陈撷芬
与父亲陈范逃亡日本。

③ 参见《女学报》1903 年第 2 卷第 4 期卷首。

成为一篇篇生动直白的"演说文"，以直抒胸臆、痛陈弊端的形式表现出来。特别是陈撷芬高呼婚姻自由，喊出了近代女性呼吁婚姻权利的"第一声"，"妹以为自由婚姻之风不倡，则女学永无兴盛之日，虽多设女学，仅能栽培稍识字，稍明理之女子耳，欲使其有独立之资格，则非此区区三五年所能成就也"①。"按婚姻自由为女学进步之初基，诚如吾蕴华言，此风不倡，则女学永无兴盛之日也。"② 在新闻栏目里，《女学报》十分重视宣扬女权、广开眼界，如新闻《平等阁笔记》《俄妇革命》《女权日盛》《女工独盛》等；报道女子教育的新闻有《女学生赴日本》《爱国女学校》等。在翻译和文艺方面，《女学报》也很有特色。它主要介绍西方的妇女教育理论与实践，如《女子教育论》《泰西妇女近世史》，以及外国女名人传记，例如《俾士麦克夫人传》《西方美人》等。词翰栏目则政治色彩浓厚，大胆刊登了如《沈荩死》《章邹囚》这些具有鲜明的反清革命色彩的诗词。③ 该报还在谐译栏目发表义和团红灯照的故事讽刺、谐谑清政府惧怕外国人的荒谬现实。

在办刊策略上，《女学报》较为新颖的是发表读者来信并配以按语，如在《鲍蕴华女士由神户来函》中，有"按婚姻自由为女学进步之初基，诚如吾蕴华言，此风不倡，则女学永无兴盛之日也，此函寥寥数百字，然言简意赅，已足极一篇婚嫁自由论矣，谨先附数语于后，欲副所属而畅厥旨，当更俟之异日"④ 之按语；在译件栏目中也刊登信件并配以按语，如在《日本女士福田英子致薛锦琴书》中配有："按此书系辛丑年三四月间薛女士演说后递到，灌诵一过，可谓沈痛矣，其深诋白人处，皆其深痛黄人处也，然吾以为不当诋人，但当自诋，夫彼之侵轶我是，逼我自振也，抑天道运行世界生物所必应受之逼迫也，彼今日诋此文明，宁独无逼迫之使然者乎，愿我同胞无快其诋，尚以诋人者自诋焉可。"⑤

---

① 陈撷芬：《鲍蕴华女士由神户来函》，《女学报》1903 年第 2 卷第 2 期。

② 陈撷芬：《鲍蕴华女士由神户来函》，《女学报》1903 年第 2 卷第 2 期。

③ 《沈荩死》歌颂中国第一个为新闻自由献身，被慈禧太后下令杖死的记者沈荩。章邹指的是反清革命志士章太炎、邹容。

④ 陈撷芬：《鲍蕴华女士由神户来函》，《女学报》1903 年第 2 卷第 2 期。

⑤ 陈撷芬：《日本女士福田英子致薛锦琴书》，《女学报》1903 年第 2 卷第 1 期。

"如《女学报》从第三期起，经常发表各界妇女的读者来函（诗、词），后专辟'同声集'，这些妇女同声称赞《女学报》及陈撷芬女士。有一份华阳女士写道：'《女报》词意明切足发愚蒙女学大昌殆萌芽于斯与？'还有一位读者写信说，她的父亲'观察指示上海续出女报一、二、三册，谓为奇女子陈撷芬手笔'，要她好好学习。"① 作为主笔人兼创办人，足见陈撷芬关注媒介与受众的交流，这昭示着早期女报人、女作家的启蒙立场，她们已经不满足于自身才华的展示，而是在社会文化公共空间发声，并借此舆论平台传播思想、启蒙同类，进而达到群体觉醒、争取社会应有的权利，尽"女国民"的本分。

二　陈撷芬《女学报》的性别立场与性别写作

陈撷芬虽是亡命客和留学生的双重身份，但逃亡日本得天独厚的文化宽松氛围使她可以尽情接受资产阶级民主思潮的熏陶，更加清晰地看清中国女界问题根源之所在，随着期刊的逐期编行，《女学报》的期刊定位逐步明朗，陈撷芬的女权思想也在不断具化。纵观《女学报》可知，不论是《独立篇》论述女性独立的慷慨激昂，② 抑或是在《中国女子之前途》的中肯良言："女界之前途既如此矣，吾同胞二万万试思之，如何能入此美世界哉？或袖手旁观而能入乎，曰谬矣哉，世岂有不尽义务而能享权力者也？"③ 女界的各色问题，无论是女学的创办，抑或是兴女界的壮举，皆与国家相勾连。这说明陈撷芬的女权思想首先是一种对男性启蒙的积极回应，她认同把解救女界建立在挽救国家危亡的基础之上这样的理论逻辑，并把女性问题与民族国家话语进行了"有意义"的衔接。

陈撷芬的性别身份，使她的文章策略基本采用"对比法"，即建立一种"男/女"二元对立的"压迫与被压迫"关系。我们不妨看看陈撷芬在《女学报》中对于中国女性形象的建构："茫茫大陆尘与土，五千余年岁黑天浓，姊妹同胞二万万，江山正好夕阳中，哀哉我中国女子，为奴隶，

① 李九伟：《革命前驱 报坛女杰——秋瑾、陈撷芬研究》，《出版史料》2004 年第 2 期。
② 陈撷芬：《姑媳要平等》，《女学报》1903 年第 2 卷第 2 期。
③ 楚南女子：《中国女子之前途》，《女学报》1903 年第 4 期。

为玩好品，为生殖机器，为冷血动物，以生以息于野蛮社会之上者，千百年于兹矣。呜呼，今日何日，今世何世，此正我中国女子除奴为主，由野进文之过渡时代也噫，岂徒我女同胞为然哉，而我中国男同胞亦莫不共处此过渡时代之中，过渡时代，是岂人所得而徘徊逗留者耶?"① 陈撷芬在《独立篇》论述"芬何人斯"时，从中也同样能看出陈撷芬对女界的无奈："芬何人斯？中国所谓女流以妇竖并称者也，中国所谓无才为德，以读书识字为多事者也。平居自思，既生为女子矣，又生于女权不振，女学不讲之中矣，我何能为哉，亦惟是守无才为德之说，为一无才无学之人而已。虽然，当读书阅报，觉夫东西哲学之所言议，及我中国通儒之所发明，于我所独居深念，多相契合，于是喟然叹，我虽生为女子，虽生于女权不振，女学不讲之国，我之思想智识，固未当异于彼男子，异于彼东西人种也。"② 在这里，由"男/女"的二元对立已经拓展至"东/西"的对立，女性的弱势地位也自然与国家处于被殖民、被奴役的从属地位相链接。

陈撷芬的性别立场也促使她关注女性身体。缠足将女子困守闺阁，隔绝世外，不能依靠自己谋生，裹足苦痛，面面切骨，层层钻心，至缠束毕，泪如雨下，无一例外。陈撷芬在文章中多次现身说法，论述强身健体的间不容发以及必要性："诸位姊妹倘然进了学堂，连出来都不想出来，我再不说谎话，我是从学堂里读过出来，我是缠了小足后来放大，样样都是经验过来，再告诉诸姊妹，并不是口头禅说说的，望我同胞姊妹，总不要失了做学生的日子，随便什么事都还可以一生缺少一样，独有做学生的事，要是错过了，真是可惜呢。"③ 与男性启蒙者的女性身体羸弱—母性功能羸弱—子女身体羸弱—国家人民身体羸弱的逻辑思路不同，陈撷芬更关注女性摆脱体弱病残之后的社会"空间"的拓展问题。从这个意义上说，她关注的重点更倾向于女性立场，这是女性自身出场的重要意义价值所在。她因此会更加具体关注伦理体制对女性的压制，

① 陈撷芬：《婚姻自由论》，《女学报》1903 年第 2 卷第 2 期。
② 陈撷芬：《独立篇》，《女学报》1903 年第 2 卷第 1 期。
③ 楚南女子：《做学生的快乐》，《女学报》1903 年第 4 期。

在《姑媳要平等》中论述独立家庭的重要性："列位试想媳妇终年在愁怨之中，还有什么心思，用到正事上去，有了胎孕，也郁闷坏了，有了子女，也糟蹋坏了，眼前的乖戾，便含着日后的败坏。一家如此，家家如此，还有强国强种的希望么？考求这个缘故，全是不分居所致。"① 中国历史中千百年来女子一直处于被压迫地位，为了攻破这一现实难题，陈撷芬在《群》中呼吁女性应当团结一致："我奉劝我同胞的姊妹，不要以为自己是个女子，是要依靠男人的，我们女子的人数有二万万，苟能够彼此同心，怕不能做成大事业，何必要依靠人呢？但是总要晓得做事的根基，是个群字，是心志的群，目的的群，身体能够群固然好，倘然不能够，我以为不见面的群还更好呢，这缘故上面已经说过，也不必再说了。"② 她还尽力倡导女性的持之以恒："不论什么事，只要尽力去做，总没有做不成的，俗话说天下无难事，只要用心人，这用心两个字，就是尽力两个字，比方有了一件为难的事，总不要先存了个心，这件事真是烦难。我没有力量做，就终久不成了，什么叫做奴隶畜生，奴隶敌不过主人，所以做奴隶，畜生敌不过人，所以做畜生，我们若是遇着一样为难的事，就不肯尽力，倘然有个尽力的人做成了呢？我们敌不过他，比较起来，岂不就是他的奴隶他的畜生么？所以不论什么难事，总尽我的力量做去，自然就不觉得难了。"③

三　《女学报》的白话"启蒙"

《女学报》整体刊物可读性极强，绝大部分文章是白话文，这也正是秋瑾在《敬告姊妹们》中对女性报刊的期许："就是有个《女学报》，只出了三四期，就因故停止了。如今虽然有个《女子世界》，然而文法又太深了，我姊妹不懂文字又十居八九，若是粗浅的尚可同白话的念念，若太深了简直不能明白呢。"④ 虽然秋瑾感慨《女学报》较早停刊，但对其传播新知，特别是考虑女性受众群体的期刊定位高度认定。梁启超在

---

① 陈撷芬：《姑媳要平等》，《女学报》1902 年第 2 卷第 2 期。
② 陈撷芬：《群》，《女学报》1902 年第 2 卷第 4 期。
③ 陈撷芬：《尽力》，《女学报》1903 年第 2 卷第 2 期。
④ 秋瑾：《敬告姊妹们》，《中国女报》1907 年第 1 卷第 1 期。

1896 年就已从理论上论述白话文、民间俗语的重要性。他认为：西方人从幼儿识字起，语言文字就"不好难""多为歌谣""多为俗语"，因而"西人每百人中，识字者自八十人至九十七八人"，"正是言文合一保证了西国教育的普及，使得民智大开"。① 白话文热潮，带动有识之士们的白话运动，在期刊的编纂和运作方面，陈撷芬响应了维新人士提出的推广白话文主张，满足了普及社会教育的实用需求，进一步促进了白话文运动的发展。

陈撷芬在期刊上发表的文章，尽可能使用白话，便于文理不甚明的人皆可阅读。在翻译（后改为译件）栏目中，陈撷芬在向读者介绍西方美人——美世儿时，就运用了通俗易懂的白话："我今年看见一部书，是译他们西国的，名字叫世界十大女杰，是说的各国女豪杰的事迹，有的姊妹想也看见过，但是不看见的人多得狠，并且有年纪小的，不能看那深奥的文法，所以我将这十个女豪杰的事，编做白话，既可以与诸位姊妹消消闷，又可以晓得我们女子中的人物，倘然看得合式，就可以学他也做一个女豪杰出来，岂不是件有益的事么？姊妹们以为是否。"② 陈撷芬对白话的认识，让读者在消解时光的同时又能得到教化。"陈撷芬每期必为之撰稿，亦可见其重视程度。而以之兼做课本的期望，则体现了自第一份《女学报》起，晚清女报即有意承担的教科书功能。"③ 陈撷芬、秋瑾等人的早期白话文实践既带有启蒙者的殷殷希望，同时也隐含着先行者的大胆创新。陈撷芬的文字中无不透露着盼望的温度："总之我这女报，是为了中国二万万姊妹做的，盼望我二万万姊妹，各人尽力，做事的做事，读书的读书，劝人的劝人，不到几年我们二万万女人，就另是一个新世界，不但像他们外国一样，直可胜过他们外国人。"④

这位在女界豪言壮志的新女性，却在日本被父亲逼做他人之妾室，面对秋瑾等人愤慨质问，陈撷芬却以父命难违回应，这件事情的发生曾在整个日本女子留学界引起震动，也充分说明了妇女解放的局势艰难，

① 梁启超、陈书良：《梁启超文集》，北京燕山出版社 2009 年版。
② 楚南女子：《西方美人》，《女学报》1903 年第 4 期。
③ 夏晓虹：《晚清两份〈女学报〉的前世今生》，《现代中文学刊》2012 年第 1 期。
④ 陈撷芬：《尽力》，《女学报》1903 年第 2 卷第 2 期。

连陈撷芬这样的女权领导者尚且需要服从于"父命"，其他女性的现实困境、礼教羁绊势必更大。虽然最终碍于舆论，这桩"妾室风波"暂消，但陈撷芬的人生还面临着更多磨难，张默君在《哀吾友陈撷芬君》一文中，记述陈撷芬"毕业于英和学院，主持杨氏所办依仁中学于渝中"，但是好景不长，"初君与杨君伉俪之爱深且挚，既以落落寡交际，见困于乡曲，复以无出，不见谅于戚长"，丈夫杨希仲（杨隽号希仲）蓄妾，陈撷芬"处境颠沛凄凉，神形亦大异往昔"[1]，于民国十二年（1923）七月三十日病逝，时年41岁。在其人生最后阶段，她还在《时报》连载了小说《人兽接脑记》，以科幻小说形式表达对脑病治愈的盼望，但最终兽脑取代人脑失败，徒留遗憾。有象征意味的是，陈撷芬的人生处境也逐渐走向"失语"，唯有《女学报》的启蒙之功，永记于女性史册。

第三节　先锋号角：何震与《天义》

何震（1886—1920?），其详细生平记录较少，多录存于其丈夫刘师培的生平之中。在刘师培的《何大姑哀赞》中记载道："何震出生于江苏仪征，原名何班，字志剑。其父何承霖，曾任武进县学教谕，其母殷氏，江苏甘泉人。何震是何家的幼女，上有两个哥哥和一个姐姐。"[2] 蔡元培在《刘君申叔事略》中记录刘师培生平时，也曾对何震有所提及："归娶，旋偕其妻何班至上海，何班进爱国女学肄业……前五年，亡命日本，何班偕往，改名震。时为民报撰文，与炳麟甚相得。夏，君创天义报。……是年，君忽与炳麟龃龉，有小人乘间运动何震，劫持君为端方用。"[3] 由此，我们可对何震了解一二。1904 年，何震在父兄的安排下嫁给刘师培，同年，她伴丈夫赴上海，进爱国女校读书，爱国女校由倡导革命的爱国人士创办，与当时女学校不同的是，其更注意发掘学生的自主意识以及对社会的认同感。1907 年，何震与丈夫东渡日本，同年 6 月

---

[1]　张默君：《哀吾友陈撷芬君》，《心声：妇女文苑》1923 年第 8 期。
[2]　焦霓、郭院林：《〈天义报〉宗旨与刘师培、何震的妇女解放论》，《云梦学刊》2010 年第 4 期。
[3]　蔡元培：《刘申叔先生遗书》（一），民国廿三年（1934）宁武南氏校印。

10 日，何震主编的女子复权会机关报《天义》创刊。"短短不到一年的时间里《天义》报总共出版了 19 卷而终刊。这本存在了不到一年的刊物，无论在当时还是对后来的历史而言，都成为了一个具有丰富内容的话题，同时也产生了不可忽略的重要影响。"① 1908 年，章太炎与刘师培关系破裂，刘师培、何震二人在日本四处碰壁，无奈转而回国投身在清政府两江总督端方麾下，至此踏上了与革命相背而行的不归路。1915 年，袁世凯复辟帝制，刘师培成为筹安会主要成员，袁世凯复辟失败。"刘师培夫妇逃亡避难。1919 年刘师培病逝，有人说何震神经病发作，曾在北大校门外伏地痛哭，后来削发为尼，法名小器，再后来就不知下落。"② 风光一时的何震最终带着黄粱一梦般的女权思想而落幕。

何震的一生跌宕起伏，与丈夫国学大师刘师培的名字难舍难分。何震能在文学界崭露头角，成为积极的女权论者，与刘师培有莫大关系。最初二人齐倡革命，在《天义》大放异彩，后到背叛初衷成为清政府旧势力的帮凶，他们的背叛行为也被世人嘲讽，前后天差地别，何震、刘师培夫妇的结局也让人唏嘘不已。何震与《天义》一起在"向现代化迈进、各式人物名流辈出的时代"昙花一现，但是仅仅这昙花一现，却也书写出女权主义鲜明的一笔。按照刘慧英的说法："她的独到、清醒和犀利，这在当时尚属凤毛麟角的新女性中是极为罕见的，而更是那些热心鼓吹女权的男性所难以企及的——何震的声音是独特的。"③

一 无政府主义与《天义》

20 世纪初，无政府主义传入中国，何震的丈夫刘师培就是第一批信徒，曹宗安在《无政府主义纵横谈》中指出："最早向中国系统介绍无政府主义的是中国在外国的知识分子。1907 年，李石曾、吴稚晖等人在巴黎创办中文《新世纪》周刊，专门宣传无政府主义。同年，在日本的张

---

① 刘慧英：《消失在历史迷雾中的"女界革命"——何震和〈天义〉报》，《文史知识》2011 年第 3 期。
② 柳亚子：《南社纪略》，人民出版社 1983 年版，第 5 页。
③ 刘慧英：《女权、启蒙与民族国家话语》，人民文学出版社 2013 年版，第 117 页。

继、刘光汉等人在东京组织无政府主义团体，创办《天义报》与《衡报》①，宣传无政府主义。"② 徐善广和柳剑平在《中国无政府主义史》中也认为无政府主义是在 20 世纪初期开始传入中国的。③ 20 世纪初，无政府主义传播到中国，辛亥革命前期，无政府主义者不仅拥有自己的政治主张，还拥有着像欧洲无政府主义者那样的反对国家、政府和强权的政治要求。④ 1907 年初，何震夫妇初到日本，在欧美无政府主义思潮沐浴下，思想上已有了归属，何震内心的女权思想进一步发展成熟。1907 年 6 月，何震在日本东京成立女子复权会："成立女子复权会就是为了要从男子手中夺回女子故有之权，破男女阶级，实现男女绝对平等。由此看出，女子复权会是一个有宗旨、有纲领、有目标的地地道道的女权主义组织。"⑤ 这一点在女子复权会的章程中表现明显：

一、宗旨　竭尽对妇女界之天职，力挽数千年重男轻女之颓风。

二、办法　对女界办法有二：一是以暴力制服男子，二是对甘受压抑之女子寄予关切。对世界之办法有二：一是暴力摧毁社会，二是反对统治者和资本家。

三、规约　不得盲信政府，不得服从男子之奴役，不得委身为妾，不得数女同事一男，不得以初婚女子为男子之继室。

四、道德　耐苦、冒险、知耻、高尚、修身。

五、权利　入会后，享受权利有三：凡已嫁之女子身受男子压制者，可报告本会为之复仇；凡因抵制男权以及或为社会效力而身死者，本会均予表彰；凡因抵制男权或效力社会而受迫害者，均有享受本会救济及保护之权。

六、义务　入会后，应尽之义务有三：一切结婚或离婚者，均

① 这里与刘慧英观点不同，"被后人视为中国无政府主义运动的承前启后者的师复，在 1914 年对中国无政府主义运动作总结性的文字里竟然绕开了《天义》"。

② 曹宗安：《无政府主义纵横谈》，山西人民出版社 1981 年版，第 65 页。

③ 徐善广、柳剑平：《中国无政府主义史》，湖北人民出版社 1989 年版，第 24 页。

④ 毕文雅：《二十世纪初期中国无政府主义思潮评析》，硕士学位论文，辽宁大学，2014 年。

⑤ 张莲波：《辛亥革命时期的妇女社团》，河南大学出版社 2014 年版，第 115 页。

须向本会报告。入会时，缴纳一元，以后每月缴纳一角。入会后，应向本会介绍会员，以扩大本会之势力。

　　七、会员资格　凡履行本会之规约者，均得为本会会员。

　　八、总会会址　日本东京牛込区新小川町二丁目八番地天义报社。①

　　《天义》一开始是一份以妇女问题为己任的期刊，为力挽数千年重男轻女之颓风，因此提出，"不得服从男子之奴役，不得委身为妾，不得数女同事一男，不得以初婚女子为男子之继室"②的主张，这些主张在今天看来也有比较偏狭之处，例如"初婚女子"不能为"继室"，仍然透露着一种僵化的"贞洁"观，但这些能为女子复仇的组织宣言，恰能表明此时的何震比较激进的男女平权思想。值得注意的是，这份章程里没有提到反清政府，而何震本人也没有入同盟会。"除了何震，几乎所有的妇女活动家们都是主要反清政治团体——孙中山领导的同盟会会员，她们同时也是各自妇女组织的成员。例如，陈撷芬、秋瑾、李元和唐群英既是同盟会成员，也是她们各自学会的领导人。何震似乎是激进的局外人中的领导者。"③

　　《天义》1907年6月在日本东京创办，主编何震、刘师培，主要发起人为：陆恢权、何殷震、徐亚尊、张旭、周大鸿五位女性；前七期为半月刊，自第八期合为多刊，1908年终刊。《天义》虽然创刊时间不足一年，但出版了19卷，设有社说、来稿、时评、附录、学理、译丛、书报、结社、照片、记事、杂记、论说、专件等板块，《天义》共发图片三十多张、文章二百多篇。《天义》在卷首处刊登了该报的办刊宗旨："以破坏固有之社会，实行人类之平等。于提倡女界革命外，兼提倡种族、

---

① 中华全国妇女联合会妇女运动历史研究室：《中国妇女运动历史资料（1840—1918）》，中国妇女出版社1991年版，第212—213页。

② 中华全国妇女联合会妇女运动历史研究室：《中国妇女运动历史资料（1840—1918）》，中国妇女出版社1991年版，第212—213页。

③ ［澳］李木兰：《性别、政治与民主——近代中国的妇女参政》，方小平译，江苏人民出版社2014年版，第55页。

政治、经济诸革命，故曰'天义'。"在第八期改变宗旨："破除国界、种
界，实行世界主义。抵抗世界一切之强权，颠覆一切现近之人治，实行
共产制度，实行男女绝对之平等。"①

　　由于《天义》的无政府主义色彩与当时清政府统治思想相悖，对
《天义》的进口实行管控措施："光绪三十二年，由邑人杜树德、陈家琦
冒险致函日本东京留学生何殷震，代订《天义》杂志。蒙寄十份，每份
二十册。当时清政府检查颇严，该杂志外裹株式会社章程，故进口时未
得验出，亦云幸矣。"② 这直接导致只有较少量《天义》流入中国，大部
分原始资料暂存日本。

　　《天义》显示出强烈的政治倾向，特别是有关社会主义革命的文章较
多，如第3期：《政府者万恶之源也》，第8、9、10合期：《社会主义讲
习会第四次开会记略》《农民疾苦查会章程》《南非洲杜省虐待华侨之惨
状》，第15期：《社会主义与国会政策（续）》，等等。《天义》办刊的初
衷就是作为女子复权会机关报，专门刊登女子复权会相关理论，不仅在
图画板块上登载了优秀女界画像，还发表了《俄国女杰遗事汇译》《论中
国女子所受之惨毒》《论女子劳动问题》《女界吁天录》等重要演说；此
外，在秋瑾英勇就义以后，《天义》发表了多篇悼念秋瑾的文章，如《附
秋女士遗诗序》《秋瑾传》《秋瑾死后之冤》；《天义》还报道了许多涉及
女性权利、女性切身利益的会议，如秋瑾女士追悼会、万国社会主义妇
人会议、河南杂志社拟刊女报会议。可以说，《天义》在宣传女权及女性
相关权利上占据了大量篇幅。

　　《天义》的无政府主义文章出现了名目繁杂、援引众多的现象，其主
要援引了卢梭学说，如《无政府主义之平等观》等，其次援引了克鲁泡
特金的学说，如《苦鲁巴特金无政府主义述略》等；再次援引了达尔文
的学说，如《亚洲现势论》等。卢梭、克鲁泡特金、达尔文是《天义》
的理论支撑，此外，《天义》中还存在着多种无政府主义，如米哈伊尔·

---

　　①　《目录》，《天义》1907年第3期。
　　②　河南省地方史志编纂委员会：《河南辛亥革命史事长编（上）》，河南人民出版社1986
年版，第281—282页。

亚历山大罗维奇·巴枯宁、比埃尔·约瑟尔·蒲鲁东的无政府主义。此外,《天义》还涉猎空想社会主义、虚无主义等理论,"其中亦广泛地征引了如母耶的《无何有之乡》、科比耶的《太阳之都》、哈林枯顿《太阳洲》、马尔克斯《由空想的科学的社会主义之发达》、拉萨尔《劳动与科学》、柏拉图、奥伊秃林克、撒西门、布利奥、拉美纳、康拜、握恩、海克尔等"①。这些林林总总的无政府主义文章的芜杂引用状态,反映了《天义》主创者对于无政府主义的接受状态。考察何震的文章,我们也会发现这样一个事实,无政府主义只是为何震的妇女解放谱系提供了一个支点,但妇女异常复杂的文化、历史、社会因袭,又是很难套用的,因此何震不求透彻、体系化,而只是采集、使用部分无政府主义观点,以阐发自己的妇女解放观念,就成为一种策略性选择。

二 妇女解放与无政府主义的结合

经过目前搜集整理,可发现何震在 1907 年到 1908 年共发表 18 篇文章。其中在《天义》上发表的有 16 篇:《女子宣布书》《公论三则》《女子复仇论》《陈君不浮追悼会演说稿》《论种族革命与无政府革命之得失》《〈秋瑾诗词〉后序》《女子解放问题》《论女子当知共产主义》《女子非军备主义论》《经济革命与女子革命》《不平哉万国平和会》《男盗女娼之上海》《论中国女子所受之惨毒》《妇人解放问题》《秋瑾死后之冤》《女界吁天录》。在《新世纪》上发表的有 1 篇:《保满与排满》。在《女子世界》上发表的有 1 篇:《天义报》广告。其中《女子复仇论》是何震唯一一篇长篇,连载于《天义》第二卷、第三卷、第四卷、第五卷和第八到十卷合册中;白话文有两篇:《论女子当知共产主义》《陈君不浮追悼会演说稿》。另外,《公论三则》包含 3 篇小文章:《帝王与娼妓》《大盗与政府》《道德与权力》;《不平哉万国平和会》包含 4 篇小文章:《万国平和会不平》《暗杀之影响》《呜呼三纲之国》《专制之政将复活矣》;《男盗女娼之上海》包含 2 篇小文章:《男盗女娼之上海》《政府奖

---

① 周翔:《〈天义〉杂志研究》,硕士学位论文,中国社会科学院研究生院,2012 年,第 13 页。

励官业》。

（一）对阶级、权力、金钱制度的批判

"无政府主义比中国早期的马克思主义传播者更早地关注到女性群体中的阶级差异，何震等人更多地关注女工、奴婢、娼妓、农妇等等下层妇女的苦难和利益，在考虑到她们受男人统治和压迫的同时，还指出她们受到富贵阶层妇女的奴役和剥削。这是中国女权启蒙中其他群体未能也无力作出的关注。"[1] 何震往往能以自身的性别身份体验出发，关注到下层女子与上层女子尊辱差别的境遇。在《论中国女子所受之惨毒》中有："中国之恒语曰：天下最毒妇人心，以之论一般之妇女，则不可以之论中国恃富挟尊之女子，则确当不移。盖中国恃富挟尊之女子，受制于男，不敢稍萌抗，志压制既极愤无可伸，乃迁怒于在下之女子，以泄其愤，又逸居无教，间暇之顷鲜可自遣，乃以横暴残忍之技，遣其生涯。因此之故，而妇人遂以最毒著闻，然身受其毒者，即受制于彼之女子也。"[2] 何震以同性阶级压迫为论述点，揭露中国大家族内部主仆压迫——女主人压迫婢女的社会现实："故家庭之女主，不啻酷吏，而婢女所处之地位，则与身犯重罪者相同……故婢女生涯，曾乞丐之不若，可不叹哉！此因主仆之名分而受惨祸者也。"[3] 除婢女受压迫外，何震还指出童养媳所受之压迫："若加以苛虐之刑，则较之富室虐待婢女大抵相同，其尤甚者，则置之于死。"[4] 不难发现，何震更多关注下层女子，她在文中也对娼妓的产生做过论述："娼妓之起，亦由民贫。然才智之女陷身其中者，何可胜道。"[5] 体现了视点下移，关注广大底层妇女处境的视角。

何震除了察觉到中国女子内部的压迫，还敏锐地发掘出平等实际为人人平等，不仅限于大众所倡导的男女平等，在《妇人解放问题》中有："夫吾等所谓男女平等者，非惟使男子不压抑女子已也，欲使男子不受制

---

① 刘慧英：《女权、启蒙与民族国家话语》，人民文学出版社 2013 年版，第 110 页。

② 震述：《论中国女子所受之惨毒》，《天义》1908 年第 15 期。

③ 震述：《论中国女子所受之惨毒》，《天义》1908 年第 15 期。

④ 震述：《论中国女子所受之惨毒》，《天义》1908 年第 15 期。

⑤ 志达：《女界吁天录》，《天义》1907 年第 8、9、10 期。

于男，女子不受制于女，斯为人人平等。"① 人人平等不仅包括男女两性平等，还包括女界内部的平等。与资产阶级革命派把西方资产阶级的男女平等奉为楷模不同，无政府主义者揭露了西方资产阶级所谓男女平等的局限性和虚伪性。如在《女子宣布书》中，何震论述道："呜呼！世界之男女，其不平等也久矣。印度之女，自焚以殉男；日本之女，卑屈以事男。欧美各国，虽行一夫一妻之制，号为平等，然议政之权，选举之权，女子均鲜得干预，所谓'平权'者，果安在邪?"② 此外，何震在《妇人解放问题》中以西方女子为例，更加详细地叙述了少数女子握权与少数男子握权无异，因为少数女子握权在一定概率上会成为握权男子的帮佣，这样的情形下，无形中再次增加没握权女子的负担："以是知少数女子握权，决不足以救多数女子。若如那威之制，以少数贵女参政，非惟无益于民已也，且使绅士阀阅之中为女子者，挟议政之权，以助上级男子之恶，至立法一端，亦仅上流妇女受其益，若下级女子，则必罹害益深，此非独那威惟然。即澳洲妇女亦多参政，曾有为工女谋幸福者乎？而工女阶级之中，亦鲜克入场投票，此其所以不平等也。"③ 这与女子复权会的章程也遥相呼应。"这个组织的无政府主义原则也反对妇女参政运动事业。它将议会主义看作是一股坏的力量，因为它只反映社会中上层阶层的关注点，但这是以牺牲贫困阶层的利益作为代价的。按照这种观点，给予妇女选举权会使得处于压迫阶级的男性和女性能够联合起来反对更贫困的阶层。"④ 何震在文中倡导根本改革，即废灭政府："夫是之为解放女子，夫是之为根本改革，奚必恃国会政策，以争获选举权为止境哉！傥有志之妇女，由运动政府之心，易为废灭政府之心，则幸甚矣。"⑤

何震对权力、阶级压迫持批判态度，对妇女解放的态度不仅局限于

---

① 震述：《妇人解放问题》，《天义》1908 年第 8、9、10 期。

② 何震：《女子宣布书》，载夏晓虹编《中国近代思想家文库·金天翮　吕碧城　秋瑾　何震卷》，中国人民大学出版社 2015 年版，第 139 页。

③ 震述：《妇人解放问题》，《天义》1908 年第 8、9、10 期。

④ ［澳］李木兰：《性别、政治与民主——近代中国的妇女参政》，方小平译，江苏人民出版社 2014 年版，第 54—55 页。

⑤ 震述：《妇人解放问题》，《天义》1908 年第 8、9、10 期。

男女压迫，更能观察到女子内部的压迫，进而追求人与人之间的绝对平等——取消权力。"民国前，涉及参政问题的妇女革命思想，已显出阶级意识的分野。也就是说，女子社会性别的同一观念开始受到阶级论的挑战，这样，女子参政思想便在社会性别之上又多了一重阶级意识/无政府主义的审视。"[1]

妇女解放与无政府主义的结合，具体还体现在何震对于女性婚姻问题上的讨论，在《经济革命与女子革命》中，何震分析了婚姻不自由多由经济分配不均所造成："夫现今之时代，即定为男女互相卖淫之时代矣；然互相卖淫，非男女之罪也，实金钱之罪耳。盖今日婚姻不自由之弊，多由经济不平等而生。经济既不平等，由是贫者欲博富者之金钱，苦无可施之计；富者既身居佚乐，复进求快乐之扩张。至其结果，则富者出资以买淫乐，贫者卖淫以博资财。谓之男女之关系，不若谓之贫富之关系也。"[2] 故而，何震提倡废除金钱制度，实行经济革命：

> 处现今之世，欲图男女自由之幸福，则一切婚姻，必由感情结合，即由金钱之婚姻，易为感情之婚姻是也。然欲感情之发达，必先废金钱。金钱既废，则经济平等。一般男女不为金钱所束缚，依相互之感情，以行其自由结合，则凡压制之风，卖淫之俗，均可改革于一朝。故女界革命，必与经济革命相表里。若经济革命，不克奏功，而徒欲昌言男女革命，可谓不揣其本矣。[3]

（二）女权主义者的先锋独立视角

何震的先锋性体现在她对所见所闻的独到见解，透过她的句句论述，可切身体会到其头脑的冷静与客观，往往能透表象观内质。

---

[1]　王绯：《空前之迹——1851—1930：中国妇女思想与文学发展史论》，商务印书馆 2004 年版，第 294 页。

[2]　何震：《经济革命与女子革命》，载夏晓虹编《中国近代思想家文库·金天翮　吕碧城　秋瑾　何震卷》，中国人民大学出版社 2015 年版，第 203 页。

[3]　何震：《经济革命与女子革命》，载夏晓虹编《中国近代思想家文库·金天翮　吕碧城　秋瑾　何震卷》，中国人民大学出版社 2015 年版，第 203 页。

　　在《公论三则》中，何震叙述了道德与权力之间的内在联系，同样能看出她分析事物的透彻、理性："自古及今，安有所谓'道德'哉？道德者，权力之变相也。专制之朝，为君者虑臣之背己，又欲臣之为己效死，则以忠君为美德，以叛君为大恶；为夫者虑妇之背己，又欲妇之为己守节，则以从夫为美德，以背夫为大恶。盖道德者，定于强者之手者也，又强者护身之具也。而道德之效力，则约于〔与〕权力同。"① 一字一句，都能读出何震内心的逻辑关系，不禁让人感叹其切中要害的敏锐观察力。

　　何震对女子入学堂也有自己独到的见解，在《论女子当知共产主义》中有："现在有一种人，说做女人的，只要有一件行业可做，就不怕没有饭吃。譬如中等的人家，把女儿送进学堂，学一点儿普通学，或是学一点儿手工，就是嫁人以后，也可以出去做教习，不至靠男人过活……但就我看起来，学堂是人家出钱办的，到里面做教习，就是靠开学堂的人吃饭……既然靠他吃饭，就一点自由都没有了，共从前男靠（靠男）人吃饭、受他的压制，也差不多，那哩（里）可以叫独立呢？"②

　　何震的先锋性还表现在较之于男性无政府主义者，她更多控诉女性所受之压迫，从而有"无形之大盗，政府也是也"③ 的言论。"而一些男性无政府主义者则更多地从无政府的信念或原则出发，有意或无意地主张实行一种放纵自由的两性关系，甚至为达到耸人听闻而制造一些哗众取宠的言论和口号。从这个意义上来说，何震是与他们泾渭分明的。"④何震在其长篇《女子复仇论》论述道："嗟乎！自古迄今，暴君酷吏，不绝于史册，女子死于其手者，固不可胜知。又古代贵显之家，妃妾恒众，一旦权势移易，伏尸市朝，妃妾从之而死者，亦无或幸免。故为女子者，

　　① 何震：《公论三则》，载夏晓虹编《中国近代思想家文库·金天翮　吕碧城　秋瑾　何震卷》，中国人民大学出版社 2015 年版，第 143 页。

　　② 何震：《论女子当知共产主义》，载夏晓虹编《中国近代思想家文库·金天翮　吕碧城　秋瑾　何震卷》，中国人民大学出版社 2015 年版，第 192 页。

　　③ 何震：《公论三则》，载夏晓虹编《中国近代思想家文库·金天翮　吕碧城　秋瑾　何震卷》，中国人民大学出版社 2015 年版，第 142 页。

　　④ 刘慧英：《女权、启蒙与民族国家话语》，人民文学出版社 2013 年版，第 105 页。

不幸而生专制之世，尤不幸而入贵显之家。此虽暴君酷吏之罪，然亦男子以女子为私有之咎也。为男子者，使妇女因己之故，横罹惨死，反己其思，其有负于女子不亦甚耶？"[1] 何震是将女子所受的压迫怪罪为制度之手。此外，在《女子解放问题》中分析了造成女子今日境地之原因——上千年传承下来的礼教传统："中国数千年之制度，以女子为奴隶者也，强女子以服从者也。又因古代之时，男子私女子为己有，坊其旁淫，故所立政教，首重男女之防，以为男女有别乃天地之大经，使之深居闺闼，足不逾阈。"[2] 她从根本上攻击了中国政教之说——男女有别，控诉了礼教对女子地位的压制。

三　总结

纵观何震在1907—1908年《天义》中的论述，可发现何震的文章既表达了对传统的抗议又表现了对女性现状的烦忧。造成这种情况的原因，"也许是受刘师培'国粹派'的影响，也许是基于自身长年浸润于传统文化，何震似乎无意到西方'先进'文化中去寻找女权主义的依据和资源，而是试图在传统文化中吸取反传统的因素"[3]。何震的大多数论述皆以中国礼教传统或中国历史为基础，以此一一论述女性在长期社会生活中所遭受的压迫以及不公正待遇，认为恢复女权须取消权利，即实行无政府主义。有学者指出，何震的"女性主义立场的中国学术史批判，深具理论内涵及历史价值"[4]。在何震的无政府主义世界里，关注每一个个体的自由和平等，而这绝不是一个混乱的状态，反而是互助且实行自治的和谐社会。可以说，何震的思想是最具无政府主义、女权主义代表性的，虽然她未曾一生都为之战斗，但其中留下的只言片语仍然值得被历史铭

① 何震：《女子复仇论》，载夏晓虹编《中国近代思想家文库·金天翮　吕碧城　秋瑾　何震卷》，中国人民大学出版社2015年版，第169页。
② 何震：《女子解放问题》，载夏晓虹编《中国近代思想家文库·金天翮　吕碧城　秋瑾　何震卷》，中国人民大学出版社2015年版，第183页。
③ 刘慧英：《消失在历史迷雾中的"女界革命"——何震和〈天义〉报》，《文史知识》2011年第3期。
④ 刘人鹏：《〈天义〉的无政府共产主义视野与何震的"女子解放"》，《妇女研究论丛》2017年第2期。

记。然而，何震的风评却不好，同时期的柳亚子评价何震时，将她比作女戏子，"申叔的一生，完全断送于他夫人何志剑之手，志剑不是女留学生吗？那真不如学毛儿戏的女戏子了"。① 中国传统观念中戏子地位低贱，娼妓与戏子相比有过之而无不及，可见柳亚子对何震的评价有多刻薄。在当今也有学者评价何震为河东狮吼："倍受河东狮吼挟持的书生又岂能与举事忘家、屡屡婚变的侠骨相提并论。"② 吊诡的是，以上诸多对何震的评价基本浅尝辄止在女性身份上，根本未对何震思想、文本有过考察，丈夫的反叛之举被归因在妻子身上，这本身是对何震性别/学者身份的最大不公正。

第四节　理性改良：燕斌与《中国新女界杂志》

燕斌祖籍河南，目前所能找到关于燕斌的生平经历研究类文章较少，对燕斌的家庭组成情况及少时经历暂无考据，燕斌在《罗瑛女士传》中写道："吾有生三十九年奔走遍十二行省，名媛贵妇，订交论学，相追随而莫逆者颇不乏人。然总角相依，心契志洽，友爱之情有逾骨肉，则惟吾所最亲最近之罗瑛女士一人而已。"③ 可确定燕斌与罗瑛女士交好，同时根据时间推算出燕斌为1868年生。有学者根据燕斌在《题粤西杂志象山写真图》《题粤西独秀峰》等文章中对桂林景色的描写及回忆推断出："她也许出身官宦家庭，幼年随父在桂林长大，自小接受良好教育。"④ 故可确定的是燕斌少时生长在广东西部地区。至此，我们可推断：燕斌（1868—？），河南人，少时居住在粤西。1905年，燕斌前往日本，在早稻田同仁医院攻读医科，1906年，"燕斌与唐群英共同担任留日女学生会书记"⑤。同年在《中国妇人会杂志》中参与编辑工作，并且担任中国妇人

① 柳亚子：《柳亚子选集》，群言出版社2014年版，第305—306页。
② 张宝明：《陈独秀与刘师培的恩恩怨怨》，《民国春秋》1995年第3期。
③ 炼石：《罗瑛女士传》，《中国新女界杂志》1907年第5期。
④ 王青亦：《国族革命背景下女性报刊出版景观——〈中国新女界杂志〉考略》，《现代出版》2016年第2期。
⑤ 炼石：《留日女学界近事记》，《中国新女界杂志》1907年第2期。

会东瀛分会会长："本社总经理燕斌女士素精医学，廖太夫人之高足弟
也。近接来函，得悉廖太夫人现由沪返京，将从事于女界实业上之经营，
且嘱运动在东会员，组织东瀛分会。"①。1907 年，燕斌、刘青霞等人创
办《中国新女界杂志》。该刊 1907 年 2 月在东京创刊，至 1907 年 5 月停
刊，共发六期。虽创刊时间较短，但《中国新女界杂志》是研究留日女
学生群体的重要史料。

一　温和、理性的办刊品格

燕斌这样阐发创办女性刊物的初衷："吾中国茫茫四百余州，杂志之
作，亦云夥矣，然出于吾女界所自力经营者，曾不获一睹，非吾女界耻
乎？"② 刊物主要撰稿人皆是留日女学生，刊物宣扬五大主义："第一条发
明关于女界最新学说；第二条输入各国女界新文明；第三条提倡道德，
鼓吹教育；第四条破旧沉迷，开新社会；第五条结合感情，表彰幽遗。"③

《中国新女界杂志》第一期设定的板块为：论著、演说、译述、记
载、文艺、谈丛、时评、小说；第二期设定的板块为：论著、演说、译
述、史传、记载、文艺、谈丛、时评、小说（增加了史传板块）；第三期
设定的板块为：论著、演说、译述、史传、记载、文艺、谈丛、时评、
小说、专件（增加了专件板块）。自第四期起，刊物又改良了板块："决
计从第四期起，以后每期改为：时论、社说、家庭（家政附）、传记（史
传记载二门位入）、教育界（凡教育学堂章程国内外女学调查皆列入）、
女艺界、通俗科学（凡关于家事日用浅近而有兴味之理化及其他科学以
浅显之文字出之并附图列说使阅者易解）、卫生顾问（凡生理卫生体育诸
学说择其与女界切要者列入此门以维持女界之健康）、书札（以本社与海
内外男女同胞紧要信件及由他处觅得者列入但以关于女界为限）、文苑
（诗赋词曲传奇琴歌杂文剧本弹词皆列此门）、小说等十一门；此外时评、
谈丛、专件等三门，遇有必要稿件时，皆可临时增入。就此看来，以后

---

① 炼石：《中国妇人会章程》，《中国新女界杂志》1907 年第 2 期。
② 炼石：《发刊词》，《中国新女界杂志》1907 年第 1 期。
③ 炼石：《本报五大主义演说》，《中国新女界杂志》1907 年第 2 期。

本报输入学术的新文明，较之前两期，不更多些么？其他如精神界的新文明、理想界的新文明，亦必择尤输入，总期空谈与实学，并行不悖。"①改良之后，"可算真正实行这第二条主义了"②。

1906 年 9 月，中国留日女学生会在日本成立。"当时在日本的女留学生几乎都聚集在此组织下，签名入会的达七十多人。此团体组织健全，分工明确。女留学生中的佼佼者燕斌、唐群英、吴亚男、龚圆常、王昌国等担负着学会的各项工作。它不仅推动着女子留学的发展，而且在妇女解放运动中起了一定的作用。"③作为中国留日女学生会的机关刊物，杂志鲜明地传播女学，以温和改良的立场，帮助女性获得知识、常识、技能，不倡"空谈"，务求"实学"，形成了独特的刊物品格。但也正是基于此，其被秋瑾抨击为"奴隶卑劣之报"④。《中国新女界杂志》温和的办刊主旨，使得它在日本和国内都大受各阶层女性读者欢迎，国内外以合盛元银行各支店分号处及代为经理处，内地主要销往：盛京、山西、陕西、河南、湖北、甘肃、山东、湖南、江苏、安徽、江西、四川、云南、贵州、福建、广东、广西、浙江、吉林、黑龙江 20 个省份；国外主要销售于日本东京，设有日本东京出张所，位于东京神田区南神保町五番地。由于销路广、销量多，《中国新女界杂志》在当时有"女学门界之大王"⑤ 之称。"以其在国内尤其是留日女界中的资历与声望，《中国新女界杂志》既吸引了诸多留学生，特别是女生参与其中，出刊后，也获

① 炼石：《本报五大主义演说（续第二期）》，《中国新女界杂志》1907 年第 3 期。

② 炼石：《本报五大主义演说（续第二期）》，《中国新女界杂志》1907 年第 3 期。

③ 张莲波：《辛亥革命时期的妇女社团》，河南大学出版社 2014 年版，第 62 页。

④ 秋瑾在给陈志群的信中写道："近日女界之报，已寥寥如晨星，□□之杂志，直可谓之无意识之出版，在东尚不敢放言耶！文明之界中乃出此奴隶卑劣之报，不足以进化中国女界，实足以闭塞中国女界耳，可胜叹息哉！"刘人锋在《改造旧女界　建设新女界——〈中国新女界杂志〉的妇女解放思想探析》中指出："虽然秋瑾并没有直接说明'之杂志'具体为哪个杂志，但根据东京创刊的期刊及名字的相似度，可以得出结论的是：'之杂志指的就是《中国新女界杂志〉'。"（《宜宾学院学报》2008 年第 8 期）持相同观点的还有李玉洁，其在《刘马青霞评传》中评价道："秋瑾说《中国新女界杂志》是'奴隶卑劣之报'，当然是偏激之词，但是这份杂志在当时跟不上形势，确是事实。"（参见李玉洁《辛亥女革命家——刘马青霞评传》，科学出版社 2012 年版，第 138—139 页）

⑤ 豫人：《〈中国新女界杂志〉及其女权主张》，《河南师范大学学报》1990 年第 3 期。

得了广泛的关注，第 3 期的发行量便'已及五千余册'。"①第三期刊登了本社名誉赞成员、本社赞成员题名、本期义务赞成员加入者、女界借股者，共计 19 页。该杂志在第一期、第二期同样也刊登了上述内容，但数量、篇幅皆不如第三期，赞成员、借股员实际为"凡现居国内外各男女同胞，有赞成本杂志，认借股款者"②。在第三期刊登的名誉赞成员数量之多，足可见《中国新女界杂志》在当时影响之大，及所受欢迎之程度；但是，该杂志在第六期因刊登暗杀主题类文章，被日本官方叫停，每期约 4 万字的《中国新女界杂志》月刊至此终刊。

据整理，燕斌以笔名"炼石"共发表文章 36 篇，其中在《中国新女界杂志》中发表的有 32 篇，在《豫报》中发表的有 2 篇：《感怀四首寄楚南娲石女士》《乙巳秋八月东渡中秋夜鼓轮黄海间月色无边海天辽阔徘徊舰面竟夕忘寐冷露浸衣久而始觉噫何思之深乎信口成吟歌以志感》，在《小说丛报》中发表 1 篇小说：《异客》，在《夏声（东京）》中发表了 1 篇：《祝辞》。最引人瞩目的是，抛去诗词、传记创作，燕斌发表的白话论说文数量极大、质量较高，如《本报对于女子国民捐之演说》《补天斋丛话：二则》《本报五大主义演说》《纪美国妇人战时之伟业》《美国女界之势力（白话体）》《留日女学界近事记》《名誉心与责任心之关系》《日本妇人之政治运动》等多是明白晓畅的白话文创作，这在留日女学生的论说文写作中，绝对是佼佼者。

能够说明燕斌温和、务实办刊风格的，正是这众多的白话文。她深知留日女学生群体以及国内女性群体受众的知识文化水平，为启蒙有效，采用了大量白话文的口语化写作。譬如阐明办报宗旨的《本报五大主义演说》：

> 列位呀，凡做一件事，必须把主义先拿定，然后做出事来，方有条理。若是没有一定的主义，只知道糊糊涂涂做去，那大纲已乱，枝叶还有可观的么？若问甚么叫做主义，这却极容易解，譬如有个

① 夏晓虹：《晚清女子国民常识的建构》，北京大学出版社 2016 年版，第 206 页。
② 《修订中国新女界杂志社借股新章》《中国新女界杂志》1907 年第 1 期。

人要放脚,先立定了这个念头,以后天天想法子去放他,心眼上总忘不了这事,无论用多少手段,不至放开了不止,就是有人阻挠,也不理他,绝不半途而废,你想他何以能这样坚忍呢?乃是他先拿定了一个放足的主义哟,他若是不先拿定个放脚的主义,随意儿做去。今天听见人家说放脚好,他就去放脚,明天又听见说,放大下狠丑,还是小的好,他便又去缠脚,像这样的人,别人都笑他耳朵根软,我说他耳根儿是狠硬的,只是没主义罢了。[①]

这段话通俗浅显,举例一针见血,今天读来也算得上清楚明晰的白话佳作,虚词"呢""哟"的使用已接近现今现代汉语的使用规范,特别是"列位呀"这样的呼告体的使用,让读者有身临其境、聆听演讲之感,拉近了受众的心理距离。

燕斌还有半文半白的尝试,如:"据师范生唐群英女士、孙清如女士、林步苟女士、高女士诸人,皆言此校校长、监督、教员、对于中国女生,照应周洽,教授热诚,非他校所能及。彼又深虑中国女生,来日本求学,狠不是容易的事。"[②] 新旧结合,文白参半,不论是用词还是文意,都不会对文化程度水平不一的清末女子造成困扰,同时,对于传播女权思想也有积极推动意义。相对于同时期的女性期刊,如《女子世界》中的用词文法,《中国新女界杂志》的白话程度更适合面向文化程度不均的女性。

二　异域视角的观照启蒙

燕斌以留学生视角审视世界时,深受西学东渐启蒙影响,在她的笔下,多以欧美女子为例,教化女子家国意识,培养女子家国情怀。在《中国新女界杂志》中专设传记一栏,翻译国外事迹、弘扬先进女性形象,显示了试图借此方式为中国女界的发展提供出路与选择,如《纪美国妇人战时之伟业》一改妇女在国家中能力微乎其微的刻板印象,借妇

---

①　炼石:《本报五大主义演说》,《中国新女界杂志》1907 年第 2 期。

②　炼石:《留日女学学界近事记（续第二期)》,《中国新女界杂志》1907 年第 3 期。

人会及妇人会的成果为中国女界提供详尽方法指导，再如《罗瑛女士传》以忧国忧民的民族大义，抛弃女人身上所带的阴柔气质，塑造独立的现代女性，这正是燕斌作为救国者所期待的女性形象。然后在文末加上自己的评论，颇有"太史公曰"的风韵，而评论往往由彼及身，观照本国女性发展。

> 译者曰：美国妇人之伟迹，真不可及哉。彼苦里米亚战争之起，距南北战争前后六年耳，顾英兵二万四千人中，仅九阅月，以看护之不完全，与食物之粗恶而死亡者，竟达一万八千人，其凄惨为何如？独南北战争，乃赖女子，起而保全无数军人之生命，难曰：由其德义之厚，兴爱国心之强，足以移人，然亦良以有明敏果断之才，而后乃克收如是之良果也。神州女子，秀灵本不让他族独步。比年以来，风气渐开，女子爱国之心，亦日以发达，此固吾中国前途之福。可为欣贺者，顾吾于此，有一言不能不为我二万万女界同胞敬告者。窃以为女子而不欲办事也则已，女子而欲办事也，则所至要者，莫若料事之眼光，与任事之魄力，具斯二者，而更副以前此所已经之阅历，则事易就矣。诚如是，则彼美国妇人，岂能独矜豪举而专美于前乎？译既竟，因继笔及之。[1]

燕斌肯定了美国女子伟业之后，同样也肯定了中国女子爱国之心，通过列举国外女子实例，循循善诱，从女子内质到女子本领、内心由身体的转化，淋漓尽致呈现了留日女学生先进、前卫的思想，以此实现唤醒女界的救国任务。

燕斌除传输欧美女界情况外，还引入日本先进知识——公众卫生理念："日本越世界之潮流，随文明之进步，上自政府，下逮民人，俱悟公众卫生之关系匪浅。"[2] 将公众卫生带入中国视野："公众卫生之意义，非出于尽一人一家之力，谓尽公众之力预防病患于未来，将种种之方策者，

---

① 炼石：《纪美国妇人战时之伟业》，《中国新女界杂志》1907 年第 4 期。
② 炼石：《公众卫生》，《中国新女界杂志》1907 年第 5 期。

曰：公众卫生。"① "卫生"一词，经历了不同时期新内涵的注入，才有了今天大众所熟知的卫生概念，"当然，从前近代的个人养生到近代卫生观念及制度在中国的确立，经历了一个转变过程，其中，来自欧美的直接影响自不必说，通过日本辗转而来的间接作用亦不容小觑"②。

燕斌传输公众卫生理念，借此抨击遇见病患祈神祷佛的愚昧行为，同时指出启蒙基本卫生知识的重要性："天下之广，人民之众，不解公共卫生之为何物，或怠于市道路之扫除，或不知饮料用水之改良，或懒于传染病预防之方法，及其病患既来，初则仓皇狼狈，手足无所措，既而祈神祷佛，求免乎病难，终至百无一效，死于非命犹不知怠于卫生所致。愚民之愚，亦大可怜矣。"③ 卫生概念已从个人身体健康层面上升到了民族、社会、国家话语，而卫生也从对个人身体调节转为了关注外部环境以及预防方法，燕斌从接受者到传播者身份的转变，实现了传播者到反思者身份的质变，以此关注国家层面下的民众卫生意识启蒙。

三 旧瓶新酒的文学创作

燕斌作为《中国新女界杂志》的主笔人，发表了不少诗歌，据不完全统计有9篇：《遗怀四首》《哀思》《辑新女界杂志夜深口占二绝》《题粤西杂志象山写真图》《又题风峒山》《奉酬杨少云先生寄赠新女界杂志题词》《题粤西独秀峰》《题粤西杂志独秀峰》《寄怀王昌国女士》。在诗歌创作中，燕斌一改传统女性诗歌的闺怨、思妇题材，以博大雄浑的世界目光去结构全篇，呈现出变革时代精英女性心怀家国的现代意识。在《哀思》中发出女界为何身处闭塞境地的疑问："黄帝之裔大禹之域兮，有五千年特出之文明，何女界之闭塞兮？"泱泱大国，承文明之传统，却置女界于泥泞中，本以为燕斌会如题名般陷入哀思，但词前后风格完全不同，结尾处尽显豪情壮志："娲皇去兮乘长风，登九天兮跨飞龙。吾将

---

① 炼石:《公众卫生》,《中国新女界杂志》1907 年第 5 期。

② 何玮:《"新女性"的诞生与近代中国社会——兼论于日本之比较》,厦门大学出版社 2017 年版,第 117 页。

③ 炼石:《公众卫生》,《中国新女界杂志》1907 年第 5 期。

招皇之灵爽兮，灵其归来归来兮，拯我二万万女界于樊笼。"① 而以现代新词入旧体词，又不显突兀，对于"二万万女界"的殷切期望，溢于言表。

在主题的表现上，燕斌也注入了男女同权的新主题："强权自古归男子，巾帼因何不丈夫。假命帝王全女统，须眉遮莫尽奴奴。"② 字字句句中，皆可发现燕斌对男权社会压迫的不满，同时她又憧憬着平权时代的到来："廿纪风云此变遭，由来公理重平权。家庭那许行专制，人道从今赖保全。学术维新第一关，同侪努力莫盘桓。他年再辑文明史，始信吾徒不等闲。"③ 以新鲜词语入诗，甚至近乎口语，"家庭那许行专制"的诘问与"学术维新"的倡导，让旧体诗又焕发了新生，梁启超推崇的"诗界革命""我手写我口，古岂能拘牵"的主张，在燕斌的笔下得到了充分的展现，显示了近代女性诗歌创作的风貌。可以说，"女留学生的出现，确实给近代女性文学注入了新的血液，带来了新的气象，那就是出现了女性书写域外题材的作品。描写异国风光和风俗民情，书写外国的历史文化和自己的观感，这也就是'诗界革命'所提出的新意境、新事物和新思想"④。

表现燕斌文学创新的，还有她在《中国新女界杂志》中发表的传记作品《罗瑛女士传》。在文体上，《罗瑛女士传》较为特殊，传记体更似日记体，如燕斌在文章中记载罗瑛女士与她说过的话："有生以来，日处荆棘地中，与社会战，与命运战，尽数十年，茹苦含辛，始得还我自由。今而后非复笼中物矣。相将归逆旅，围炉煮茗作，竟夜谈。"⑤ 如若是常规传记体，记载所写之人名言警句也属规范，但燕斌马上记述下此时的心情，并也描述出自己的回答："聆其言，令余凄然久之，旋相慰曰：'吾辈辛，自拔女同胞之呻吟，于家庭压制下者，复不知其几千万人愿各努力以拯救，以尽

---

①　炼石：《哀思（楚辞体）》，《中国新女界杂志》1907 年第 1 期。

②　炼石：《遗怀四首》，《中国新女界杂志》1907 年第 1 期。

③　炼石：《遗怀四首》，《中国新女界杂志》1907 年第 1 期。

④　郭延礼：《中国前现代文学的转型》，山东大学出版社 2005 年版，第 338 页。

⑤　炼石：《罗瑛女士传》，《中国新女界杂志》1907 年第 5 期。

乃天耳。'"① 燕斌打破了传统传记"过去完成时"的叙事方式，创新性地使用了"过去进行时"，这种写作方式使叙事者的直接体验直接展示，避免了盖棺定论式的结论，虽然不免有虚构与非虚构的矛盾显现，但"传记不是纯粹的历史，也不完全是文学性虚构，它应该是一种综合，一种基于史而臻于文的叙述"②。《罗瑛女士传》与传统传记的撰写模式不同，燕斌注重对人物的评价伴之以主要事迹，而传统传记则主要为人物事迹，较少有进行评价。该传记以与罗瑛女士相遇东瀛为起源："吾于依乙巳之春将游东瀛，便道出泰安与罗瑛遇于泰巅之日觐亭。是为，自越南饯别以来第一次之奇遇。"③ 同时记录双方言语，最后评论罗瑛女士为："罗瑛前半世之苦历史，不独可为黑暗女界之代表，又适足为余之半生涯之代表也。"④ 传记写作者先下结论，举实例论证，这种写法体现了近代女性写作的特色：以文章材料的思想性入文，以功利化论述来印证自身观点，以文传道、托物言志，看重文章的启蒙性、救世性功能。

通过《中国新女界杂志》的编创和主编燕斌的文章分析，我们可以看出，《中国新女界杂志》是一份定位准确的女性启蒙类期刊。无论是办刊宗旨还是栏目设定，都考虑到女性群体的整体意愿，对于各地女性来函，都做好记录与分类，并加到杂志具体更改细则中："本社自第一期杂志发行以来，叠奉内地女志士来函，皆是竭力赞成，极蒙奖励。但是信后，多半皆带一段告诫的话，大致说道：第一通俗体文，宜居十之六七；第二不宜全恃空论，当于家政、生理、卫生、教育、手艺、科学等门，一同注重；则于内地女学界，有实在的益处，自然无不欢迎的了。本社接到各信后，见各省女同胞的期望，皆不谋而合，又商议了数次，赞成这个办法的，竟居多数。"⑤ 作为女性发声平台，编辑十分重视满足女性读者的需要、重视她们的意见和建议，真正起到女性喉舌的作用。"中国近现代的女性杂志大约可以分为两种：一是告诉女子如何'拉'住男人

---

① 炼石：《罗瑛女士传》，《中国新女界杂志》1907 年第 5 期。

② 赵白生：《传记文学理论》，北京大学出版社 2003 年版，第 44 页。

③ 炼石：《罗瑛女士传》，《中国新女界杂志》1907 年第 5 期。

④ 炼石：《罗瑛女士传》，《中国新女界杂志》1907 年第 5 期。

⑤ 炼石：《本报五大主义演说（续第二期）》，《中国新女界杂志》1907 年第 3 期。

的技巧——包括如何追随时尚，如何赢得男人的垂青和宠爱等等名为女性刊物——有的甚至很时尚很现代，但实质上是维护男权传统秩序的文化传声筒；另一种就是我们在上述章节中多次提到的教育女性如何反抗现存的制度及传统，做与男人一样的人——享受与男性同等的教育权，关心国家乃至天下大事，参与男性所从事的革命，等等，比如陈撷芬创办的《女学报》、丁初我等人所办的《女子世界》、秋瑾主编的《中国女报》以及何震发起的《天义》、燕斌主持的《中国新女界》。"① 提倡新知、实务改良，这些特色都进一步启示了辛亥后女性刊物的创办，在《妇女杂志》《妇女时报》等多家刊物中留有余声。

---

① 刘慧英：《女权、启蒙与民族国家话语》，人民文学出版社 2013 年版，第 144—145 页。

结　　论

　　尽管本书即将完结，笔者也竭尽所能地对很多问题进行了举证和阐释，但是，有关女性写作的诸多问题，却一直还是如"幽灵"一般，盘亘不去，并不断对今天的女性文学和女性问题产生追问。

　　第一个问题，女性写作与自我表达的关系是什么？

　　周蕾在《社会性别与再表现》一文中通过社会性别的表现提出了一个耐人寻味的问题，即表现的立法和代理性的问题。① 按照她的解释，表现意味着"模仿"，政治这个概念本身是超出了狭义立法的意义，转而包括所有权力政治，涉及在正规合法范围之外的场合代表别人说话的能力。于是，我们需要质问的不是妇女如何被表现或她们如何被当作某些思想的代表，而是谁在从事这些表现工作，他们的动机是什么？比如，在以特定的方式"表现"女性时，表现者是描述性的还是指令性的；他们是客观地描写事物还是将某些先入为主的成见强加于读者；他们是否不顾妇女自己的观点如何，只是代替她们说话。从这些问题不难看出，为什么男性作家、画家、音乐家、哲学家或理论家表现女性的作品让女权主义者感到可疑。通过对近代女性写作的一些考察，可以发现这样一个现象：近代女性已经处在文化变革的中心，社会传媒利用工业生产、商业运作的文学传播模式在重塑着传统女性写作的格局。也正是在这个意义上，我们可以挖掘大量清末民初之际女作家的创作，她们已经不再是明清时代女性闺秀圈的文学酬唱歌怀，只是去丰富和点缀传统文学的男权

---

　　① ［美］周蕾：《社会性别与再表现》，余宁平译，https：//m. aisixiong. com/data/85087 - 3. html。

传统，而是真正开始走入社会文化的"舆论场"，进行着社会身份的确认与表达。我们的挖掘和考察呈现了中国女性自我主体成长和女性参与公共领域知识文化生产传播的具体情形，呈现了中国女性作为历史实践和创作主体，其"浮出历史地表"并逐渐成长而承担历史责任的过程。

在女性文学重要的开创期，吕碧城社会文化身份的成功是一种运用现代传媒大众文化机制的成功。这种成功可能会被诟病为"文化理想"与"消费"的共谋，尽管后期的吕碧城已经厌倦这种社会存在方式而皈依佛教，但其仍然以佛学代言人的身份频频出现在社会舆论中。这种女性形象的苦心经营和吕碧城本人的社会价值印证了这种传媒方式的现代性特征，对于精英女性的文化欣赏变成了一种文人志士共通的旨趣倾向，尽管仍然不能避免父权制与男权中心的规约，但这种时代风潮已然形成。

性别是各种社会关系交会时权力展现的场域，与女性文学的创作息息相关的就是女性与社会性别制度、作家的性别在社会中的地位、性别因素在决定作品成功方面的影响、文学形象的社会性别价值、读者的性别社会规定性及区位选择的性别倾向等问题。王妙如将性别问题和性别差异作为其小说的核心话题。虽然种族认同根植于她的女性主义议论中，但她并没有将性别差异仅仅看成是种族差异或阶级差异的象征性隐喻。对王妙如这样的女作家来说，女性问题远远胜过象征的结构，它代表着现实中真实的女人，而不只是借用女性身体（国母的概念）来传达更大的国家—民族话语。同样的性别写作立场在邵振华的《侠义佳人》中也可以找到，她在作品中以现实主义的笔法，挖掘了大量女权斗争中的女性群体谱系，通过真实问题和女性悲剧的叙述在一定程度上打破了男性建立的近代文学"乌托邦"叙事。

在文学创作心理动机方面，女性作家则用文字在进行着一种企图性杜撰，女性的潜意识也在文学性"白日梦"写作中获得替代满足。女权小说具有鲜明的政治诉求，以小说言志的功利性表征如此明显，以至于人们常常把文学的其他功能忽略，但是，女性独特的性别反抗方式与社会身份价值观断定标准的不断建立也是在文学阐述中完善起来的。"从社会性别研究的角度来看，单一性别的写作文本必然会存在性别的误读"①，中国古代男性主导的文学创作局面就是这种单性的表现，而清末民初之际的女性文学创作具有的积极意义由此可见。当然，这种文学性的叙述可能会因为"虚构"而使人产生怀疑，因为这并不能反映历史真实，实际上这并不会破坏这种身份建构的物质的或者政治上的功效。文学的心理表征，可以代表或者实现在社会变动期的女性知识者层面的心理需求，表达她们的社会诉求并且成为一个有力量的武器，这一点获得女作家们的共识并加以实践。无论是社会文化媒介对于女性形象的塑造还是女性小说的白日梦、厌男症候，都是这种心理的文学投射，正是有着这样的心理诉求与文学经验，女性文学才向着更具现代意义的方向大踏步前进。而这种女性话语实践方式和媒体的运作方式也在现代文学中继续得以完善，最终酝酿了女性文学的现代性登场。

第二个问题，女性的社会文化身份是被构建的吗？

女性问题与中国社会历史发展的关系一直紧密相连。"从 20 世纪 20 年代'妇女问题'在普遍的思想进程中真正占据了首要地位时起，到 20 世纪 40 年代和 50 年代共产党革命的发展话语中对爱国的妇女形象的重新塑造，到在社会科学领域对女性主义的广泛宣传和艰苦的重建，以及后毛泽东时期思想领域的性别公平运动，女性主义理论中的批评潮流持续不断地繁衍蔓延到整个精神生活。无论其问题是纯正民族文化还是对自然文化观的响应，无论关切的是资本和劳动力的动员还是种族改良、国际竞争、全球公平或对'性别消费主义'的批评，女性主义意识和关注的问题一直都是民族思想批评传统的一部分。"②

陈永国在《身份认同与文学的政治》一文中，总结了女性主义理论背景下的女性身份问题。他认为："女性把男性作为他者，叙述男性他者所体现的差异，这是因为在西方主导话语中，妇女常常被置于他者的位置上，即对立于男性中心主体的边缘位置。在这个位置上，女性的话语

---

① 马珏玶：《明清文学的社会性别研究》，人民出版社 2020 年版，第 17 页。

② ［美］汤尼·白露：《中国女性主义思想史中的妇女问题》，沈齐齐译，上海人民出版社 2012 年版，第 4 页。

表现常常是多样的。"① 弗里德曼在谈到"女性社会身份疆界"时，总结出"多重压迫论""多重主体位置论""多重主体矛盾论""社会关系论""社会地位情境论""主体的异体合并与杂交"六种话语表现形式。② 近代女性问题与中国社会的命运交错在一起，构成了近代中国女性发展变化的画卷。与"兴邦救亡"的使命连接，近代女性问题无可避免地带有浓厚的政治意味。在研究近代女性社会文化身份的过程中，我们发现西方的文学理论与中国的实际情况发生了错位和差异。无论是"多重压迫论"还是"多重主体位置论"，无论是"社会关系论"抑或"社会地位情境论"，由于近代中国社会的剧烈变动，女性解放问题的矛盾复杂性特别突出。"民族解放与妇女解放的双轨制，是中国现代政治叙事的重要特征，因此，性别作为一个敏感而极具表征性的界面，与国家、民族、压迫、解放等现代政治命题同时出现了。"③ 女性问题的近代化出场具有复杂、交叠、话语缠绕的特征。

正是由于女性文学在近代化过程中的多样表现，我们对于女性报刊、女作家作品的文学文化现象进行了性别的分析。女性报刊、女性出版物成为女性社会文化身份展现的巨大平台，我们通过不同情况的女作家人生际遇、作品展现、办报办刊，真实还原和考察了当时女性文本创作的实际，并发现了在不同社会环境下，随着女性人生境遇的变更出现的社会性别观念的变化，这种变化对社会文化的文学创作产生了深刻影响，并有着复杂的内在机制。

中国性别问题的产生与晚清特定的危急时刻相勾连，很大程度上，意味着中国的性别问题具有丰富的社会内涵。在这一问的设置中，"女性"并不是一种直接与社会、国家、民族甚至是男性群体对抗的力量，相反，在被深深地植入了被殖民国家子民危机意识后，"女性"更多是以与社会、国家、民族甚至是男性群体协商、让渡的方式来体现出自己的

---

① 陈永国：《身份认同与文学的政治》，《清华大学学报》（哲学社会科学版）2016 年第 6 期。

② ［美］苏珊·斯坦福·弗里德曼：《超越女作家批评和女性文学批评》，载马元曦、康宏锦主编《西方女性主义文学文化译文集》，广西师范大学出版社 2008 年版，第 82—100 页。

③ 张念：《性别政治与国家：论中国妇女解放》，商务印书馆 2014 年版，第 17—18 页。

存在价值的。这一过程显然具有某种悖论性质，但绝不是如有的研究者所认为的那样，只是处在"解放妇女"阶段——似乎在这一阶段，女性的主体性是不存在，完全被民族/国家/革命所压抑和遮蔽的。如果能真正理解"女性"的建构性，那就应该意识到，"女性"不仅仅是激进的女性主义意义上的与"男性"相对立的生物体，而且更是能与社会、国家、民族甚至是男性群体产生互动、协商的社会性存在。在这个层面上，应该说，晚清以来的"女性"体现了一种调和/超越个人/群体、男性/女性二元对立的复杂性，它是在这些结构之中而不是之外来呈现自己的。①

从这个角度上说，"被构建"的说法并不准确。一方面，"中国妇女解放思想/运动"这一与男性共舞的历史传统，绘制出不同于西方女权/女性主义的曲线特征，主要体现在："其一，民族/国家的大政治意识对妇女解放思想/运动的高度熔铸。其二，阶级论对妇女解放思想/运动的干预和统摄。这便是中国妇女解放思想/运动特有的东方传统。"② 另一方面，我们又从实际的史料梳理中，看到了女作家群体在近代社会文化发展中的主动作用，她们在文学创作、自我表征、结社革命、文化传播的各个领域积极"发声"。无论是从"国民权"到"女权"的争取，还是对自身劣根性的剖析，并发出"敬告姊妹们"的警言；无论是"厌男症""白日梦"的心理抒发，还是闺秀群体的立世箴言，她们都以多彩的身姿弥合了近代社会男性主导启蒙的单向度性别建构。因此我们更倾向于"以一种'涵盖的视野'考虑两性复杂的经验，认识这种经验是在社会性别与种族、族裔、阶级、性倾向、年龄等多重因素的相互作用中产生的，从而避免在性别问题的讨论中陷于狭隘和偏执"③。由于中国妇女解放运动得以产生的问题意识建立在"民族国家"危机转化而成的"性别"文化危机上，性别文化危机并未构成独立的问题意识，因此妇女解放运动必然与民族国家建构运动相交叉，并以此作为确立自身合理性的重要依

---

① 董丽敏：《性别、语境与书写的政治》，人民文学出版社 2012 年版，第 19 页。

② 具体论述见王绯的《女性批评：从哪里来，到哪里去》，转引自乔以钢《世纪之交中国女性文学研究的新进展》，载乔以钢等《中国现代文学文化现象与性别》，南开大学出版社 2012 年版，第 454 页。

③ 乔以钢等：《中国现代文学文化现象与性别》，南开大学出版社 2012 年版，第 3 页。

据。也正是建立在这样的现实基础上，中国妇女解放运动也形成了主体角色追求上的"女国民"、形态设定上的"群体性"两大特点，形成了与发达国家女性主义不同的价值追求、资源利用与路径设计。

自女性文学性别批评兴起以来，女性文学的很多问题被用性别的视角加以重新阐发。我们需要认识到，性别不是文学创作的结构要素，是由于作家的"性别"媒介身份而发生了作用，尽管性别是女性文学研究的一个合理有效的分析范畴，但是，这也仅仅是打开女性文学的一个扇面，我们以性别为切入点，综合分析相关的民族、阶级内涵，使史料再一次焕发活力。

参考文献

一　中文著作类

包天笑：《钏影楼回忆录》，中国大百科全书出版社 2008 年版。

毕新伟：《暗夜行路——晚清至民国的女性解放与文学精神》，暨南大学出版社 2010 年版。

常彬：《中国女性文学话语流变 1898—1949》，人民出版社 2007 年版。

陈大康：《中国近代小说史论》，人民文学出版社 2018 年版。

陈东原：《中国妇女生活史》，商务印书馆 2015 年版。

陈平原：《中国现代小说的起点：清末民初小说研究》，北京大学出版社 2010 年版。

陈平原：《中国小说叙事模式的转变》，北京大学出版社 2010 年版。

陈望道：《恋爱　婚姻　女权——陈望道妇女问题论集》，复旦大学出版社 2010 年版。

戴锦华：《涉渡之舟：新时期中国女性写作与女性文化》，北京大学出版社 2007 年版。

邓小南、王政、游鉴明主编：《中国妇女史读本》，北京大学出版社 2011 年版。

杜若松：《近代女性期刊性别叙事研究》，中国社会科学出版社 2016 年版。

耿传明：《决绝与眷恋：清末民初社会心态与文学转型》，复旦大学出版社 2010 年版。

关爱和主编：《中国近代文学史》，中华书局 2013 年版。

郭长海、郭君兮辑校：《秋瑾诗文集》，浙江古籍出版社 2012 年版。

郭延礼:《解读秋瑾》(上、下),山东教育出版社 2013 年版。

郭延礼、郭蓁:《中国女性文学研究 (1900—1919)》,山东教育出版社 2016 年版。

胡全章:《清末民初白话报刊研究》,中国社会科学出版社 2011 年版。

胡全章:《晚清小说与文学转型》,中国社会科学出版社 2012 年版。

胡晓真:《才女彻夜未眠——近代中国女性叙事文学的兴起》,北京大学出版社 2008 年版。

花宏艳:《近代女诗人研究》,暨南大学出版社 2014 年版。

荒林、苏红军:《中国女性文学读本》 (上、下),广西师范大学出版社 2013 年版。

黄春晓:《城市女性社会空间研究》,东南大学出版社 2008 年版。

黄湘金:《史事与传奇:清末民初小说内外的女学生》,北京大学出版社 2016 年版。

黄兴涛:《 "她" 字的文化史:女性新代词的发明与认同研究》,北京师范大学出版社 2015 年版。

蒋廷黻:《中国近代史》,武汉出版社 2012 年版。

蒋廷黻:《中国近代史新编》,中华书局 2016 年版。

柯惠铃:《近代中国革命运动中的妇女 (1900—1920)》,山西教育出版社 2012 年版。

柯小菁:《塑造新母亲:近代中国育儿知识的建构与实践》,山西教育出版社 2011 年版。

李小江:《女性性别的学术问题》,山东人民出版社 2005 年版。

李银河:《女性主义》,山东人民出版社 2005 年版。

李银河主编:《妇女:最漫长的革命:当代西方女性主义理论精选》,中国妇女出版社 2007 年版。

李贞德、梁其姿:《妇女与社会》,中国大百科全书出版社 2005 年版。

梁启超、胡适等:《新女性》,首都经济贸易大学出版社 2015 年版。

林宋瑜:《文学妇女:角色与声音》,广西师范大学出版社 2010 年版。

刘慧英:《女权、启蒙与民族国家话语》,人民文学出版社 2013 年版。

刘静、唐存正:《女权运动先驱——唐群英》,中国文史出版社 2013 年版。

刘思谦、屈雅君等:《性别研究:理论背景与文学文化阐释》,南开大学出版社 2010 年版。

刘巍:《中国女性文学精神》,学林出版社 2008 年版。

吕碧城著,李保民校笺:《吕碧城集》（上、下）,上海古籍出版社 2015 年版。

吕碧城著,文明国编:《吕碧城自述》,安徽文艺出版社 2014 年版。

龙迪勇:《空间叙事研究》,生活·读书·新知三联书店 2014 年版。

罗列:《女性形象与女权话语——20 世纪初叶中国西方文学女性形象译介研究》,四川辞书出版社 2008 年版。

罗秀美:《从秋瑾到蔡珠儿——近现代知识女性的文学表现》,台北:台湾学生书局 2010 年版。

马勤勤:《隐蔽的风景:清末民初女性小说创作研究》,南开大学出版社 2016 年版。

马珏玶:《明清文学的社会性别研究》,人民出版社 2020 年版。

马元曦、康宏锦:《西方女性主义文学文化译文集》,广西师范大学出版社 2008 年版。

孟悦、戴锦华:《浮出历史地表:现代妇女文学研究》,北京大学出版社 2018 年版。

乔以钢:《中国现代文学文化现象与性别》,南开大学出版社 2012 年版。

桑兵:《清末新知识界的社团与活动》,北京师范大学出版社 2014 年版。

桑兵:《晚清学堂学生与社会变迁》,广西师范大学出版社 2007 年版。

思绮斋、问渔女史（邵振华）、王妙如:《女子权·侠义佳人·女狱花》,《中国近代小说大系》,百花洲文艺出版社 1993 年版。

宋素红:《女性媒介:历史与传统》,中国传媒大学出版社 2006 年版。

苏红军、柏棣:《西方后学语境中的女权主义》,广西师范大学出版社 2006 年版。

孙桂燕:《清末民初女权思想研究》,中国社会科学出版社 2013 年版。

孙石月:《中国近代女子留学史》,中国和平出版社 1995 年版。

谭正璧:《中国女性文学史·女性词话》,上海古籍出版社 2012 年版。

田汝康著,刘平、冯贤亮译校:《男性阴影与女性贞节:明清时期伦理观的比较研究》，复旦大学出版社 2017 年版。

汪龙麟：《中国近代文学史论》，首都师范大学出版社 2008 年版。

王德威、季进：《文学行旅与世界想象》，江苏教育出版社 2007 年版。

王绯：《空前之迹——1851—1930：中国妇女思想与文学发展史论》，商务印书馆 2004 年版。

文洁华：《美学与性别冲突：女性主义审美革命的中国境遇》，北京大学出版社 2005 年版。

吴其昌：《梁启超传：1873—1898》，天津人民出版社 2015 年版。

夏晓虹：《晚清女性与近代中国》，北京大学出版社 2004 年版。

夏晓虹：《梁启超：在政治与学术之间》，东方出版社 2013 年版。

夏晓虹：《中国近代思想家文库·金天翮　吕碧城　秋瑾　何震卷》，中国人民大学出版社 2015 年版。

夏晓虹：《晚清文人妇女观》，北京大学出版社 2016 年版。

肖伊绯：《孤云独去闲：民国闲人那些事》，浙江大学出版社 2012 年版。

许纪霖：《启蒙如何起死回生：现代中国知识分子的思想困境》，北京大学出版社 2011 年版。

许军：《清末民初社会转型与时事小说创作流变》，上海大学出版社 2016 年版。

薛海燕：《近代女性文学研究》，中国社会科学出版社 2004 年版。

杨国强：《晚清的士人与世相》，生活·读书·新知三联书店 2017 年版。

杨剑利：《女性与近代中国社会》，中国社会出版社 2007 年版。

杨里昂、彭国梁：《绝代的张扬：民国文坛新女性》，广东人民出版社 2016 年版。

杨联芬主编：《性别与中国文化现代转型》，东方出版社 2017 年版。

姚霏：《空间、角色与权力：女性与上海城市空间研究：1843—1911》上海人民出版社 2010 年版。

叶晓青：《西学输入与近代城市》，北京大学出版社 2012 年版。

游鉴明、胡缨、季家珍主编：《重读中国女性生命故事》，江苏人民出版社 2012 年版。

禹建湘：《徘徊在边缘的女性主义叙事》，九州出版社 2004 年版。

喻血轮著，眉睫整理：《绮情楼杂记：一位辛亥报人的民国记忆》，中国长安出版社 2010 年版。

袁进：《中国小说的近代变革》，广西师范大学出版社 2009 年版。

袁进主编：《中国近代文学编年史：以文学广告为中心（1872—1914）》，北京大学出版社 2013 年版。

张莉：《浮出历史地表之前——中国现代女性写作的发生》，南开大学出版社 2010 年版。

张莉：《中国现代女性写作的发生（1898—1925）》，北京十月文艺出版社 2020 年版。

张莲波编著：《辛亥革命时期的妇女社团》，河南大学出版社 2014 年版。

张念：《性别政治与国家：论中国妇女解放》，商务印书馆 2014 年版。

张仲民：《种瓜得豆：清末民初的阅读文化与接受政治》，社会科学文献出版社 2016 年版。

赵静蓉：《文化记忆与身份认同》，生活·读书·新知三联书店 2015 年版。

郑逸梅：《南社丛谈：历史与人物》，中华书局 2006 年版。

钟叔河：《走向世界：中国人考察西方的历史》，中华书局 2010 年版。

朱立元：《当代西方文艺理论》，华东师范大学出版社 1997 年版。

二　译著类

［澳］李木兰：《性别、政治与民主：近代中国的妇女参政》，方小平译，江苏人民出版社 2014 年版。

［德］顾彬：《20 世纪中国文学史》，范劲等译，华东师范大学出版社 2008 年版。

［德］顾彬讲演：《关于"异"的研究》，曹卫东编译，北京大学出版社 1997 年版。

［德］韦尔策编：《社会记忆：历史、回忆、传承》，季斌、王立君、白锡堃译，北京大学出版社 2007 年版。

［法］米歇尔·福柯：《疯癫与文明：理性时代的疯癫史》，刘北成、杨远婴译，生活·读书·新知三联书店 2019 年版。

［法］西蒙娜·德·波伏娃：《第二性 Ⅱ》，陶铁柱译，中国书籍出版社

1998 年版。

［法］西蒙娜·德·波伏娃:《第二性 I》,陶铁柱译,中国书籍出版社
1998 年版。

［法］朱丽娅·克里斯蒂娃:《中国妇女》,赵靓译,同济大学出版社 2010
年版。

［美］高彦颐:《闺塾师》,李志生译,江苏人民出版社 2005 年版。

［美］韩南:《中国近代小说的兴起》,徐侠译,上海教育出版社 2010
年版。

［美］贺萧:《危险的愉悦:20 世纪上海的娼妓问题与现代性》,韩敏中、
盛宁译,江苏人民出版社 2003 年版。

［美］胡缨:《翻译的传说:中国新女性的形成(1898—1918)》,龙瑜宬、
彭姗姗译,江苏人民出版社 2009 年版。

［美］季家珍:《历史宝筏:过去、西方与中国妇女问题》,杨可译,江苏
人民出版社 2011 年版。

［美］贾格尔:《女权主义政治与人的本质》,孟鑫译,高等教育出版社
2009 年版。

［美］曼素恩:《张门才女》,罗晓翔译,北京大学出版社 2015 年版。

［美］佩吉·麦克拉肯主编,艾晓明、何倩婷副主编:《女权主义理论读
本》,广西师范大学出版社 2007 年版。

［美］史书美:《现代的诱惑:书写半殖民地中国的现代主义(1917—
1937)》,何恬译,江苏人民出版社 2007 年版。

［美］汤尼·白露:《中国女性主义思想史中的妇女问题》,沈齐齐译,上
海人民出版社 2011 年版。

［美］魏爱莲:《美人与书:19 世纪中国的女性与小说》,马勤勤译,北京
大学出版社 2015 年版。

［美］魏爱莲:《晚明以降才女的书写、阅读与旅行》,赵颖之译,复旦大
学出版社 2016 年版。

［美］张英进:《中国现代文学与电影中的城市:空间、时间与性别构
形》,秦立彦译,江苏人民出版社 2007 年版。

［美］朱迪斯·巴特勒:《性别麻烦:女性主义与身份的颠覆》,宋素凤译,

上海三联书店 2009 年版。

［日］须藤瑞代：《中国"女权"概念的变迁：清末民初的人权和性别社会》，姚毅译，社会科学文献出版社 2010 年版。

［以］玛格利特：《记忆的伦理》，贺海仁译，清华大学出版社 2015 年版。

［英］安德鲁·本尼特、尼古拉·罗伊尔：《关键词：文学、批评与理论导论》，汪正龙、李永新译，广西师范大学出版社 2007 年版。

［英］白馥兰：《技术、性别、历史：重新审视帝制中国的大转型》，吴秀杰、白岚玲译，江苏人民出版社 2016 年版。

［英］霍尔编：《表征：文化表征与意指实践》，徐亮、陆兴华译，商务印书馆 2013 年版。

［英］玛莉·毕尔德：《女力告白：最危险的力量与被噤声的历史》，陈信宏译，台北：联经出版公司 2019 年版。

［英］泰勒、威利斯：《媒介研究：文本、机构与受众》，吴靖、黄佩译，北京大学出版社 2005 年版。

三　论文类

陈永国：《身份认同与文学的政治》，《清华大学学报》（哲学社会科学版）2016 年第 6 期。

刁晏斌：《试论清末民初语言的研究》，《励耘学刊》（语言卷）2008 年第 2 期。

冯鸽：《清末新小说中的"女豪杰"》，《中山大学学报》（社会科学版）2009 年第 2 期。

冯月华：《民初女杰郭坚忍和张默君》，《民国春秋》1999 年第 5 期。

耿传明：《清末民初"乌托邦"文学综论》，《中国社会科学》2008 年第 4 期。

郭浩帆：《民初小说期刊〈眉语〉刊行情况考述——以〈申报〉广告为中心》，《学术论坛》2015 年第 1 期。

郭延礼：《20 世纪初中国女性小说家群体论》，《中山大学学报》2011 年第 2 期。

韩天博、杨敏：《浅析陈撷芬〈女学报〉的创办背景与条件》，《今传媒》

2013 年第 6 期。

何艺兵：《民国才女张默君》，《文史春秋》2004 年第 12 期。

晋海学：《清末小说中的乌托邦叙事形态》，《南开学报》（哲学社会科学
版）2018 年第 1 期。

李春梅：《女性主体建构的初步尝试——论〈中国新女界杂志〉的女权思
想》，《社会科学家》2010 年第 3 期。

刘慧英：《消失在历史迷雾中的"女界革命"——何震和〈天义〉报》，
《文史知识》2011 年第 3 期。

刘钊：《清末小说女性形象的社会性别意识与乌托邦想象——以〈女子世
界〉小说创作为例》，《南开学报》（哲学社会科学版）2012 年第 6 期。

龙慧萍、蔡静：《晚清乌托邦小说创作中的域外小说影响与文类选择问
题》，《海南师范大学学报》（社会科学版）2013 年第 12 期。

乔以钢、刘堃：《"女国民"的兴起：近代中国女性主体身份与文学实
践》，《南开学报》（哲学社会科学版）2008 年第 4 期。

乔以钢、刘堃：《晚清"女国民"话语及其女性想像》，《中山大学学报》
（社会科学版）2010 年第 1 期。

沈骏：《中国早期无政府主义思潮初探》，《华中师院学报》（哲学社会科
学版）1981 年第 2 期。

沈燕：《20 世纪初女性小说杂志〈眉语〉及其女性小说作者》，《德州学院
学报》2004 年第 3 期。

汤培亮、虞文俊：《清季新女性蜕变之轨迹——以陈撷芬为个案》，《学理
论》2010 年第 15 期。

王翠艳：《〈益世报·女子周刊〉与苏雪林"五四"时期的文学创作》，
《现代中国文化与文学》2006 年第 1 期。

王青亦：《国族革命背景下女性报刊出版景观——〈中国新女界杂志〉考
略》，《现代出版》2016 年第 2 期。

夏晓虹：《晚清两份〈女学报〉的前世今生》，《现代中文学刊》2012 第
1 期。

徐新韵：《吕惠如生平及其诗歌创作初探》，《乐山师范学院学报》2012 年
第 3 期。

杨联芬:《爱伦凯与五四新文化》,《中国现代文学研究丛刊》2012 年第
　5 期。

姚建斌:《乌托邦文学论纲》,《文艺理论与批评》2004 年第 2 期。

姚建斌:《乌托邦小说:作为研究存在的艺术》,《北京师范大学学报》(社
　会科学版)2003 年第 2 期。

于书娟、陈春如:《鲜为人知的学前教育先驱——胡彬夏》,《教育评论》
　2017 年第 2 期。

曾祥宏:《翻译与身份研究框架探赜》,《上海翻译》2018 年第 1 期。

张宝明:《陈独秀与刘师培的恩恩怨怨》,《民国春秋》1995 年第 3 期。

张朋:《从兴女权到改良家庭——清末民初女报人胡彬夏办报活动与身份
　认同》,《阜阳师范学院学报》(社会科学版)2012 年第 2 期。

周乐诗:《清末小说和现代女性形象的形成》,《妇女研究论丛》2012 年第
　2 期。

周乐诗:《清末小说中的女权乌托邦》,《社会科学辑刊》2011 年第 1 期。

朱国琼:《民国才女张默君》,《团结报》2019 年第 7 期。

朱英:《关于共爱会的几个问题》,《史学月刊》1986 年第 1 期。

四　历史资料类

《妇女时报》,1917 年。

《妇女杂志》,1915—1919 年。

《国民(上海 1913)》,1931 年。

《江苏》,1903 年。

《教育杂志》,1909 年。

《留美学生年报》,1911 年。

《眉语》,1914—1915 年。

《女学报》,1902—1903 年。

《女子世界》,1904 年。

《神州女报》,1912—1913 年。

《天义》,1907—1908 年。

《小说丛报》,1907 年。

《游戏杂志》, 1915 年。

《中国新女界杂志》, 1907 年。

《中华妇女界》, 1915—1916 年。

《中华妇女界》, 1916 年。

后　记

在书稿交付之际，我基本上完成了自己 40 岁之前的学术探索之路，在这一领域上下溯洄，一路花开，一路前行，我得到众多师友的鼓励和家人的支持，成为我可供回忆和再次出发的动力。

有这样一些人值得感谢：我的丈夫王辉先生，我的导师刘雨教授、张文东教授，我的研究生赵悦妍、赵越、赵雪阳岚，另外还有一直关注我成长的刘慧英老师、乔以钢老师以及女性文学界、近代文学界的若干同人。

拙作的很多篇章在一些会议上展示、讨论过，得到了参会老师的指点和批评，在此也一并表示谢意。还要感谢国家社科基金结项的同行专家，他们提出的中肯的修改意见，是鞭策我进一步反思、提升的力量。

出版之际，也感谢中国社会科学出版社及为本书付出努力的编辑和校对老师，他（她）们认真负责的态度和巨大的热忱，让人钦佩。

未来的学术道路还很漫长，但是我相信有这么多人的关怀和支持，我还会坚定地走下去。

杜若松

2023 年 4 月